Zu diesem Buch

Franz Josef Degenhardt, geboren am 3. Dezember 1931 in Schwelm/Westfalen, entstammt einer «militant katholischen und antifaschistischen Familie». Er studierte Rechtswissenschaften in Freiburg i.B. und Köln, arbeitete von 1961 bis 1969 als Assistent für Europäisches Recht an der Universität Saarbrücken und promovierte 1966 zum Dr. jur. 1968 übernahm er die Verteidigung von Angehörigen der Außerparlamentarischen Opposition, die wegen ihrer Demonstrationstätigkeit angeklagt wurden. Seit 1969 ist er als Rechtsanwalt in Hamburg ansässig. Zu den literarischen Veröffentlichungen Degenhardts, der auch einer der bekanntesten politischen Liedermacher wurde, gehören neben Hörspielen und Features die in der Reihe der rororo-Taschenbücher erschienenen Bände «Spiel nicht mit den Schmuddelkindern. Balladen, Chansons, Grotesken, Lieder» (Nr. 1168), «Im Jahr der Schweine. 27 Lieder mit Noten» (Nr. 1661), «Laßt nicht die roten Hähne flattern, ehe der Habicht schreit. Lieder mit Noten» (Nr. 1993), der auch als Fernsehfilm erfolgreiche Roman «Zündschnüre» (Nr. 1865) und die Romane «Brandstellen» (Nr. 4049) und «Die Mißhandlung» (Nr. 4994); ferner Degenhardt/Neuss/Hüsch/Süverkrüp: «Da habt ihr es! Stücke und Lieder für ein deutsches Quartett» (Nr. 1260). Einen Band über Degenhardt und seine politischen Lieder (mit zahlreichen Abbildungen und Liedertexten) gab Heinz Ludwig Arnold unter dem Titel «Väterchen Franz» (Nr. 1797) heraus.

Franz Josef Degenhardt

Der Liedermacher

Roman

rororo

Rowohlt

Veröffentlicht im Rowohlt Taschenbuch Verlag GmbH,
Reinbek bei Hamburg, Januar 1985

Umschlagentwurf Sabine Wilharm
Satz Garamond (Linotron 202)
Gesamtherstellung Clausen & Bosse, Leck
Printed in Germany
680-ISBN 3 499 15474 9

I

Er brachte es als letztes Lied vor der Pause.

Allein im Lichtkegel, Kopf bißchen angehoben, den Mund einen Finger breit vom Mikrofon, Augen halb geschlossen, in Hüfthöhe die Gitarre: so lieben ihn die Leute. Ein gutes Publikum merkt gleich, ob das ein Hammerlied wird. Oft schon beim Vorspiel gibt es diesen Kurzschluß. Sekundenlang bewegt sich niemand. Dann kommen die Atemstöße, die gehen über in ein einziges Einsaugen, und dann beginnt ein gleiches Atmen.

Das Publikum war gut – sehr gut sogar. In dem alten Kinosaal, kahl und kalt, zog es von allen Seiten. Die Leute saßen in diesen Sperrholzsesseln, und unter solchen Voraussetzungen muß schon was losgehen, wenn sie anfangen, im gleichen Zug zu atmen.

Er sang von jenem Frühjahr, als der Marlboro-Reiter seinen Sattel selber tragen mußte, zwei Flugzeuge in der persischen Wüste zusammenknallten und der Ajatolla durchstartete, damals, als der Bayern-Boss schon in der Türe stand und wieder Kriegsangst umzog, aber das Coca-Cola-Mädchen lachend die Luftmatratze im Wasser umarmte, Jimmy Carter beim Jogging zusammenbrach und die Olympiade absagte – damals, als die Abbruchpläne aufgestellt wurden, stieg Paul Potthoff auf das Dach der Schnupftabaksmühle, um sich da oben zu verbrennen.

Im Zwischenspiel, eine durchgehaltene Baßfigur nach Reggae-Art, fiel der Strom aus. Man hörte nichts mehr, jedenfalls da, wo ich saß, in der Mitte.

Es gab noch ein Knarzen in den Boxen, aber dann war Blackout. Die Leute blieben ruhig.

Ich war sofort aufgesprungen, ein Reflex, und lief zum Mischpult. Es stand neben dem Notausgang, und der Junge, der davor saß, fummelte an den Schiebern. Ich griff nach dem Stecker.

Wenn die Boxen noch mal aufknarzen, liegt es meist daran, daß das Hauptkabel rausgerutscht ist. Es steckte aber fest im Mischpult. Jemand auf der Bühne rief: Pause. Der Fehler in der Anlage wird repariert. Nach der Pause bringt er den Song noch einmal von vorn.

Die Leute lachten und klatschten. Es war wirklich ein gutes Publikum.

Ich stand noch am Mischpult, als Dolo kam und fragte, ob wir ihn nicht begrüßen sollten. Wir gingen durch den Notausgang ins Foyer und von da hinter die Bühne. An der Garderobentür lehnte einer im T-Shirt mit der Aufschrift *Piet Atten,* drinnen brüllte Piet, unterbrochen von beruhigenden Stimmen. Ich sagte zu dem Aufpasser, Manne Kröger bin ich, sag ihm, daß ich da bin.

Ob ich sein alter Roadie sei. Ja. Dann wolle er eine Ausnahme machen.

Geh schon, sagte ich.

Piet trug den blauen verschlissenen Bademantel, ein Handtuch um den Hals, er war verschwitzt wie immer nach dem Auftritt. Die Kornflasche stand auf dem Schminktisch.

Haut ab, sagte er zu den beiden Jungen, die vor ihm saßen, wir reden später noch einmal darüber.

Hallo, sagte ich, und er sagte: Na! Er umarmte Dolo. Wie es der Kleinen ging.

Gut, sagten wir.

Gerade bei dem wichtigsten Lied der Saft weg. Das stinkt doch nach Sabotage. Ob ich mich noch erinnere, wie in dem Song, Paul Potthoffs großer Auftritt?

Vor allem dein eigener, sagte ich, und die Sache passierte im Herbst, nicht im Frühjahr. Und verbrennen?

Er lachte. Immer noch der alte Authentizitäts-Fanatiker, sei doch mal sozialistischer Realist. Ich hab die Geschichte zeitversetzt, wegen der Stimmung; diese Erwartungen damals im Frühjahr, du weißt, und weil das unsere letzte gemeinsame Tour war, Manne. Wir sollten wieder zusammen losziehen, wie früher. Sag was!

Dolo lachte. Der will bleiben bei uns, ku'ma.

Wieso, sagte er, der bleibt doch bloß paar Monate im Jahr von dir weg. Und Kapitäns-Ehen sind die besten, weißt du das nicht.

No es capitan, sagte Dolo.

Er reichte mir die Kornflasche, aber ich wehrte ab. Ob wir hinterher noch mitkämen, schön was essen, Manne komm, ich habe da was Großes vor.

Wir erklärten, daß wir nach dem Konzert gleich heim müßten, der Babysitter warte nicht bis Mitternacht.

Hör dir das Lied an über Potthoffs Paul, sagte er, und erzähl mir hinterher wenigstens, was du davon hältst.

Ein Hammerlied, sagte ich, das haben alle schon gemerkt. Er sah glücklich aus.

Auf dem Gang sprach mich einer der beiden Jungen an, der mit dem Wollmützchen auf dem Schädel, dem zwei Zähne im Unterkiefer fehlten. Sabotage. Das ist doch reiner Schwachsinn.

Ich sagte: Da wär ich mir nicht so sicher.

Komische compañeros hat der, sagte Dolo.

Ich mochte mir die zweite Hälfte nicht anhören und fragte sie, ob wir nicht schon heimfahren sollten. Sie wollte bleiben. Das überraschte mich, weil sie nur ungern mitgekommen war.

Als die Leute wieder in den Saal drängten, Dolo dabei, ging ich nach draußen.

Im Schaukasten neben dem Eingang hing sein Plakat: Piet Atten, der Liedermacher. So sah er wirklich manchmal aus, wenn er sich sicher fühlte, unbeobachtet zum Beispiel; wie einer, der zuhören kann. Die Lippen sah man kaum im Bart. Der Mund war leicht geöffnet. Er schien zu lachen. Aber in den Augenwinkeln das Mißtrauen verschwand nicht ganz. Das Kraushaar bis in seine zu hohe Stirn schaffte er mit einem Schaumfestiger. Stolz war er auf seine Nase. *Wie gemeißelt,* sagte er, *ein Keltenorgan.*

Es war naß und glitschig auf dem Bürgersteig. Ein paar Häuser weiter, im Eingang eines Pornokinos, standen zwei Männer. Einer hielt eine Bierflasche am Mittelfinger im Flaschenhals. *Zwei Lesben unter Kannibalen* wurde gespielt und *Else mit der schnellen Zunge.* Im Homo-Kino lief *Der Druckknopf.*

Hat er dir nicht gefallen, der Sänger, fragte der mit der Bierflasche. Der andere sang besoffen los: *Komm mal rüber auf die dunkle Straßenseite, Junge,* das Lied, mit dem Piet Atten bekannt geworden war, in den frühen sechziger Jahren.

An der Ecke in der Kneipe stellte ich mich an den Tresen und trank ein Bier – eine Eckkneipe, in die Männer noch mit Hausschuhen hereinkommen, auf ein Glas, aber dann bis Mitternacht bleiben, Schichtarbeiter, Rentner, Angestellte. Am Stammtisch, unter den Fotos von prämierten Tauben, die übliche Runde: der Wortführer, weißhaarig, rosig, mit randloser Brille, die Lage klarstellend. Die anderen zustimmend, zweifelnd, mal widersprechend, aber nicht heftig. Gemütlich und aufreizend zufrieden das Ganze. Auch am Nebentisch, wo sie Skat spielten. Die Männer, die drum herum standen, schwiegen. Erst nach dem letzten Stich begann das Palaver – tausendmal und mehr geübt. Am Tresen knobelten zwei in Lederjacken, und vor dem Spielautomaten stand der Kettenraucher, wartete auf seine Musik: das Klacken der Raster und das Klappern der Münzen. Der Wirt träumte überm Zapfhahn.

Ich bestellte ein zweites Bier, hatte die Zeile des Songs noch immer im Kopf: *Damals, in diesem Frühjahr, stieg Paul Potthoff auf das Dach ...*

Damals, in diesem Frühjahr – das war unsere letzte gemeinsame Tournee gewesen.

Viele Jahre lang hatte ich Piet Atten begleitet.

Wir kannten uns in- und auswendig, so gut man sich kennen kann, und wir hatten eine Menge gemeinsam gemacht. Manchmal sogar im selben Bett geschlafen. *Gibt es eine Halle, einen Saal zwischen Flensburg, wo die Nutten dänisch lachen, und dem Bodensee mit seinen tausend Segeln, zwischen dem bigotten Köln und Passau, diesem schwarzen Straußennest, wo ich mir nicht die Seele aus dem Bauch geschrien habe. Und kennen wir nicht jeden Meter jeder Autobahn in diesem blankgeputzten Land? He, Roadie, sag es ihnen* – singt er in einem Lied.

Ob er Piet Atten kenne, drüben im alten Roxi, den Sänger, fragte ich den Wirt, als er das Bier vor mich auf den Tresen setzte. Er kannte ihn nicht. Wer soll das sein, fragte er, mehr zu den Knobelspielern hin, und der jüngere von ihnen sagte: So'n Protest-Typ, Liedermacher oder was weiß ich, wie die heute heißen.

Der Kettenraucher am Spielautomaten sagte: Die schimpfen auf alles und jedes und verdienen sich dumm und dämlich dabei. Villen haben die, Yachten, in Mallorca und da unten. Und das Dollste – alles zusammengesungen mit dem Gesaiche gegen hier den Staat, die Reichen und so weiter, und die bezahlen ihn noch dafür.

Kanze dir hier alles leisten, sagte der Wirt.

So redeten viele, und Piet war immer wütender darüber geworden. Idioten, die überhaupt nichts begreifen …

Und ich hatte gesagt, das sagen auch ganz normale Leute …

Wer das denn sei, verdammt noch mal, die normalen Leute, hatte er geschrien, und ich hatte zurückgebrüllt: Das sind die, die nicht in deine Konzerte kommen, weil sie ahnen, daß sie das nichts angeht, überhaupt nichts.

Das war damals gewesen, in jenem Frühjahr, noch vor seinem Auftritt bei der Schnupftabaksmühle.

Ich trank das Bier nicht aus.

Dolo kam, als die Leute Zugaben erklatschten. Es war schon spät, und wir mußten uns beeilen. In dem Nebel brauchten wir fast eine Stunde bis nach Hause, aber wir kamen noch vor Mitternacht an. Conny, unser Babysitter, saß im Wohnzimmer, las. Das Kleine ist nur einmal wach geworden, sagte sie, ich habe ihr den Schnuller gegeben, ist gleich wieder eingeschlafen.

Dolo ging ins Schlafzimmer. Ich holte Bier aus dem Kühlschrank. Wie es gewesen sei, fragte Conny.

Gut, sagte ich.

Wo steht er denn jetzt eigentlich, der Piet Atten?

Er hat den Krefelder Appell unterschrieben, sagte ich.

Na, sagte sie, was der letztens im Mittagsmagazin losgelassen hat, hörte sich aber anders an.

Was hat er denn gesagt?

Ich hab's mir gemerkt, sagte Conny, weil es 'ne typische Großeinschätzung ist, wie sie diese Künstler ja draufhaben. Der Gravitationskollaps, hat er gesagt, durch den die Materie am Ende der Zeit sich selbst vernichtet, ist unaufhaltsam. Und vermutlich hat die Gattung Mensch den Auftrag, durch Sprengung der Erde daran mitzuwirken.

Na ja, sagte ich.

Dolo hatte Rosa aufgenommen und war mit ihr ins Zimmer gekommen. Rosa lachte, plapperte: Papa wasu, Mama wasu. Ich nahm sie, setzte sie auf meinen Schoß.

Dabei ist er wirklich gut, sagte Conny, dein Piet Atten, immer wenn ich down bin, hör ich mir seine Lieder an.

Daß wir gern geblieben wären, erzählte Dolo, Spaß hätten wir sicher gehabt mit Piet und den anderen beim Essen, und Conny sagte, wir hätten ihr ja das Kleine bringen und erst morgen früh wieder abholen können.

Dann hab ich keine Ruhe, sagte Dolo, ku'ma.

Ku'ma heißt *kuck mal* und ist eine der Redensarten, die Dolo gern benutzt, gleichgültig, in welchem Zusammenhang. Sie ist erst mit dreizehn Jahren aus Spanien gekommen und hat bis dahin kein Wort Deutsch gehört.

Sie verstünde das nicht, legte Conny los, oder wenn sie es verstünde, hielte sie es doch für falsch. Immer bloß zwischen den eigenen vier Wänden. Kochen, füttern, fernsehen. Und dann diese totale Fixierung auf das Kind. Dolo kapsele sich ab, verlöre den Kontakt zu den anderen. Und immer nur mit Manne zusammen, das bringt es doch auch nicht. Du kommst nicht mehr zur Gruppe. Praktisch seit der Geburt des Kindes – tote Hose. Dolores, das kann dir doch nicht genug sein.

Ist aber, sagte Dolo. Sie sah mich an. Auch Conny sah mich an. Ich hob Rosa über meinen Kopf, hielt sie fast waagerecht, schüttelte sie leicht, ließ ihre Stirn an meine Stirn stoßen, sanft und hin und her.

Und Vati macht hipedutz, sagte Conny.

Warum denn nicht, sagte ich.

Richtiges Familienleben – Dolo und ich und das Kleine dabei, war mir erst mal genug nach all den Jahren der Herumzieherei mit Piet Atten. Das Schlafen in Hotels, jeden Tag in einer anderen Stadt, Essen bei Griechen, Italienern, Chinesen, McDonalds und im Wienerwald, kurze Bekanntschaften, Bums-Verhältnisse, nicht mehr, nur ab und zu daheim, und da hatten sie inzwischen ganz andere Freuden und Sorgen als ich.

Also es machte schon Spaß: morgens gemeinsames Frühstück,

das Kleine im Stühlchen daneben, Ei und Honig und Brötchen und Kaffee, Meldungen und Musik im Radio, Kuß und mach's gut bis nachher, es gibt was Gutes zu essen. Um halb acht fuhr ich los ins Werk. Ich arbeitete in der Fahrzeugwartung, gute und ruhige Arbeit an Wagen aller Art, das hatte ich gelernt, darin war ich gut, einer der Besten, kann man wohl sagen. Ich verdiente knapp 1800 Mark netto. Manchmal erzählte ich den Kollegen von den Touren mit Piet Atten. Sie lachten und wollten immer noch mehr hören. Ich hatte mich gleich auf Gewerkschaftsarbeit geworfen. Nach all den Jahren war ich richtig scharf darauf gewesen, und schon nach zwei Monaten war ich Vertrauensmann geworden.

Nachmittags um vier fuhr ich heim. Im Wohnzimmer wurde gegessen, spanisch und deutsch, Bohnen und Grünkohl zum Beispiel oder Kartoffelsalat mit Thunfisch und Mettwurst, Bier oder Rotwein dazu. Nach dem Essen gingen wir mit der Kleinen spazieren, ich schob den Wagen.

Manchmal fuhren wir zum Nordberg, in dieser Gegend bin ich groß geworden, meine Eltern wohnen noch da, und wir gingen über den unteren Waldweg. Zwei- oder dreimal in der Woche hatte ich abends zu tun, Gewerkschaft, Partei und Training – ich spielte wieder bei TUS 98. Sonst saßen wir abends zusammen vor dem Fernsehapparat, spielten mit der Kleinen, gingen zeitig zu Bett, und da lief auch alles meistens so, wie wir es uns wünschten.

Trotzdem – ich mache mir seit kurzem ähnliche Gedanken wie Conny.

Ohne das Kind in ihrer Nähe hält es Dolo kaum aus. Ich hatte sie überreden müssen, an diesem Abend mit zu Piets Konzert zu kommen. Und dieser Ausdruck manchmal in ihrem Gesicht, wenn sie sich über das Kind beugt, es im Arm hält, es füttert. Zufriedenheit und Stolz kann man das schon nicht mehr nennen. Sauber die Wohnung, aufgeräumt und geputzt – dagegen ist nichts einzuwenden, im Gegenteil. Doch es gibt eine Art von blitzblank, die geht mir ganz erheblich auf den Geist. Dolo putzt zuviel und zu oft.

Sie und Stephan, erzählte Conny, würden zusammenziehen mit Heinz und Edith und vielleicht mit Mike Feller – ihr kennt ihn von der Besetzung der Schnupftabaksmühle, damals. Was haltet ihr davon? Macht doch mit. Oben bei Ronsdorf ist was frei, praktisch ein ganzer Trakt in einem Haus.

Gerade das hätte sie nicht sagen sollen. Dolo hatte auf Ronsdorfs Anwesen gelebt, zusammen mit ihren Eltern, Onkeln, Tanten, Nichten und Neffen, und auch ich hatte da oben gewohnt und in der Autowerkstatt gearbeitet, dann, wenn ich nicht mit Piet *on the road* war.

Wir waren in diese Zweieinhalb-Zimmer-Wohnung im sechsten Stock von Nummer 9 im Wohnblock Süd unserer Stadt gezogen, weil Dolo unbedingt von da weg wollte. Weil sie ihre Verwandtschaft nicht mehr aushalten konnte, das Zusammenglucken, Pöttekieken und hast-du-nicht und willst-du-nicht und darfst-du-nicht, Lolita, fürchterlich, no und nein, ein für allemal no und nein.

Und auch jetzt lachte Dolo wieder ihr heiseres Lachen. Waas? Wie bitte, Anwesen oben, da? Ob sie mal erzählen sollte, was da los sei? Und sie begann zu erzählen, ahmte ihre Mutter nach, aufgeplustert, dick und jammernd, ihren Vater, polternd und drohend, das Kreischen der Kinder dazwischen, die verrückte, tanzende Tante Amparo, den mächtigen Chef Herbert Ronsdorf, nörgelnd und saufend. Eine perfekte Bühnenshow zog sie ab, und wir lachten, und Rosa auf meinem Schoß strampelte, kreischte, du Mama, mal Mama lachen.

Also, da brächte sie niemand mehr hin, keine vier Nägel.

Was?

Vier Pferde, meint sie, erklärte ich – und darüber lachten wir wieder lange.

Mit Conny, Stephan und diesem Mike zusammen leben, in einer großen Wohnung, warum eigentlich nicht?

Piet Atten lebt nur in Wohngemeinschaften. Zuletzt hatte er in der Beletage eines alten Hauses in der Nähe vom Kölner Dom gewohnt. Davon hatte er mir vorgeschwärmt: Mal was Handfestes, Manne, Leute, die ihre Probleme nicht ständig vor sich her tragen, sich nicht von morgens bis abends auf dieser Psychoebene inszenieren. Arbeiter alle, nur zwei Studentinnen.

Es stellte sich dann heraus, daß es Bühnenarbeiter waren und ein Sozialarbeiter. Ich verbrachte ein paar Tage mit ihnen vor der letzten Tournee. Tatsächlich wirkten alle gelöst, fröhlich sogar. Man redete normal über normale Dinge. Vielleicht fühlte ich mich auch wegen Vera, der Medizinstudentin, so wohl unter ihnen. Wir beide redeten viel miteinander, und einmal schliefen wir zusammen, aber ohne zu vögeln. Beide hatten wir eine Beziehung, wie sie das nennen, sie einen verheirateten WDR-Redakteur und ich Dolo, die damals Rosa erwartete. Ich kam bei solchen Mädchen normalerweise nicht an, jedenfalls nicht so, wie ich es wollte, und ich hatte es oft versucht. Zu reden, zu lachen, zu rauchen, zu liegen, zu stehen wie diese Leute, das kann man lernen. Aber da gibt es eine unsichtbare Schranke, die letzte Berührungen abwehrt. Eine Zeitlang habe ich geglaubt, es sei der Geruch, und ich hatte mir eines dieser teuren Wasser zugelegt. Es ist aber nicht der Geruch – oder das teure Wasser deckt den Stallgeruch nicht ab. Aber mit Vera, der Tochter eines Klinikchefs, saß und lag ich oft eng zusammen. Das fand ich phantastisch.

Das müsse ja nicht oben bei Ronsdorf sein, fing Conny wieder an, in der Stadt könne man auch eine Wohnung finden, Altbau, mit Stuck an den Decken und so. Von allem einmal abgesehen, mehr freie Zeit für jeden zum Beispiel und mehr Gespräche und neue Erfahrungen und aus dem eigenen Saft heraus und so weiter, komme es auch billiger für jeden. Dolores, überleg dir das mal.

Dolo nahm Rosa von meinem Knie in ihre Arme, umschlang sie, küßte sie, beugte sich mit ihr zu Conny herunter. Conny gab Rosa einen Kuß auf die Stirn. Ehe Dolo mit Rosa im Schlafzimmer verschwand, sagte sie: Ich hab zu viel davon gehabt, Wohngemeinschaft, immer und überall. In Vigo und hier. Immer zu viele Leute auf einem Haufen. Ich bin satt.

Später im Schlafzimmer fragte mich Dolo, ob wir das vorher besprochen hätten, Conny und ich. Sie habe schon gemerkt, daß ich genug von ihr, Dolo, hätte, und auch von dem Kind. Gut, dann solle ich es geradeheraus sagen. Sie jedenfalls liebe mich noch – und ich versicherte ihr, daß ich immer noch und noch mehr als früher und so weiter.

In der Nacht rief Piet Atten noch an. Wo wart ihr denn, wir haben gegessen, gut, bei einem Griechen, und nachher Gläser an die Wand geschmissen. Weißt du noch, wie bei Nicos in Göttingen, hörst du?

Er war betrunken.

Nicht schlecht, das Konzert, wie Manne? Das lief doch, oder?

Ich fragte ihn, ob er wisse, wie spät es sei.

Das ist doch so was von egal, wie spät, Manne, hör doch auf. Ich will dir was erzählen, und du redest wie der letzte Honigkakker. Also hör mal, Manne, hörst du?

Ich sah ihn auf der Bettkante sitzen, rauchend, die Kornflasche auf dem Nachttisch, neben ihm irgendein Mädchen, das schlief.

Warte, sagte ich, ich hol mir ein Bier.

Ich setzte mich mit der Flasche in den Sessel, hörte mir sein Gerede an. In Sorbez, Südfrankreich, besitze er jetzt ein Haus, klein, aber über 300 Jahre alt, ja, in den Cevennen, schön, das sei überhaupt kein Ausdruck. Das richtige Zuhause, ob ich verstünde, Zuhause. Also da lebe er jetzt manchmal. Du, ich hab da etwas gefunden, in Akten im Musée du Desert bei Anduze, unglaublich, aber wahr. Über diesen Atten vom Orb – Atten d'Orb, du weißt ja. Du, der war Führer der Camisarden-Guerilla, leitete Rückzugsgefechte nach der Liquidation des Abbé Chayla und emigrierte 1704 in die Pfalz. Hörst du?

Es war diese Marotte von ihm, seine Abstammung von südfranzösischen Hugenotten.

Also, hör mal, sagte ich, kannst du das nicht ein andermal …

Bleib, rief er, paß auf, die Geschichte, die ich dir erzählen will. Und er erzählte von einem Kind aus diesem Dorf – Sorbez –, sieben Jahre, Pasquale, dessen Hand knapp hinter dem Gelenk durch einen Sichelhieb beim Spiel abgetrennt worden war, und wie er – Piet Atten – Kind und Hand in seinen Alfa geworfen, Notverband während der Fahrt bis Alès, Tempo 150, angebracht, das Hospital nach 27 Minuten erreicht, Kind und Hand bis fast auf den OP-Tisch geschleppt, Notoperation nach Gerangel mit den Ärzten bewacht, im Helikopter nach Montpellier zur berühmten Klinik, das Team und das Mädchen am Tropf durch

Gewitterböen begleitet und schließlich total erschöpft vor dem OP-Saal von d'Albas, vor dem Crack – der Kennedy-Sohn verdanke ihm den Erhalt seines letzten Beines – einen Weinkrampf bekommen habe.

Ich hörte, wie er einen langen Zug aus der Flasche nahm.

Heute strickt Pasquale wieder, sagte er, und ich bin der King im Dorf.

Schlechter Song, sagte ich.

Er schrie vor Lachen. Manne, rief er, das ist Wirklichkeit, Realität, verstehst du, passiert ist das alles, echt. Er nahm wieder einen Schluck.

Manne, du fehlst mir. Wir müssen wieder gemeinsam los. Hast du die Bande gesehen, die um mich herum ist? Der Blackout, wie damals bei unserer letzten Tournee, erinnerst du dich? Manne, mir geht's schlecht, inwendig – verstehst du!

Nein, sagte ich, also tschüß, ich muß jetzt schlafen. Ich lege auf.

2

Dieser Manne will sie einfach nicht wahrhaben, die Verknotungen und wuchernden Gewächse in uns. Glaubt schon gar nicht an ihre Heilung durch Besprechen, lehnt den Begriffsapparat dafür deshalb ab. Hält sich im Stande der heiligmachenden Gnade, der Arsch. Vermutlich schätzt er das Ganze ein als raffinierte Taktik, ausgeheckt im Zentralkomitee der Bourgeoisie. Beschluß: ad usum delphini die gesamte Psychologie, die popularisiert wird, notfalls durch Comics und Straßentheater, zwecks Orientierung aufs Innere. Ablenkung vom Klassenkampf. Alles im Rahmen des Gesamtkonzepts, wonach der ideologische Kampf gegen die drei progressiven Hauptkräfte immer mehr aus dem Bereich des theoretischen in den Bereich des alltäglichen Bewußtseins verlagert wird. Überhaupt nicht zur Kenntnis nehmen, das ist Mannes Konterstrategie. Wenn ihm *wirklich ganz schlimm was quer kommt* – dann tobt er los, nimmt sich den erstbesten vor, und nach zwei Stunden hat er alles vergessen, weiß nicht mal mehr den äußeren Grund, der ihn veranlaßt hat, zum Beispiel mich als *reaktionäre Sau* zu beschimpfen. Die einfachste Therapie von der Welt ist das natürlich. Man muß sich einreden, daß alles so ist, wie es ist. Dann lehren alle Erfahrungen immer wieder das eine. Darin hatten die Übung, Manne und sein Verein. Immer noch ist ihr Idol ja der Maschinist aus der Gußeisenzeit. Der hat nicht gewankt und geschwankt. Wenn da mal was schief lief auf der emotionalen Ebene, dann hatte das was zu tun mit Verdauungsschwierigkeiten oder daß seine Alte so nicht oder nicht so oft wollte wie er. Den Hammer geschmissen, Hände am Lendenschurz abgewischt, und raus auf die Straße, Tausende – aber ein Wille, ein Herz, das im Gleichtakt schlägt: *Vorwärts und nicht vergessen.* An der Ecke die Reichswehr hinter Maschinengewehren. Das waren noch Kämpfer, das waren noch Zeiten. Der arbeitslose Eisenwerker Paul Potthoff hat auch an diese Legende geglaubt.

Einen Song werd ich schreiben: Straßen und Plätze sind voll, voll mit vielen, vielen bunten Smarties, die tanzen und Würstchen essen, und ihre Kinder auf ihren Schultern lassen Luftballons schweben, wie damals beim Showdown an der Schnupftabaksmühle. Doch drüben im Abbruchviertel auf der alten Katzbuckelstraße marschiert das letzte Aufgebot, der letzte Haufen der letzten Aufrechten, die tragen die roten Fahnen, singen: *Vorwärts und nicht vergessen.* Das waren noch Kämpfer, das waren noch Zeiten. Das wirst du nicht verwinden, Manne.

Wenn ich daran denke, wie wir die Diskussionen über die zwanziger Jahre geführt haben! Er kannte das alles ja überhaupt nicht: Liebknechts *beim Kämpfen wird nicht gedichtet*, Friedrich Wolfs *Kunst als Waffe*, die Arbeiterkorrespondentenbewegung und BPRS und die Linkskurve, den bürgerlichen Schriftsteller als literarischen Agenten oder als Steigbügelhalter des Imperialismus, den Erbonkel, der das progressive bürgerliche Tafelsilber putzt, und den Proletkultknilch, der mit Hammer und Sichel Graffiti in die Gehirne schlägt. Dabei wurde er hitzig, nahm richtig Partei, als hätte das alles noch seine Gültigkeit im Medienverbund von Rock und Pop und Rumtata, im Animationsgewerbe zwischen Talk-Show und Hitliste, als gäbe es das alles wirklich noch, wie die Dinge, die es damals schon gab und die es heute noch gibt, *Persil* zum Beispiel oder *Fromms Akt.*

Armer Manne.

Dabei beneide ich ihn, den Roadie vieler gemeinsamer Jahre, ohne mir allerdings das Geschwister-Rivalitätsgelaber meines Therapeuten Arnim von Künsebeck zu eigen zu machen, demzufolge ich Manne Kröger als meinen älteren, starken Bruder empfinde. Wahr ist, daß ich ihm den lupenreinen proletarisch-revolutionären Stammbaum vom Ur-Ur-Ur-Großvater, dem Weberaufstandsführer Wilhelm, über den Soldatenratsorganisator und Ur-Opa Heinrich bis zum Vater, dem Streikführer Ewald, mißgönne.

Ich habe ein Lied über diese Kröger-Familie gemacht, und es ist ein Hammerlied geworden, wurde sogar ins Russische übersetzt und in der *Literaturnaja Gazetta* abgedruckt – natürlich ohne die Zeile *und gebumst hat Wilhelm und geschluckt, soviel es eben ging.* Man muß sie in ihrem Milieu erlebt haben, die Krögers und den Manne mittenmang! Ihr Fachwerkhaus, schiefergedeckt am Rande eines Restwaldes, liegt so, daß man vom Garten aus und über die Bahnbrücke *Dreizehn–Bogen* hinweg den gesamten Komplex des Eisenwerkes übersieht, wo alle Krögers irgendwann und irgendwie gearbeitet haben – bei der Müller-Balzenbeck AG. Da sitzen sie dann, Großvater, Vater, Muhme und Kind und was sonst noch dazugehört, an der mit Blümchendecke und Zwiebelmustergeschirr gedeckten Kaffeetafel – die Kanne, ich schwöre es, unterm Bischofsmützenwärmer – bei Marmorrodonkuchen, Sahne und Schabau; Mannes Opa und Högemanns Karl führen ihr ewiges Streitgespräch über Kampfdetails aus den zwanziger Jahren zu den Kommentaren der anderen. Und wenn dann der einarmige Großvater Kröger die Mundharmonika aus der Tasche zieht ...

Also, ich kriege das große Frieren bei dieser Kleine-Leute-Folklore. Trotzdem; solches Ambiente verschafft dem Manne natürlich seine Identität, seine Verläßlichkeit. Der braucht nicht zu fliehen, nicht den immer schneller wechselnden Stimmungen auf der Spur zu bleiben wie ich. Wenn es so etwas geben sollte wie *wirklicher Freund,* dann ist es Manne Kröger – vielleicht ist er sogar mein letzter Freund, und als Roadie ist er unersetzlich. Er ahnt zum Beispiel, ob die Halle in Ingolstadt leer bleiben oder ob ein Medienmensch mich ins Messer laufen lassen möchte, oder ob ein Störtrupp im Hinterhalt liegt. Er weiß, wo das Publikum wann wie reagiert. Zum Beispiel in Regensburg muß ich die Bischofsballade als letztes Lied vor der Pause bringen. Ich breche ein, wenn ich auf der Ran-Fete die Gewerkschaftssatire, beim Evangelischen Kirchentag das Landkommunenrondo vortrage, und in der Hamburger Musikhalle vor den Kindern des Mittelstandes soll ich – wie er sich ausdrückt – meine schönen Lebenshilfe-Lieder krähen. Wenn ich daran denke, wie ich ihn reingelegt habe mit Rony! Der Überfall in der Garderobe! Natürlich war das eine brutale Gemeinheit, aber was sollte ich machen? Zu Piotrowskys Bedingungen gehörte, daß ich mich für die Zeit der Wahlkampfhilfe von Manne Kröger trennte. Und ich wollte ihn auch für immer loswerden, nach all den Jahren, ich Idiot.

Ich muß ihn wiedergewinnen. Die Typen, die mich seit seinem Rückzug begleiten – immer andere, immer neue, immer die gleichen –, sind unerträglich. Sie machen sich sogar an die Mädchen ran, die nach dem Konzert in die Garderobe kommen und um ein Autogramm bitten. Trotz seiner Frankenstein-Visage gelingt es Red – sie geben sich alle amerikanische Vornamen –, hin und wieder eine Tante abzuschleppen, wie sie das nennen. Jeff ist dabei allerdings erfolgreicher. Er meint, daß er aussieht wie Dustin Hoffman, bewegt sich so und versucht, so zu lächeln wie dieser Softi. Heute wollte er mir wahrhaftig Nelly ausspannen, die Germanistin, die eine Arbeit schreibt über *Liedermacher – Sänger und Showpoeten der Neuzeit.* Sie wäre sogar mit ihm losgezogen, wenn sie nicht Informationen von mir hätte einholen müssen. Auch daran merk ich mein Alter.

Sie ächzt im Schlaf. Prost, ich trinke auf dich und deine These, die du so emphatisch vertrittst, Nelly: Lieder, wie ich sie mache, hätte es doch zu allen Zeiten gegeben, gerade in Deutschland hätten wir 'ne gute und alte Tradition solcher Songs, Walther von der Vogelweide, Paul Gerhardt, Georg Herwegh, Hoffmann von Fallersleben, Ernst Busch und so weiter, immer hätten solche Lieder die Bewegungen begleitet, und heute, halt in der Neuzeit, in unserer audiovisuellen Ära, ob ich verstünde, wo immer weniger Leute läsen, in der Newgeneration, claro?, habe man das halt wieder getickt.

Vor allem aber vermittele dieses neue Vortragslied, wie ich es mache und Reuter und Kohlschläger, zum Beispiel auch Bultmann, von der Bühne oder auf der Straße gesungen, ähnlich wie Songs der Rock-Musik oder des Jazz, Authentizität, claro?, 'ne Unmittelbarkeit und was Begreifliches an Stelle dieser zynisch-infantilen Sprechblasenbelletristik oder der immer raffinierter werdenden Hochliteratur und an Stelle der immer kindischer tönenden U-, immer pompöser klingenden E-Musik. Das seien ihre Thesen.

Diese Sprüche stammen von mir. Ich habe das mal in einem Interview abgelassen. So aus der Lamäng. Sie hat es gelesen und sich zu eigen gemacht. Soll sie. Jedenfalls tat ich erstaunt und beglückt über ihren Durchblick, wollte ja bloß, daß sie mitkam.

Meine Sexgier nach den Auftritten läßt nicht nach. Im Gegenteil. Sie ist mit den Jahren noch verrückter geworden.

Zwei Stunden rammeln – aber ohne Orgasmus –, das ist ein Konzert, und hinterher muß man einfach weiterbumsen, hat Reuter in einer Talk-Show dem Master geantwortet auf dessen Frage – Ricki, was fühlen Sie eigentlich, wenn Sie sich so verausgaben vor dem Publikum? *Bild* schrieb am nächsten Tag *Porno-Reuter packt aus. Was Liedermacher von ihrem Publikum halten.* Die organisierten Frauen griffen ihn an, erklärten ihn zum Pascha des Monats. Die beste Werbung, die man sich denken kann. In der Sache hat er recht.

Und woran liegt das? Und woher rührt diese Sucht, die immer noch stärker ist als mein Wunsch nach Festmachen und Ruhe, die Sucht auf Adrenalin und Noradrenalin? Die ist ja wie jede andere Sucht auch. Man braucht immer mehr von dem Stoff, und ich giere nach den großen und überfüllten Hallen, drehe in der Garderobe den Lautsprecher auf. Mit dem vereinzelten Lachen und Rufen und dem Gemurmel, das lauter wird, zum Brodeln, sickert der Stoff in die Blutbahnen, und dann beim ersten Klatschen, das mich herausholen will, schießt er rein, der Stoff. Ich springe auf, renne herum, laufe an die Bühne, schreie den Beleuchter an: Saallicht aus, los, und ich könnte den Bühnenmeister erwürgen, der am Telefon steht und sagt: Nur noch zwei Minuten. Dann, wenn es schon nicht mehr zum Aushalten ist, mir schwindelig wird – on the stage! Und wenn es dann trampelt und klatscht, dann muß es unbedingt raus, das Aufgestaute in mir. Die Abarbeiterei beginnt. Aber die letzte Erfüllung bleibt aus.

Also, warum das alles?

Für Arnim, meinen Seelenarchitekten, ist die Angelegenheit mal wieder ganz einfach: Der unverarbeitete und nicht zur Sublimierung gelangte Libido-Anteil des Show-Poeten Piet Atten drängt zur Ersatzbefriedigung. Klassischer Fall von oraler Fixierung durch Frustration mit Übertragung: Publikum gleich Mutter, Sänger kräht nach der Brust, die ihm die Mama auf dem Parkett und auf den Rängen vorenthält – ja, ihn durch quasi liebevolle Schläge – Beifall klatschen – zum weiteren Krähen anhält, so mit ihm sozusagen spielend.

Armer Arnim.

Was meine Kornsauferei anbetrifft – akzeptiert.

Warum aber gibt man – wenn kein Kontakt klappen will – der letzten Garderobenfrau fünfzig Mark und treibt es mit ihr schnell und schwitzend in einer Besenkammer? Das zum Beispiel sollst du rauskriegen, Knallkopp.

Unglaublich eigentlich, wie dieser diplomierte Innenweltspezialist sich aufs Kreuz legen läßt. Die Geschichte, die ich ihm über meinen Vater erzählt habe, nimmt er voll an, baut seine Theorie darauf auf, kommt immer wieder auf ihn zurück: Den Rottenführer Josef Attendorp, Angehöriger eines SS-Totenkopfverbandes, Lagerbewacher, dessen Stiefeltritt auf dem langen Flur in unserer Wohnung mich unter die Bettdecke kriechen und zittern ließ, der seiner Frau mit der Hundepeitsche eins überzog, sie aus dem Sessel riß und zu Boden warf, noch einmal draufschlug an jenem Sonntagnachmittag im Frühsommer, als der Flieder unerträglich süß roch und die Mauersegler schrien und ich auf dem Schaukelpferd wippte.

Die Schaftstiefel muß ich ihm immer wieder beschreiben.

Diese vor Schwärze glänzenden Hülsen bis knapp unters Knie und den ranzigen Geruch von Lederfett. Er kann nicht genug davon kriegen. Aber er weigert sich, die ganz andere Geschichte anzunehmen: Meine Mutter liegt an einem Sonntagnachmittag im Frühsommer – der Flieder riecht unerträglich süß, und die Mauersegler schreien – nackt auf dem Bett, reibt mit beiden Händen die Brüste und ruft mich: Komm zu mir, komm doch. Und wie ich die schwarze Spalte, aus der ich gekommen bin, anstarrte, und wie ich – Ödipus rex – the big motherfucker – dem Lockruf folge voll gieriger Angst. Das paßt nicht in sein Raster. Wenn das tatsächlich Bezug zur Realität hätte, meint er, dann wär ich längst ausgestiegen – und zwar total als Aussteiger der Epoche sozusagen. Aber ich hatte meine Mutter nicht bestiegen. Woher denn sonst meine Algophobie. Warum sonst würde ich mich vor Kind-Frauen fürchten, wie ich es singe: *Ich mach mich ganz klein vor einer Puppe, die, wenn man sie hinlegt, ihre Augen schließt. Ich mach mich ganz klein vor einer Puppe, die, wenn man sie stößt, ganz leise Mama piepst.*

Na? Nein, in Wirklichkeit hätte ich's nicht getan, wünschte bloß, der big motherfucker zu sein, immer noch im Schatten des übermächtigen, sadistischen Vaters.

So will der mich ödipalisieren.

Du mußt zugeben, Manne, das sind Probleme, die du in deiner Werktätigen-Idylle nicht einmal ahnst. Vielleicht gerade deshalb könnte ich ihm die Sache mit Charlotte aus Sorbez erzählen, die meine Mutter in ihrer Boshaftigkeit *deine Herzensangelegenheit* nennt. Ich habe noch keinem wirklich davon berichtet, meinen Eltern nur einiges angedeutet und ein bißchen der Sulla Mencke. Der Nelly erzähl ich nichts. Die Nellys glauben, sie kennten solche Werther-Geschichten aus dem Effeff. Ahnen, worauf man hinaus will, selbst wenn man Ort, Namen und Requisiten verändert.

Aber mit Manne könnte ich schon darüber reden. Der weiß nichts von solchen Geschichten, der steht auf ganz anderen Stories, weil er nicht mit Rilkes Cornett geritten ist, sondern mit John Wayne. Vielleicht war mein Döneken von der abgeschlagenen Hand ein erster Versuch, die Einleitung, um Vertrauen für

Weiteres vorzubereiten, bewußt überzogen als miese Moritat, damit er einsteigt.

Sicher, so werde ich vorgehen: Also, es geht um die Schwester von Pasquale, deren Hand ich gerettet haben möchte, um Charlotte aus Sorbez, Sorbez, *wo die Mädchen an der Brunnengrotte Wasser holen, das harmloseste Geschäft und das nötigste,* und wo man vor dem Bistro unter Platanen sitzt und über die Weinhänge und über das Tal freie Aussicht hat auf den Berg, an dem auf den Matten, hinter Kastanienhainen Schafe weiden. Ich lernte Charlotte kennen beim Tanz am quatorze juillet auf knirschendem Kies zur Musette-Musik und im Lampionlicht. Sie führt dem Vater – Omnibusfahrer – das Haus, den Weinberg, den Garten, versorgt ihre sechs jüngeren Geschwister, sitzt abends auf der Bank vor dem Haus, strickt, singt und erzählt den Kleinen Geschichten. Ihre Mutter ist gestorben, als das Jüngste sechs Monate alt war. Ihr Freund, der in Montpellier Jura studiert – ich nenne ihn einfach mal Albert –, ein braver, lieber Kerl, der Notar werden will und mich *Camarade* nennt, kommt nur zum Wochenende. Und als Charlotte und ich nach dem Wahnsinnsgewitter am Fenster standen und in den strömenden Regen sahen, sah sie gen Himmel und auf mich, ich sah ihr Auge tränenvoll, sie legte die Hand auf die meinige und sagte – nein, sie sagte nicht Klopstock – aber sie sang: *In a world of steel-eyed death and men who are fighting to be warm – come in, she said, I'll give you shelter from the storm.* Diese Zeile aus dem Dylan-Song.

Camarade Albert ist kein Problem. Lotte hört schon meine Platten. Wenn ich erst mal meinen Vorteil voll ausspiele, gibt's den braven, lieben Kerl nicht mehr. Schwierigkeiten bereitet der contrat moral – die Bitte der Mutter auf dem Totenbett, die Geschwister betreffend: *Sois leur mère* und ihr *je lui en donna ma parole.* Doch da bieten sich Lösungsmöglichkeiten an. Ich denke an eine Ersatzmutter. Therèse zum Beispiel, die Nachbarin, mit der sich der Alte, ihr Vater, der Omnibusfahrer, schon mehr als sehr gut versteht. Eine Hilfe für Garten und Weinberg ließe sich zusätzlich finden. Geld soll keine Rolle spielen. Mein Haus wird verkauft. Wir würden nicht in Sorbez leben, sondern am Orb, da, wo die Attens wirklich herkommen. In Roquebrun. Der Polizeibericht über den ersten Aufstand nach der Exekution des Abbé Chayla 1702 erwähnt das Städtchen als Herkunftsort zweier hugenottischer Insurgenten, unter ihnen Fernand Atten. Charlotte hat mir geholfen beim Entziffern der Akten im Musée du Desert bei Anduze, und sie war fast so erregt wie ich bei der Suche nach meinen Ahnen aus ihrer Gegend. Sie liebt die Geschichte ihrer hugenottischen Vorfahren, ist Protestantin, allerdings nicht von dieser nordischen Art. Mit ihren Haaren gleicht sie zwar einer Schreinerstochter aus Elmshorn. Aber die Augen sind von arabischer Schwärze.

Sicher – sie hat diese calvinistische Sucht nach Aufrichtigkeit. Und was hat mich aus den Umarmungen ihrer nordischen Schwestern immer wieder weggetrieben? Gerade deren lusttötende Gier nach Ehrlichkeit, die alles, was ich mir phantastisch zusammenreime, als Lüge denunzieren, alles, was ich mir zur sogenannten Wirklichkeit hin aufbaue, wegreißen will.

Wenn es uns gelingen würde, meine phantastische Abstammungslegende wahrhaftig zu machen, wäre Charlotte dann in ihrer calvinistischen Aufrichtigkeit ein für allemal befriedigt?

Fast hätte ich dieses Problem dem Arnim unterbreitet. Doch ich hörte schon sein lustvolles Schnaufen und hütete mich.

Dort unten leben am Orb, mit Charlotte. Kinder haben und Enkel noch erleben. Wieder da anfangen, wo die Wurzeln sind. Die Zwischenzeit der Verlierer-Väter aus der Geschichte streichen. So muß ich das Manne erzählen. Der hat immer gespürt, ob es ein gutes Lied wird.

3

Der Blackout auf unserer letzten gemeinsamen Tournee, um damit mal anzufangen, war tatsächlich Sabotage.

Wir hatten mit Störungen jahrelang nichts mehr zu tun gehabt. Die Leute, die in den späten 60ern auf die Bühne geklettert waren, unsere Mikrophone aus den Haltern rissen, kamen nicht mehr. Sie waren dabeigewesen schon auf den Ostermärschen, später beim Bau von Barrikaden vor den Auslieferungslagern von *Bild* oder bei den Sturmläufen in den Straßen gegen die Notstandsgesetze und nach den Schüssen auf Rudi Dutschke.

Sie redeten auf das Publikum ein, verzweifelt, nicht zu verzweifeln. Später schrien sie es nur noch verbittert an. Die letzten schließlich waren Clowns, die nichts weiter wollten, als eine Vorstellung von sich selbst zu geben.

Trotzdem war ich nicht überrascht, als es in jenem Frühjahr wieder zu Remmidemmi kam. Es gab seit kurzem Gruppen und Grüppchen im rechten Lager, die mit Veranstaltungsstörungen auf sich aufmerksam machten, besonders vor Wahlen, und es gab die Punks, die nicht nur bei Rock-Konzerten dazwischenschlugen, wenn ihnen danach war.

Wir zogen eine Vierzig-Tage-Tournee durch, und es passierte bei einem der letzten Konzerte in Kassel. Der große Saal der Stadthalle dort, voller Holz, hoch und hallig, ist ziemlich schwer auszusteuern, besonders dann, wenn er nicht voll besetzt ist – und das war er nicht.

Piet hatte nicht mehr das große Publikum. Die neuen Stimmungen, die mit den siebziger Jahren aufgekommen waren, nahm er zwar auf wie in seinem Blues *Die lange Reise nach Innen.* Man hörte in diesen Liedern aber zuviel Spott, und so was war nicht angesagt. Von Piet Atten erwartete sein altes Publikum auch diesmal *ungebrochene Identifikation mit den neuen Gefühlen.* Rosenberg, der Liedermacher-Papst, hatte geschrieben: Das authentische feeling für unsere Irritationen fehlt ihm, und das ist eigentlich erstaunlich bei einem Sänger wie ihm. Halten ihn seine dogmatischen Freunde am kurzen Zügel? Piet lachte darüber, verbissen zwar, aber er machte so weiter. Von den Liedermachern, die in den späten sechziger Jahren groß geworden waren – den sogenannten Waldeck-Barden –, wechselten einige in die Unterhaltungsbranche und machten Schlager, Blödelsongs und dergleichen, womit sie leicht ins Fernsehen kamen. Andere verschwanden ganz von der Szene, wurden Sozialarbeiter, Lehrer, Journalisten oder alles gleichzeitig, wie Bultmann, der später einmal unter Haus- und Bohrplatzbesetzern gesehen wurde, mit denen er sogenannte Flugblattlieder sang – gute übrigens, wie ich meine. Reuter schaffte den Umstieg auf seine Art. Er, der *Barrikadenbrüller,* wie ihn die Springerpresse genannt hatte, blieb eine Zeitlang stumm. Dann trat er bei einem Benefiz-Konzert für Amnesty International auf in einem weißen Kostüm, die langen Haare unter einer Art Tropenhelm – halb indischer Guru, halb britischer Kolonialoffizier – und sang den Song, der zum Hammerlied der neuen Welle wurde: *O man, wir Tamboure dieser roaring sixties haben nicht nur unser Trommelfell zerschlagen.*

Piet Attens Plattenumsätze gingen zurück. Früher habe er doch die Nase im Wind gehabt, ein Spürhund sozusagen sei er immer gewesen mit der richtigen Witterung, habe sich von niemandem vorsingen lassen, wo es lang ging. Was los sei? fragten ihn die Leute seiner Plattenfirma. Beweglichkeit ist das wichtigste in diesem Business, sagte Carlo, dynamische Mobilität, geistig und psychisch, oder populärer ausgedrückt: mit der Zeit marschieren.

Carlo war in die Garderobe gekommen, trug das Kostüm der Saison: bestickten Kittel, Kettchen an Hals und Gelenken. Ich habe sie kommen und gehen sehen, sagte er, du bist anders und immer noch unser Flaggschiff, fehlt dir was? Du weißt, wir können eine Menge tun, du brauchst es uns nur zu sagen.

Piet schrie ihn an, er sei kein Windhund, er nicht. Die Firma täte nicht genug, Werbung, wenn überhaupt, dann die schusseligste von der Welt. Ihn als Hampelmann auf der Kirmes vorzuführen beweise eben, daß die Firma zum Produkt Atten kein Verhältnis habe und es eben deshalb nicht verkaufen könne. Piet meinte damit das Foto, das überall erschienen war. Es zeigte ihn, wie er auf dem Holzpferdchen eines Kinderkarussells fuhr, einen Luftballon in der einen, die Kornflasche in der anderen Hand.

Beruhige dich, sagte Carlo, es kommen auch wieder andere Tage.

Carlo war Produktionschef. Er hatte zum Frankfurter Flügel des SDS gehört, und er mochte Piet. An ihm lag es bestimmt nicht, wenn weniger Atten-Platten verkauft wurden. Carlo hatte diese Mischung aus neuer Ehrlichkeit und Zynismus voll drauf. Weil du mein Alibi bist, Towarischtsch, sagte er, tue ich alles für dich – aber natürlich nur bis zu einer bestimmten Absatzgrenze.

Fällst du darunter, muß ich mir ein anderes Maskottchen besorgen.

Auf dieser glitschigen Ebene verstanden sich die beiden genau.

Dann kam Piet noch einmal groß raus mit seiner Platte *Unterm Holderbusch regnet es zweimal.* Das Lied auf dieser Scheibe über den Spanner, der ein Kind aus dem Kindergarten mitnimmt auf die Müllhalde, ihm das Märchen über die Erwachsenen erzählt, vermummte Bullen, die den stinkenden Berg stürmen und beide erschießen, wurde ein Hit unter Linken.

Noch im gleichen Jahr gab es den *Skandal.* Der Kronzeuge in einem Terroristenprozeß hatte ausgesagt, Piet Atten habe eine konspirative Wohnung angemietet. Die Wohnung war gestürmt worden, man hatte Waffen und Perücken gefunden, und in der Pause des Konzerts im Mannheimer Rosengarten brach ein Spezialtrupp bewaffneter Polizisten in die Garderobe. Sie drückten uns an die Wand, brüllten herum, zogen uns die Hosen aus und nahmen Piet mit. Er blieb eine Woche in Untersuchungshaft. *Bild* brachte eine Art Fahndungsfoto von Piet, schrieb dazu: *Im Sympathisantensumpf geschnappt. Der kommunistische Liedermacher Piet Atten in Handschellen abgeführt. Fahrende Sänger übermitteln die Anweisungen der Terroristen von Ort zu Ort. In ihren Schlupflöchern – teure Apartements in besten Wohngegenden – werden Waffen und Beutegut gehortet.*

Danach war er wie ausgewechselt, sagte alle Veranstaltungen ab. Er wohnte bei seinen Eltern, blieb tagelang im Bett. Ich redete oft mit ihm, und er rappelte sich wieder hoch. Aber für eine ganze Weile hatte er etwas verloren: das Leichtfertige, diesen unbekümmerten Biß und auch diese Vermessenheit, die ihn zu diesen Gott und die Welt umspannenden Globalanalysen und Totaleinschätzungen verleitet hatte. Unsereiner findet das natürlich immer ein bißchen lächerlich, typisch halt für ungebundene Linke mit hoher Bildung. Heute weiß ich, daß diese Schwadroniererei eben auch die Quelle ist für das merkwürdig Überraschende in seinen Liedern, diese Taktfolgen, in denen Ungereimtes über Text und Musik plötzlich zusammenpaßt, daß zum Beispiel sogar Paul Kröger, unser Opa, sagen muß: Donnerwetter, so kann man's auch sehen. Vielleicht.

Also wie auch immer: Piet begann sich mit Psychologie zu beschäftigen, ging zum Psychotherapeuten, zu diesem Arnim von Künsebeck. Eine Zeitlang schrieb er keine neuen Lieder. Er sang seine alten, aber viele von ihnen paßten nicht mehr zu den neuen Stimmungen. Auch seine Unsicherheit teilte sich den Leuten mit.

Er liebt sich nicht mehr richtig, sagten sie.

Er machte zwar neue Lieder. Sie waren aber schwer verständlich, wie der Song über die Leichen im Maisfeld und die Schweine, die sie fressen.

Atten verbittert zunehmend, schrieb man, *sein Biß ist dahin.* Seine Musik wurde so kompliziert, daß es hieß: Der gehört jetzt in die E-Rille.

Doch das legte sich mit der Zeit, und es kamen wieder solche Lieder wie das über die Familie Kröger, ein Hammerlied, das sogar ins Russische übersetzt wurde.

Der Medienboykott, der nach dem *Skandal* über Piet verhängt wurde, wirkte sich aus. Er wurde zwar hin und wieder durchbrochen von Freunden aus alten Zeiten, doch die meisten von ihnen waren nur für Nachtsendungen zuständig. Später fanden sich auch mal Redakteure, die Piet in Pop- und Jugendsendungen zu Wort kommen ließen, kurz und mit distanzierenden Kommentaren. Aber das Fernsehen blieb ihm versperrt. Und wer an diesem Fenster nicht erscheint, der ist fürs große Publikum vom Fenster. Wir mußten kleinere Hallen mieten, und auch die wurden oft nicht voll.

Die Kasseler Stadthalle jedenfalls war nur zur Hälfte besetzt. Ich hatte es nach dem Vorverkauf geahnt und deshalb schon beim Sound-Check entsprechend reguliert. Wegen der halligen Akustik hatte ich zwei Lautsprecherboxen rechts und links über die Galerie gehängt, die Lautstärken nur wenig aufgedreht und die Bässe ganz herausgenommen. So kam der Ton passabel an.

Ich weiß noch: es war ein Samstag, und Piet saß nach der Tonprobe in der Garderobe vor dem Fernseher. Er hatte sich nacheinander die *Muppets-Show* und *Eaton Place* angesehen. Über die kindischen Anarcho-Puppen konnte er Tränen lachen, und das englische Familienstück aus Salon und Küche rührte ihn richtig. Wir bekamen immer Streit bei *Eaton Place*, weil ich die Bundesliga-Spiele sehen wollte, die zur gleichen Zeit auf dem ersten Kanal liefen. Aber Piet war vernarrt in Hudson, den Butler, und Lord Bellamy, den Hausherrn, und er setzte sich meistens gegen mich durch. Nach Schluß dieses Rührstücks war Piet eine Zeitlang Lord Bellamy, sprach affektiert wie dieser, bewegte sich auch so.

Also – ich habe das nie begriffen, Piets Zwang zum Nachäffen. Er machte das nicht aus Jux. Die Hand- oder Kopfbewegung irgendeines Typs, mit dem er zusammengewesen war, oder auch eine Redewendung von dem behielt er oft tagelang bei, imitierte sie ständig. Das Glattstreichen des Schnurrbarts rechts und links zum Beispiel und dabei dieses tief aus dem Bauch kommende Lachen der Zwillingsbrüder Krohmann, Sängerkumpel aus Waldecktagen, gehörte eine Zeitlang in sein Repertoire geliehener Gesten. Weil wir viele gemeinsame Bekannte und Freunde hatten, konnte ich ihm oft auf den Kopf zu sagen, wen er inzwischen getroffen hatte. Das ärgerte ihn.

An jenem Samstag in der Garderobe der Kasseler Stadthalle, kurz vor seinem Auftritt, war er nun also wieder Lord Bellamy, lehnte halsstarr im Sessel, drehte das Glas mit Weizenkorn in der Hand, runzelte die Stirn, ganz Gentleman und Mitglied des Oberhauses, sagte: Nun, Manne, es sollte mich nicht wundern, wenn heute Unvorhergesehenes geschehen würde.

Er sollte recht behalten.

Wir hatten immer einige unserer Leute am Ort, die für ein Handgeld halfen auszuladen, die Boxen zu postieren und dergleichen. Während des Konzerts machten sie den Saalschutz. Einer von ihnen saß neben mir am Mischpult. Er beobachtete von da aus den Saal, wartete auf meine Order für den Fall, daß was schief lief. Ich erinnere mich, daß der Junge neben mir – ich glaube, er hieß Theo – während des zweiten Titels flüsterte: Auf der Galerie schleicht jemand. Kurz darauf knallte die Lautsprecherbox rechts von mir in den Seitengang. Die Leute fuhren herum. Ich drehte den rechten Kanal zu, gab alles auf die linken Boxen. Es dröhnte und knarrte, und während ich noch versuchte auszubalancieren, fiel der Strom aus. Piet sang weiter – aber man hörte ihn nicht. Dafür hörte man von der Galerie her ein Megaphon bellen: Schluß mit dem Dreck. Das wollen wir nicht mehr hören. Diese linke Verblödungsmasche.

Dann verstand man nichts mehr, nur noch ein paar unzusammenhängende Worte wie *Deutschland, morgen, endlich* und ähnliches.

Theo war fast gleichzeitig mit dem Aufschlagen der Lautsprecherbox aufgesprungen, hatte sich auf unserer Seite an der Galerie hochgezogen, und von hinten waren zwei weitere Leute von uns hinaufgeklettert. Das Handgemenge dauerte nur kurz.

Einige aus dem Publikum waren aufgestanden. Ein paar von ihnen eilten zu den Ausgängen, dann ging das Saallicht an, und Piet, auf der Bühne, im vollen Licht, die Arme ausgebreitet, rief: Halt, Leute. Wir lassen uns doch nicht von ein paar Nazis vertreiben. Uns unsere Sache kaputtmachen. Solche Zeiten sind doch wohl vorbei. – Oder?

In die folgende ganz kurze Stecknadelstille klatschte ich hinein – im Dreiertakt, laut, akzentuiert, und dann fielen die Leute ein, und gleich darauf klatschte der ganze Saal den Dreiertakt. Piet klatschte mit, eine Viertelminute lang, ehe er mit ausgestreckten Armen, eine Schwimmbewegung oder einen Bischofssegen andeutend, die Claque ausklingen ließ. In ein paar Minuten machen wir weiter, sagte er und trabte ab. Die Leute waren begeistert. Man steckte sich Zigaretten an und redete miteinander wie nach überstandener Gefahr.

Drei Randalierer nahmen unsere Leute auf der Galerie fest. Während des Spektakels hatte eine junge Frau hinter der Bühne das Hauptkabel mit einem Seitenschneider durchschnitten. Sie mußte lange vor uns dagewesen sein. Als sie aus ihrem Versteck, einer Gerätekammer, herauskam, war sie den Bühnenarbeitern nicht aufgefallen und auch nicht unserem Mann, der neben dem Transformator wachte. Sie gehörte zum Atten-Troß, ein Groupie vielleicht, dachte man. Theo und ein anderer unserer Beschützer schleppten sie im Polizeigriff in die Garderobe. Sie sah mit ihren langen rotblonden Haaren, Augen-Make-up, T-Shirt mit dem Aufdruck 69, Jeans und Joggingschuhen überhaupt nicht aus wie jemand, den man sich als Jungnazi vorstellen mochte.

Ich reparierte das Hauptkabel und hörte der Vernehmung des Mädchens zu. Wie sie hieße, zu welcher Organisation sie gehöre, ob sie nur zu viert gewesen seien, Helfer beim Stadthallenpersonal hätten, wie die Aktion im einzelnen ablaufen sollte und so weiter. Das Mädchen schwieg zu allem, lächelte dabei, ein Lächeln, das schräg wurde, als Piet sagte, ob sie denn wenigstens wisse, was die 69 auf ihrem T-Shirt bedeute, nein?

Er saß im Sessel, ließ den Weizenkorn im Glas kreisen, soixante-neuf, diese Stellung beim Geschlechtsverkehr, auch die französische genannt? Eine Aufforderung? Was wäre, wenn man sie nun vergewaltigen würde?

Den beiden, Theo und dem anderen, die das Mädchen in ihrer Mitte hielten, junge ernsthafte Arbeiter, wurde es unangenehm. Sie sahen mich an, und ich sagte: Laßt sie laufen.

Sie ließen das Mädchen los. Es drehte sich zu mir um an der Tür, sagte: Du jedenfalls bist das größte Arschloch hier.

Als ob wir uns kennen würden. Ich merkte den anderen an, daß sie genau das dachten. Ganz schön raffiniert. Ich hockte am Boden. Das Mädchen blickte zu mir herunter, und ich blickte zu ihm hoch.

Ich kannte es anders, das Mädchen aus dem Block, nicht weit von unserem Haus am Fuß des Nordberges unterhalb des unteren Waldweges: drei Klötze, hingestellt wie aus Legosteinen von der Neuen Heimat. Leute aus anderen Gegenden waren da eingezogen. Wir kannten sie nicht, Angestellte und Arbeiter, die morgens fast gleichzeitig losgingen und abends fast gleichzeitig heimkamen. Ich ging mit ihnen auf meinem täglichen Weg zu Hubert Klein & Co., Autoreparaturwerkstatt, wo ich arbeitete, und eine Zeitlang fiel mir und allen anderen ein Mädchen auf – so schön, wie sonst nur Covergirls aussehen oder Ansagerinnen im Fernsehen. Es ging mit uns zu Fuß in die Stadt. Es ging zum Bahnhof, fuhr mit dem Zug, kam am Abend zurück. Wir alle, auch die Frauen, die wir morgens auf Arbeit gingen, waren glücklich, daß dieses Mädchen zwischen uns, vor uns oder hinter uns ging, jedenfalls mit uns zu Fuß. Fehlte es, ging man langsamer, zögernder, drehte sich schon mal herum. War es dann am nächsten Tag wieder dabei, marschierten wir fast im Gleichschritt, und viele hatten das Bedürfnis, zu flöten und sich mehr als *Moin* zuzurufen. Dann fehlte es länger als eine Woche. In Urlaub konnte es nicht sein, den hatte es schon genommen, im August. Von Tag zu Tag schritten wir ungleichmäßiger. Dann verloren die ersten ihre Zweifel. Sie marschierten wieder, und man sah ihnen genau an, was sie dachten: Na, also. Zu Fuß wie wir, und zur Arbeit wie wir, so'n Mädchen, das gibt es eigentlich nicht. Und im Block wohnen. Die könnte, ja müßte doch eigentlich, wenn überhaupt in dieser Gegend, dann irgendwo in der Oberstadt leben, morgens zum Tennis fahren im Golf und abends mit ihrem Makker nach Düsseldorf in die Oper und so. Alles andere ist Illusion. In diesem Land wird entmischt, gewohnt, gearbeitet und kassiert. Eine Edelnutte. Vergessen und weiter. Das Mädchen kam noch einmal zurück. Einige von uns schienen wie erlöst. Die meisten aber ließen sich nicht täuschen. An einem Montagmorgen fuhr sie, begleitet von einem Mann, in einem Alfa-Romeo an uns vorbei. Ich glaube, viele wollten ihr nachspucken.

Die Augenbrauen, die Nase und dieser große und rote Mund, dazu die rotblonden Haare bis über die Schultern. Es war dieses Mädchen und konnte es doch nicht sein. Viele Jahre lagen dazwischen. Höchstens zwanzig Jahre ist das Mädchen aus dem Block gewesen, damals, als ich noch bei Klein & Co. arbeitete. Und auch diese junge Frau, die unser Stromkabel zerschnitten hatte, zählte höchstens zwanzig Jahre.

Das passierte mir übrigens öfters im letzten Jahr mit Piet Atten. Ich glaubte, Freunde, Kumpane, Bekannte von früher im Publikum zu erkennen, ging auf sie zu. Kurz bevor ich sie ansprechen wollte, fiel mir ein, daß ich die fehlenden Jahre nicht mitgerechnet hatte. Ich suchte direkt nach Gesichtern, Figuren und Gesten von früher, von vor meiner Zeit als Tourneebegleiter.

Hau ab, sagte ich zu dem Mädchen.

Das wird ein Nachspiel für dich geben, sagte Piet, als auch Theo und der andere gegangen waren, die glauben nämlich ganz fest, daß dieses Mädel und du euch gut kennen.

Ich hatte das Kabel wieder in Ordnung, sagte, daß er jedenfalls jetzt auf die Bühne müsse, er solle ohne Pause durchmachen, beim ersten Titel würde ich den Ton regulieren.

Er ist gut über die Runden gekommen. Das Publikum erklatschte vier Zugaben, man rief *Bravo, weiter so,* bevor er endlich abtrat.

Als wir nach dem Konzert zu Kreiters Landhaus fuhren – Kreiter hatte uns eingeladen, *zur Reunion der Freunde und Kameraden* –, sagte Piet: Das kann uns gar nicht oft genug passieren, Störungen von Nazis. Beste Werbung. Nutzt uns jedenfalls mehr als die Störung vorgestern in Karlsruhe.

Die Störung im Konzerthaus in Karlsruhe war nicht von Nazis gekommen.

Nach der Pause, Piet hatte das Lied vom verrückten Onkel Alfons gesungen – Onkel Alfons, der, einen Teppich um die Schultern und eine Pfanne vor sich her tragend, durch die Straßen zieht, den Pastor spielt, von dicken Männern in weißen Kitteln eingefangen und in die Klapsmühle gebracht wird, wo man ihn mit Heroin vollpumpt –, und Piet fing gerade mit der Ansage für den nächsten Titel an, wobei er die Ovation aus dem Ständer nahm, da rief eine Frau: *Scheißkonsumveranstaltung, dies!*

Die Frau saß in der Reihe vor mir. Sie wollte noch mehr loswerden, aber ihre Nachbarin hielt ihr den Mund zu. Piet lachte laut. Das ist ja phantastisch, sagte er, wie in den guten alten roaring sixties. Prima.

Die Leute lachten, und Piet machte durch bis zum Ende.

In einer griechischen oder türkischen Kneipe haben wir später zusammen gesessen mit einigen Freunden und Fans, als die beiden Frauen an unseren Tisch kamen. Sie müsse mit Piet mal reden, sagte die, die zwischengerufen hatte, und die andere Frau sagte flehend: Bitte!

Und die, die gerufen hatte Scheißkonsumveranstaltung, legte los. Jawohl – sie stehe zu ihrem Zwischenruf. Konsumveranstaltungen schlimmster Art betreibe er, Piet Atten, der Sänger. Was wolle er denn? Veränderung, Aufklärung etwa, ja? Aber so? Oben der Zampano auf der Bühne. Unten die Herde. Knall mit der Peitsche, zwei, drei, ein Lied. Ende. Die Herde blökt. Das sei doch ein Widerspruch. Unglaubwürdig das Ganze. Wie die

Form, so die Funktion. Autoritär, das sei noch zu harmlos. Reaktionär müsse man das nennen, wenn nicht faschistisch. Aufrechter Gang, Wärme, wirkliches Leben, das sei was ganz anderes. Nämlich Einbeziehung des Publikums. Oben und Unten – weg damit. Praktizierte Demokratie. Diskussion als Prozeß. Antizipiertes Verhalten. Jeder zugleich Künstler und Publikum, Schöpfer und Schöpfender.

So oder ähnlich laberte die Frau. Diese Apo-Veteranensprüche aus dem Mund dieser Frau – das klang nun wirklich mehr als komisch. Sie war alt – über fünfzig, sah aber auf eine falsche, künstliche Art jünger aus. Ich lachte laut los.

Ja, lachen Sie nur, sagte sie zu mir. Sie hatte sich gesetzt, während die jüngere Frau noch stand. Die sah mich nicht an, sondern Piet, immer noch flehend. Und Piets Gesicht veränderte sich, bekam einen ähnlichen Ausdruck wie sie. Aber dann schrie er mich an, bellend, unbeherrscht: Halt die Klappe, hör auf zu lachen, Idiot.

Normalerweise hätte ich ihm entsprechend geantwortet. Ich habe diesmal nichts gesagt und begann mich zu unterhalten mit dem, der neben mir saß. Piet rückte den Stuhl näher an die Mutter, redete auf sie ein, berührte ihren Arm manchmal dabei, lachte zustimmend, wenn die Frau antwortete, er ließ sie reden, gab ihr recht, erklärte und ließ sich erklären.

Die Tochter hatte einen Stuhl neben Piet gerückt. Sie hielten sich an den Händen – Piet und sie: ein Herz und eine Seele. Klassenbruder, Klassenschwester.

4

Ich habe Manne Kröger wieder angebrüllt, damals auf der Fahrt zu Kreiters Landhaus, als noch einmal die Rede kam auf die beiden Frauen aus Karlsruhe, Mutter und Tochter.

Als ob er sich überhaupt vorstellen könnte in seinem schlichten Frontbegradigungsdenken, was mit den beiden geschehen war, ehe sie dieses verharkte Verhältnis beschlossen hatten. Ich will dir mal eine Geschichte erzählen, Manne, und die wird vielleicht einmal zum Lied, zur Ballade von Mutter und Tochter. Darin wird gezeigt, daß nicht alle so heil durch die Zeiten gekommen sind wie zum Beispiel Kreiter und verschiedene andere Leute.

Also – in der ersten Strophe knien sie in der Kirchenbank, alle drei. Der Vater, Berufsoffizier, die Mutter, bescheiden und stolz im Kostüm, und die Tochter trägt ihre erste Binde. Sie danken dem Herrn und bitten, daß er der Ursel ein reines erfülltes Glück einmal schenke. Die Mutter flüstert am Abend strickend am Couchtisch im Schein der flimmernden Truhe zu den Späßen von Peter Frankenfeld, wie man sich Schmerzen und Männer vom Leib hält. Drei Jahre später in Strophe zwei wird Ursel vom Vater zusammengeschlagen, als sie nach Mitternacht durchs Klofenster heimkommt. Sie blutet oben und unten.

Die Mutter steht schweigend daneben, auch später, als er ihr Zimmer durchsucht nach Anti-Baby-Pillen. Zwei Dinge gibt es, die kann der Vati nun gar nicht vertragen: Heimlichkeiten und Kommunismus. Mutter muß ihm da recht geben – wieder mal. Defloration nach der Party in Büschen am Bahndamm. Entlaubt ist der Ho-Chi-Minh-Pfad, sagt Köpke am Abend. Was das ist, weiß sie nicht, geschweige denn wo, und sie hört das Wort erst wieder in Strophe drei und im zweiten Semester. Da stolpert Magnifizenz nach einem Tritt in den Arsch, den einer mit wilden Haaren tritt, vom Podium ins Audimax. Kugelblitz-Erhellung. Davon hat sie immer geträumt. So ist es recht, weiß sie sofort. An die Tafel schreibt einer *Wer die Vierteilung nicht fürchtet, reißt den Kaiser vom Pferd.* Diesen Mut will sie lernen, besetzt mit den anderen das Rektorat, diskutiert durch die Nächte, schläft kaum und liest und liest, Kapital und Arbeit, Fanon und Marcuse. Guevara der Jesusgesichtige blickt von der Wand und der blaurote, lächelnde Mao Tse-tung. Wieder ein Kugelblitz: die Schüsse auf Dutschke. Rudis Schuhe auf dem Pflaster. Und mit den Massen – so nennen sich guten Glaubens noch die vereinigten Kommilitonen – läuft sie den Sturmschritt Ho-Ho-Ho-Chi-Minh – durch die Straßen von West-Berlin. Als sie nach Hause kommt, einfach um einmal auszuatmen, und sie erzählt, was so los ist da draußen, haut ihr der Vater die Ohren taub. Die

Mutter weint. Ob sie denn nicht mehr studiere? Das gute Geld, am Urlaub gespart, seit Jahren. Sie wären auch gern ins Ausland gefahren, ihr Traum, einmal auf die Azoren. Daß auch der SDS wieder nur Männersache ist, merkt sie in Strophe vier, bewirft die Genossen auf dem Kongreß in Hannover mit faulen Tomaten. Ein Foto geht durch die Presse: Im Gerichtssaal wegen Landfriedensbruch bei Herrn Springer singen sie und sieben Genossinnen ein Spottlied – mit erhobener Faust, lachend und oben ohne. Der Vater verbietet ihr über Anwalt das Haus. Warum denn das alles bloß, schreibt die Mutter in der Schrift einer, die das Trinken noch nicht gewohnt ist. Ursels Geliebter und Genosse zieht mit den Sozialliberalen nach Bonn als Assistent von MdB. Das schmerzt. Aber dem nächsten schlägt sie wenigstens mit dem Hammer das Nasenbein ein, als er ihr eine Boutique verspricht – als Abfindung sozusagen, nachdem er, zurück von gemeinsamer Reise ins Italienische, wo das Rot so viel fröhlicher blüht als bei den Deutschen, von einem Wochenblatt eingekauft wird. Noch ist sie verliebt in die Zahnlücke von Angela Davis. Aber in Strophe fünf sind es die Augen von Leila Kahled, später die herabgezogenen Mundwinkel von Ulrike. Natürlich darf auch geschossen werden. Die Mutter trinkt immer mehr. Einmal treffen sie sich in einem schwäbischen Gasthaus, geheim. Terrorischte, flüstert der Wirt den Männern am Stammtisch zu. Jetzt prügelt der Vater die Mutter, doch so, daß man nichts sieht: Leberhaken und Nierenschläge. Er läßt sich scheiden, nachdem im Löwenthal-Magazin die Tochter als RAF-Gehilfin vorkommt. Die Mutter sucht ihre Tochter durch Strophe sechs in Hinterhofhäusern und Bauruinen, Abbruchgebäuden und leeren Fabriken – immer die Flasche dabei. Die schweifenden Kommunarden nennen sie *Mami blue.* Die Tochter beginnt zu schießen, nicht auf andere, nimmt die Nadel. Will kaputtmachen, was sie kaputtmacht. Einmal treffen sie sich am Bahnhof Zoo, Mutter und Tochter, und heulen die ganze Nacht hindurch. Die Mutter kommt für Jahre nach Tannenhofen, die Tochter nach hier und da und auf Bonys Ranch. Erst in Strophe sieben meinen sie, daß sie zusammengehören. Die Mutter liest, was die Tochter gelesen hat. In der gemeinsamen Wohnung lesen und machen sie alles gemeinsam, bis sie mit anderen Frauen zusammenziehen. Gemeinsam wollen sie weitermachen. Schluß und Refrain fällt mir irgendwann ein.

So ist das. Aber von solchen Geschichten will er nichts wissen, der Manne Kröger.

Er erzählte mir auf der Fahrt zu Kreiters Landhaus – als Entgegnung sozusagen – die ganz andere Geschichte von Paul Potthoff, der nach dreißig Jahren bei der Müller Balzenbeck AG arbeitslos geworden war. Auch der ist kaputt, aber anders als deine beiden Klassenschwestern, hat er gesagt.

Kreiters Landhaus ist eine alte Wassermühle. Wir fanden sie in einem Seitental. Versteckte Scheinwerfer strahlten das Mühlrad an. Unverschämt schön. Wie auf einem Ludwig Richter-Stich. Der gewaltige Schatten hinter dem geduckten Gebäude war ein felsiger Berg, sah ich am nächsten Morgen. Und es raspelte der Bach, hörten wir nach dem Abschalten des Motors. Kreiter stand vor der Tür, breitete beide Arme aus, umhalste mich. Ich bin und bleib dein Fan, sagte er, kommt herein. Mannc Kröger kriegte einen kumpelhaften Händedruck.

Der hatte ihn früher mal gefragt, so auf die naive Tour: Was treibt ihr da eigentlich in eurem *Institut für Planung und Kommunikation*? Und Kreiter hatte auf seine einfache Art, für die er berühmt ist, nach einem didaktischen Überlegungspäuschen geantwortet: Laß es mich so sagen. Wir arbeiten für Arbeitserleichterung.

Das Schlitzohr. In Wirklichkeit erarbeiten sie Rationalisierungsprogramme für Betriebe und Behörden, lehren Personalführung, Training in human chemistry, Sensibilität in den zwischenmenschlichen Beziehungen und so was. In Seminaren bringt er zum Beispiel Leute von den Mitteletagen mit Fließbandarbeiterinnen zusammen oder Handwerksmeister und Gastarbeiter. Kürzlich las ich – sogar Polizeichefs mit Bohrplatzbesetzern. Übelgenommen hat er mir den Song über die *Schöner Arbeiten AG,* wo ich Maler auf Anweisung seiner Truppe in der Fließbandhalle Mallorca am Nil auf Hawaii malen lasse. *Das Unverständnis linker Intellektueller gegenüber modernen Arbeitsprozessen* überschrieb er einen Artikel in der *Rundschau*, in dem er unter anderem mich als den typischen

Kleinbürger mit seinen Ängsten vor organisierter Industriearbeit fertigmachte. *Piet Atten – der Begabteste unter den Liedermachern.* Er hoffe, so in einem Brief an mich, seine Auslassungen führten nicht zum *Zerwürfnis.* Unsere alte Freundschaft würde von seiner Seite aus davon überhaupt nicht berührt. *Du bleibst unser Sänger.*

In dieser Taktik ist er Master: Mit hunderterlei Lausungsgebärden dir auf den Pelz rücken, umarmen und einbeziehen, bis er dich da hat, wo er dich haben will.

Er hat das Konzert arrangiert, damals im Marburger Schloßhof. Bis dahin war ich durch Jazz-Clubs getingelt, hatte auf Studentenfesten und Vereinsfeiern gesungen, hier und da mal auf den kleineren Experimentierbühnen der Theater. Wer kannte mich schon? Dieses Marburger Konzert brachte den Durchbruch. Wichtige Presseleute, die gerade in der Stadt tagten, hatte er in den Schloßhof gelockt. Es gab Wein aus Pappbechern. Schöne Mädchen schenkten ihn ein. Kreiter hatte sie von einem Drogistenkongreß besorgt. Der Mond schien überm Gemäuer, während ich sang. Alle waren selig und schrieben auch später so über meinen Auftritt.

Kreiters Sprüche faszinierten mich damals. Er studierte Mathematik und Soziologie, war ein Jahr in Berkeley gewesen, promovierte bei Adorno. Nebenbei organisierte er den Markt für bestimmte Pharmaprodukte um. Es begann zu seiner Zeit schon zu rumoren in den Universitäten, und auf einem der ersten Teach-ins hatte er eine Rede gehalten, aus der immer wieder Zitate in der Presse erschienen. Er trug eine US-amerikanische Kampfjacke und eine Baseball-Kappe, daran ein Button mit der nackten Marilyn Monroe.

War es auf der Barrikade vor der Springer-Druckerei in Essen, als ich ihn im Feuerschein brennender Benzinkanister wiedersah, umflattert vom Ledermantel, das Megaphon in der Faust vor dem Mund, die Leninmütze auf dem Kopf? Als Leiter des Projekts PÄDSAG traf ich ihn in München. Sie untersuchten Randgruppen-Verhalten in einem Aso-Viertel. Kreiter trug Motorradfahrer-Leder. Seine Mannschaft himmelte ihn an. Wir hockten auf dem Boden einer Behelfsbaracke und sangen und soffen die ganze Nacht hindurch. Den Sturzhelm legte er nicht ab. Zur Zeit seiner Hamburger Stadtteilarbeit – damals bewarb er sich um einen Sitz in der Bürgerschaft – fuhren wir beide einmal an einem Herbsttag ins Obstmarsche. Weißt du, daß ich mich anwidere, sagte er, als wir auf der Bank vor der Räucherkate eines Senators saßen und den nahen Horizont, der vom Elbdeich gebildet wurde, absuchten. Wo das hinführen soll, jetzt s-preche ich schon wie einer von der Waterkant, sagte er. Unter seiner Prinz-Heinrich-Mütze sah er wirklich bedröpelt aus. Ob er die Verknotungen und wuchernden Gewächse spürte, die uns mit den Jahren immer mehr zu schaffen machen?

Aber der Kreiter hat ja Telse. Die hat er schon immer gehabt. Sie weicht nicht von seiner Seite. Unauffällig, obwohl man sie nicht übersehen kann: breite Hüften, breite Brüste, breite Schultern, großflächiges blondes und breites Gesicht, zwei Markstück große blaue Augen, Weizenstrohhaare, einen Kopf größer als Kreiter. Sie nimmt ihm diskret das Glas weg, wenn er zuviel hat, findet das Buch, in dem er die zitierte Stelle vermutet, reicht ihm die Brille, handelt die Verträge fürs Institut aus, macht die Steuer, das Haus und erzieht die Zwillinge Hermann und Dorothea. Sind sie unter sich, behandeln die drei ihn als Kasper. Ich habe das mal erlebt, war schockiert, bis ich merkte, daß er die Rolle voll akzeptiert, ja, sie genießt. Natürlich lenkt Telse auch das, kennt den therapeutischen Wert dieses Rollentauschs. So eine Frau hätte ich finden müssen. Zum Festmachen. Dann kann doch passieren, was will.

Sie begrüßt mich im Mühlentor. Kühle Hand, Tag, Peter, komm rein.

Nie hat sie diese modischen Begrüßungszeremonien mitgemacht: Akkolada – um den Hals fallen, Küßchen, anpressen, vielleicht sogar mit den Schenkeln die Eier drücken und was es so gibt. Und immer trug sie auch dieses Kleid mit den Puffärmeln, das sie aussehen läßt wie aus einem Werbestreifen in den fünfziger Jahren für Nivea, die gute alte.

Ich werde immer anfälliger für so was. Für alles, was so ist, wie es war, was sich nicht ändert, nicht verbessert werden kann, sich den Erneuerungen widersetzt. Das macht einen ja auch so kaputt, bei diesen großen Sprüngen nach vorn, daß nichts bleibt, wie es war. Immer wenn ich nach Hause komme, zum Beispiel ins Viertel, wo ich aufgewachsen bin, ist etwas weg oder anders als vorher. Beim letztenmal war es die Brauerei schräg gegenüber. Einfach verschwunden. Weg. Statt dessen Parkplätze für hundert Autos und mehr, und rot-weiße Fahnen flattern vor einem Einkaufscenter, aus dem die Leute diese Drahtwägelchen schieben, voll bepackt mit Weißmacher-Zeugs. Dabei geht es auch anders. Einer hat mal erzählt, wie er nach Hause gekommen ist in einer mecklenburgischen Kleinstadt, drüben. Da hat er vor dem Garten am Nachbarhaus im Zaun unterhalb der Querlatte neben dem Törchen den Nagel wiedergefunden, gefühlt mit den Fingern, den Nagel, an dem er sich vor dreißig Jahren die Hose zerrissen hat. X-mal mit Farbe überstrichen – aber es war derselbe Nagel. Das hat er zweimal wiederholt. *Derselbe Nagel.*

Den Manne interessieren solche Geschichten natürlich nicht. Der strahlt, wenn er hört, daß drüben jetzt auch die Kaufhäuser Rolltreppen haben.

Gut bist du gewesen heute abend, sagte sie noch, die dithmarsche Urmutter Telse hinter meinem Rücken, wie ich ins Mühleninnere trat. Sie weiß natürlich, wie unersättlich lobesgeil, wie versessen ich bin auf das Streicheln nach dem Auftritt, besser als Arnim, der meine Fledermausohren, die höchste Frequenzen mitkriegen, feinste Verurteilungen, Sarkasmen in Nebensätzen, unwillige Anerkennung in den Stimmlagen, nicht anerkennt. Der labert von paranoiden Deutungen, wittert hier den Einstieg für das, was er meine verzerrte Realitätswahrnehmung nennt, der Blödian. Paranoia. Wennschon. Als ob ich mir diese Quelle verschütten ließe. Davon lebe ich schließlich.

Gut bist du heute abend gewesen, so wie Telse das sagte, hieß das: Ein bißchen hast du uns schon überrascht. Gekommen waren wir eigentlich bloß aus Anhänglichkeit und Sentimentalität. Schließlich hat uns das begleitet in all den Jahren: die Typen, Szenen, Bilder, Refrains, dieses merkwürdige Hacken in deiner Musik. Und deine heisere Stimme. Daß du noch einmal so aufdrehen könntest, hätten wir nicht gedacht. Ob die Störung bestellt war?

Wenn ja, dann war auch das gekonnt.

Und weil Telse überhaupt keinen Ehrgeiz hat, das auszudrükken, was man *eigene Meinung* nennt, hieß es: So ist die allgemeine Stimmung, die vorherrscht unter unseren Leuten hier, im niedrigen, weiten, quadratischen Raum der Mühle. Das Pelzige im Geruch, das ist Mehl, seit mehr als hundert Jahren abgelagert in allen Ritzen.

Sie saßen auf Leder, Leder hell und fies wie Leberkrankenkacke, hockten am Boden, großen Holzdielen, standen gelehnt an gebeizte Balken, die senkrecht und schräg die Decke abstützten.

Großes Hallo. Fast zehn Minuten gab man mir. Telse hatte die Stimmung richtig gecheckt. Ich konnte zufrieden sein.

Aber wie sie mich nerven! Und trotzdem fühle ich mich unter ihnen noch immer am wohlsten. Bin ich bei ihnen, will ich gleich wieder weg. Sie fehlen mir, wenn ich allein bin. Gelobt haben sie mich und beschimpft, beklatscht und belacht, beneidet und in die Pfanne gehauen, aber auch aus dem Dreck gezogen. Alle meine Wohngemeinschaftsbrüder und -schwestern kommen gegen sie nicht an: die alten Kumpane.

Gisela riech ich als erste heraus. Sie hat mir erst beigebracht, wie man richtig drauflosvögelt im Dachbodenzimmer, als der Tauchsieder aus dem Topf fiel und mir das ewige Mal am Hintern einbrannte. Stark geworden, dick sah sie aus in dieser rosa Latzhose, lebte in jenem Frühjahr als Bäuerin auf einem Hof bei Siegen unter Leuten, die ihre Kinder sein konnten, tauschte Rezepte aus mit zweien zu ihren Füßen, hörte aber mit einem Ohr Robert zu, der den Arm um einen Querbalken geschlungen hatte und seine These vortrug, wonach man in den Kommandozentralen der Hochfinanz und Konzerne die Zerschlagung der traditionellen bürgerlichen Parteien beschlossen habe zwecks langfristigen Aufbaus einer Einheitspartei. Wie sonst sei der Showdown zwischen einem Cowboydarsteller und einem methodistischen Prediger um die US-Präsidentschaft zu erklären? Oder die Kandidatur von Strauß, dieses schwitzenden, polternden stiernakkenstarren Dickwanstes – absoluter Antityp des höheren Angestellten, der cool und schlank und biegsamweich – Konglomerat von Schmidt, Palme, Kreisky – den Gesamtbetrieb zwischen San Francisco, Frankfurt und Tokio aufrechterhalten müsse; ließ sich tatsächlich unterbrechen von einem Jungen, dem das blondgefärbte Haar ständig ins Gesicht rutschte – in ein mongolisch geschnittenes Gesicht, kosmetisch aufgehellt, lächelte lieb über dessen melodisches Lallen, das nur er zu verstehen schien, giftete aber gleich auf Jochen ein, als der den Ono – so hieß Roberts neuer Freund – fragte, ob er mit von der Partie sei in der TV-Zeichentrickserie *Heidi* aus Japan. Mit ihm, Jochen, müsse geredet werden, jetzt, unter uns allen, und zwar über seinen perfiden, dummdreisten Artikel im *Stern*, wo er – unter Pseudonym selbstverständlich – die Schwulenbewegung niedermache, jawohl niedermache, indem er sich an dem zugegeben unglücklichen Slogan *Warme Brüder gegen kalte Krieger* aufgeile. Widerwärtig, Stammtischniveau. Hört mal alle her! Ob man es gelesen habe, hier von unserem Jochen, dem Protz und Mitschnacker und Chauvinisten. Man hatte, und Jochen wurde in die Mangel genommen.

Der trägt jetzt einen mächtigen Bauch vor sich her. Wie ein Gewerkschaftsboss sein soll, so sieht der schon aus, unser Jochen. Und war doch ein Hungerhaken, als wir beide durch Europa trampten. Gignac – eine kleine Stadt im Midi mit dem Platanenplatz unter dem Hotelzimmerchen, in dem ich nackt auf dem Bett lag während der Mittagshitze, vollgefressen, vollgesoffen, bei dieser brennenden Stille, in der man die Augenlider nie mehr aufklappen will, die Zykaden schon nicht mehr brüllen, weil es über die Mitte August ist, wo man nur das eigene Blut klopfen hört und manchmal ein kurzes Kindergeschrei oder Geschirr klappern – aber dahinter spielte einer seit Stunden das Stück aus *Jeux Interdits* auf der Gitarre, und immer vergriff er sich an derselben Stelle, bis ein Urschrei diese Unerträglichkeit zerriß: Aufhören. Schluß. Oder ich schlage dich tot, tot, tot.

Das war Jochen. Er stand auf dem Platz unter den Platanen, einer wie ich, der keine Ruhe fand. Wir sind dann zusammen weitergezogen. Er spielte Mundharmonika und ich die Laute auf Plätzen vor Restaurants und in der Pariser Metro. Am Monte Sori, von wo aus man den Ätna sieht und riecht, hat er mir das

Sandviper-Gift aus dem Fersenfleisch geschnitten und gesaugt. Ich zog ihn am Polarkreis aus dem Lule-Fluß und drückte ihm das Wasser aus dem Leib. Zusammen rollten wir mehr als besoffen die Stufen herunter von Saint Patrick in Limerick *at the rising of the moon, at the rising of the moon.* Von ihm stammte die Idee mit dem outlaw-look, wonach ich als schmuggelnder Lkw-Driver die halbe Welt durchfahren haben soll, wie es heute in der Biographie Piet Attens steht, die meine Plattenfirma verbreitet. Aber wir können ein Lied davon singen, wie man Achtzehntonner unverzollt an den Peloponnes bringt und zweihundert Schweizer Uhren in den Schläuchen der Ersatzreifen dazu – jedenfalls singe ich es in der Ballade von Jochen dem Zocker und Lako dem Griechen aus Herne. Beim DGB ist der heute ein Spezialist für Mitbestimmungsfragen, unser Jochen. Da will ich sein, wo man die andere Seite wirklich bekämpft, nicht nur mit Sprüchen, hat er mir früher oft erklärt, und tatsächlich ist er der einzige von uns, der das geworden ist, was er werden wollte. Deshalb hacken die anderen auch so gern auf ihn ein, Berthold vor allem, der für einen Chemiekonzern Schautafeln zeichnen muß in einem Büro, von dem aus man die Mainebene übersieht. Als Pflastermaler hat er davon geträumt, einmal der Elvis Presley der Buntstiftzeichnung zu sein, und Berthold ging den Jochen auch wieder hart an, der mit geschickter Wendung sich aus der Mangel gezogen und das Gespräch auf die Nietzsche-Renaissance bei der westeuropäischen Intelligenzia gebracht hatte, die er vorgab, nicht fassen zu können, weil sie so lehrbuchhaft pünktlich, nämlich vor neuerlichen Panthersprüngen ins Ölgebiet, einträte.

Solche bornierte Funktionärseinschätzung, schrie Berthold, solches Gelaber, das überhaupt nichts mehr wisse von den Beschädigungen der individuellen Existenz und den Kategorien von Glück und Verzweiflung, stehe auf demselben Niveau wie das Grundsatzprogramm *Ziffer Kunst und Kultur* des Gewerkschaftsbundes, wonach *Maßnahmen zu ergreifen sind mit dem Zweck, die Arbeitnehmer kulturell zu aktivieren.*

Im folgenden Gelächter wäre jeder ertrunken – aber nicht Jochen. Laut und mit der sturen Unerbittlichkeit eines Bolschewiki repetierte er die Sprüche einer materialistischen Kulturtheorie in immer neuen Wendungen und unter Handkantenschlägen gegen den Hals einer freischwebenden, nicht mal mehr verkommenen, nicht mal mehr bestochenen, nur mehr noch biederen, gefütterten, nicht mal mehr interessanten Unsinn produzierenden, nicht mal mehr resignierenden, nur mehr noch Schleim absondernden larmoyanten Intelligenzia, deren Quengeln nach alternativen Lebensformen nicht mal mehr rousseauistische Inbrunst ahnen lasse, sondern nur mehr noch Farce der Farce einer längst in den zwanziger Jahren abgetakelten Jugendbewegung sei.

Ich glaube, an dieser Stelle trieb Rieke das Kumpanenpalaver auf seinen ersten Höhepunkt. Sie war über Jahre mit Jochen liiert gewesen, nun Kader und Sprecherin bei den Grünen, glich, tief gebräunt, Stirnband im blauschwarzen Haar, Winnetou, wie sie so auf dem fies-gelben Ledersitz stand, *Nun ist aber gut* rief, sonor-guttural, ganz Mescalero-Chief, und um sie herum hüpfte ihr Begleiter, ein Klekih-petra, verwachsen wie dieser, hellblauäugig, Fuzi-Bart und im bunten Öko-Kittel, der flinkfingerig den Speichel aus den Mundwinkeln rieb, immer wieder klatschte zu der Rede von Rieke. Rieke, Tochter eines Museumsdirektors, der früher Scharlachflecken ins Gesicht blühten, deren Hals vibrierte, wenn sie es gewagt hatte, unter mehr als drei Leuten ein paar Sätze anzubringen, zum Beispiel über die Anordnung der Figuren in Tympanons ottonischer und burgundischer Romanik, den Einfluß Horazscher Oden auf die Lyrik der Troubadoure, die Bedeutung der Serenitá in der Architektur des Palladio für Goethes Mignon-Lieder, den Streit zwischen Schönberg und Mann, betreffend Adrian Leverkühns Komposition nach der 12-Ton-Technik. Jetzt redete Rieke, sonor-guttural und umsprungen von diesem Klekih-petra im Öko-Kittel ohne jede Scheu: Quengelei, Larmoyanz, wie Jochen das nenne, das sei doch nichts anderes als unsere Betroffenheit, ja BETROFFENHEIT über das, was wir angerichtet hätten mit den einfachen Dingen: Himmel, Erde, Wasser, Luft. Larmoyanz, Quengelei – das sei doch der Ausdruck unseres Entsetzens, ja ENTSETZENS über die Megamaschine, die wir errichtet oder deren

Errichtung wir jedenfalls zugelassen hätten, des Grauens, ja GRAUENS vor dieser großen Wahnsinnsmaschine, die alles zentralisiere, versachliche, begradige, in Planquadrate aufteile zwecks kontrollierten Produzierens und in Zielgruppen zwecks kontrollierten Liquidierens ...

In dieser Art redete sie, und sie glich wirklich, je mehr sie so redete und mit ihrem Stirnband im blauschwarzen Haar, dem roten Mann, der über den weißen Mann und seine Verbrechen richtet. Der Rumpelstilztanz des Ökozwerges um sie herum unterstrich das noch, und so sagte einer in eine Pause hinein – war ich das sogar? – die schönen Worte von Oglala-Chief Crazy Horse: The Great Spirit gave us plenty of land to live on, and buffalo, deer, antelope and other game. But you have come here; you are taking my land from me; you are killing off our game, so it is hard for us to live. Now, you tell us to work for a living, but Great Spirit did not make us to work, but to live by hunting. We do not want your civilization! We would live as our fathers did, and their fathers before them. Howgh!

Gelächter, Gezeter, Geschrei, Androhung von Schlägen – also der erste und reinigende Höhepunkt des Palavers.

So ist das immer gewesen, und einige Male haben wir uns sogar geschlagen, um uns hinterher wieder in den Armen zu liegen bis zum nächsten Schlagabtausch. In der Pause dazwischen griff ich dann meistens zur Laute, spielte und sang, machte sie solidarisch und wieder streitsüchtig. Das ist ja die Rolle des Sängers zu allen Zeiten gewesen. Oder Rudi war dran – wie damals in Kreiters Mühle. Er zog seine kleine Trommel aus einer der Plastiktüten, von denen er mehrere immer mit sich trägt, klemmte das Instrument zwischen die feisten Schenkel, kratzte und schlug das Fell – nur das Fell eines neuseeländischen Kalbes kommt dafür in Frage –, sang los mit dieser näselnden Fistelstimme, sein Lied von der Kumpanei, dem kollektiven Zusammenschluß der beschädigten Hyänen.

Rudi ist heute Professor für Devianz-Forschung, Inhaber eines Lehrstuhls für abweichendes Verhalten. Sie haben den eigens für ihn hergerichtet, für Rudi Schawanker, Ottakringer Schmuddelkind. Die RAF-Leute haben mir gesagt, damals in dieser nackten Wohnung, als sie mich fragten, warum und wofür ich denn nun auf der Bühne rumstehe, Quatsch sei das doch bloß, eben ganz anders als das, was der Rudi Schawanker mache. Der bohre wirklich in die Gehirne.

Charlie Parker, der ist bis an die Grenze gegangen, auch Jimi Hendrix. Aber Rudi Schawanker geht darüber. Ich war dabei im Publikum, wie die Leute anfingen zu zittern. Dieses Riesenbaby auf der Bühne, im Kegellicht krähend und geifernd, mit den monotonen Verrenkungen eines Autisten, beim Lied vom Vati im Kaufhaus oder als satter, grinsender Brocken im Song über die Mehrheitsfähigkeit; es war nicht auszuhalten, und einige sprangen auf, warfen Bierflaschen gegen ihn oder trommelten mit ihren Fäusten gegen ihre eigene Brust. Rudi Schawanker war wirklich gefährlich, als er noch öffentlich sang. Vermutlich, weil er wie kein anderer ausdrücken konnte, wohin Anpassung führt.

War es noch vor dem Mahl, als mich Piotrowsky ansprach? Während des Mahls jedenfalls ließ er von seinem Assistenten, Gisela, die neben mir saß, bitten, *den Eugen mal neben dem Piet* sitzen zu lassen.

Das Mahl gehört zum Ritual der Kumpanentreffs. Essend, trinkend, schwadronierend versichern wir uns schließlich, daß wir ja doch zusammengehören. Vor dieser Mühle unter dem felsigen Berg am raspelnden Bach stand der lange Tisch, um den herum wir saßen, morgens im herrlichsten Frühlings-Sonnen-Wetter. In den Büschen am Bach sangen Vögel und Tauben, die im Mühlengebälk nisteten, flatterten über uns, ohne Angst vor dem Habicht am hellen Himmel. Natürlich hatte er mal wieder was ganz Besonderes ausgesucht, Kreiter: einen Sägefisch. Lag der Länge nach vor uns auf dem weiß gedeckten Tisch. Eingeflogen aus Samoa im Spezial-Kühlcontainer. So was bringt Kreiter ohne schlechtes Gewissen. So unerschrocken wie der müßte man zu seinen Lüsten stehen.

Sicher sind wir besoffen gewesen von diesem Frühlingsmorgen und von Korn und Wein und Gras und Shit. Warum sonst hätten wir in der Reihe getanzt um den Tisch, über das Brückchen über den Bach, gebückt hinterm Mühlrad und wieder um den Tisch herum, ich und Rieke, Jochen und Talle und Hans-Peter, der eine Sicherheitsnadel im Ohr trug, Paula und Ono und dieser Öko-Greis, an den Händen gefaßt, Ringelreihen im Grünen, wie auf einem Jugendstil-Tableau. Hatten wir nicht Efeukränze im Haar? Rieke jedenfalls – Rieke! – trug ihre dünnen Brüste frei, lachte, so daß man ihre Fleischfalte über den Zähnen im Oberkiefer sah, und das ließ sie aussehen wie eine liebe, doofe Fee.

Warum sind wir so wirklich gelöst, heute? fragte jemand, und Kreiter, der den laufenden Jargon immer parat hat, sagte: *Der Platz hat positive Energie*. Ich glaube, er sagte es sogar auf angloamerikanisch: *That place got positive energy, really.*

So wird's gewesen sein.

Aber niemand hat von Anja gesprochen, die sich umgebracht hat. Die dritte von uns. Beim letztenmal war sie noch dabeigewesen, und Rudis Lied von den Lemmingen auf ihrem Zug in die Kloake aus Milch und Honig ging unter im Gelächter über einen Faxen-Joke von Ono, Roberts japanischem Freund.

Daß Hans-Peter der nächste sein würde – kurz darauf! Unvorstellbar? Später wußte jeder eine Geschichte dazu zu erzählen. Er habe hysterisch gelacht beim letzten Treff in Kreiters Mühle. Darauf haben wir uns geeinigt.

5

Piotrowsky, damals war er noch Staatssekretär, ist am Morgen zum Frühstück vor Kreiters Mühle aufgetaucht – jung und blond und durchtrainiert, einer aus der neuen Politprofigeneration. Als er sich neben Piet an den Tisch setzte, ging ich gleich rüber, hockte mich zwischen sie ins Gras. Da kenne ich nichts, und Piet und ich hatten ausgemacht: Mithören. Zwei merken mehr.

Piotrowsky war am Vorabend im Konzert gewesen. Wenn er ehrlich wäre – mit großer Skepsis sei er dahin gegangen, so fing er an. Und aus Nostalgie vielleicht. Atten-Lieder nämlich, die hätten früher mal was bedeutet für ihn und seine Kumpel – er sagte wirklich *Kumpel* –, die hätten zu ihnen gehört wie algerischer

Rotwein und schwarzer Krauser. *Komm mal rüber auf die dunkle Straßenseite, Junge* – das hat uns einfach gepackt. Das waren unsere Träume und Wünsche. Beim Lied vom Onkel Willi ohne Beine, der mit der alten Nutte bumst – da hätte er noch mitgemacht. Aber dann plötzlich dieser Knick. Wie vor die Brust gestoßen – dieser Song von *der prächtigen Kalaschnikow am Koppel der Genossin aus Da-Nang.* Da war's aus für lange Zeit. Hier und da mal was gehört im Radio, auf Platte bei Leuten; nicht schlecht, zum Beispiel von der Angst des Möbelfacharbeiters Fritz Kasunke auf dem Roten Platz. Aber doch nicht, wie's früher mal war. So – und dann gestern einfach mal hingegangen. Also – diese Überraschung!

Wer Piet nicht so gut kennt wie ich, kann auf den Gedanken kommen, der mache sich nichts aus Bauchpinselei. In Wirklichkeit ist er versessen darauf. Man muß nur den richtigen Ton treffen – aber das ist nicht leicht. Da habe ich schon das Verrückteste erlebt. Luckberg, einen Großkritiker, schmiß er mal aus der Garderobe, obwohl der richtig schwärmte, Piet habe mit seinen Liedern das fehlende Glied zwischen Nieder und Hoch, U- und E-Kultur gefunden, das wirklich Neue heute. Dagegen eine Nonne, die am Bühnenausgang auf ihn gewartet hatte und ihn beschimpfte, weil er so Vulgäres und Bösartiges rausschleudere, auf Gefühlen rumtrampele, die aber dann zwitscherte, trotzdem sei sie so mitgenommen wie einmal vor Jahren, bei einem Requiem in Maria Laach, das wär wohl das Gregorianische in Piets Liedern – diese Betschwester mit ihrem Quatsch konnte ihn beschwatzen zu einem Wohltätigkeitskonzert für *Miserior.*

Piotrowsky traf den Ton nicht. Wie er die Arme am Körper runterfallen ließ, *entwaffnet von dem, was da von der Bühne runterkam – ein ganz neuer und doch wieder der alte Piet Atten,* wie er die Fäuste an die Brust drückte, weil Piet *das Publikum packte und nicht mehr losließ.* Daß es so was noch immer oder schon wieder gab: *die Unbelehrbaren, die Unverbesserlichen, und daß die einfach so losbrüllen, eigentlich unglaublich ist das, das braune Pack.* Er kriegte das Würgen, faßte sich an den Hals dabei. Aber wie Piet dann das abgefangen hätte, das sei schon – na ja, er wolle hier keine – aber so was nenne er – Piotrowsky –

souverän. Das zeichne eben den Könner aus. Und wie er Stimmungen und Phantasien, die umliefen, auf den Punkt stoße, Privates in gesellschaftliche Zusammenhänge bringe durch paar Worte und Akkorde, wo andere ganze Bücher zu brauchten, und so weiter. Piet grinste. *Mit dem grünen Band der Sympathie*, sang er über den Tisch.

Ich weiß nicht, ob Piotrowsky von sich aus was gemerkt hat. Aber sein Assistent hatte gecheckt, daß man auf diese Art nicht an Piet herankam – ein Einflüsterer, mit einem undeutlichen Gesicht. Auf dem Bildschirm kann man manchmal ein Stück von so einem Gesicht sehen, hinter dem Rücken seines Chefs, der im Vordergrund steht, oder zwischen den Schultern von zwei Chefs, die sich anlachen. Auf diesem Gesicht liegt immer ein verstecktes Grinsen. Er hatte sich hinter Piotrowsky gestellt, tat so, als hörte er gar nicht zu, was sein Chef sagte. Er legte die Hand auf Piotrowskys Schulter, drückte leicht zu, lachte dabei aber mit den anderen über Ono, diesen blonden Japaner, der vorführte, wie der verpuckelte Teng Hsiao-ping bei einem Versöhnungsessen dem Breschnew Fischstücke auf den Teller häuft mit Stäbchen und wie der Generalsekretär brummelnd das beobachtet, mit hochgezogenen Augenbrauen.

Die wollten was von Piet, das habe ich sofort gemerkt. Einem Piotrowsky tut Bekanntschaft, vielleicht Freundschaft mit einem populären, aber eigenwilligen Künstler nur gut. Damit kann er demonstrieren, daß er eben nicht bloß der aufstiegsgeile Technokrat und Macher ist. Aber warum gerade Piet, der als ganz weit links galt?

Genau das sprach Piotrowsky an, kurz nach dem Schulterdruck seines Assistenten.

Daß er sich mit allem, was da inhaltlich von Piet gebracht würde, nicht identifizieren könne, brauchte er ja wohl nicht zu betonen. Trotzdem – er würde gern mal länger und eindringlich mit Piet diskutieren darüber. Was ihn – Piotrowsky – angetörnt habe – er sagte wirklich *angetörnt* –, sei aber auch Piets Absage an die Periode seiner proletarischen Kulturrevolution, zum Beispiel in dem Song von den Brötchen, die kleiner gebacken werden müßten und wieder in der Form der guten alten Möse, ohne

Hammer, ohne Sichel. Interessant sei jetzt für ihn, Eugen Piotrowsky, ob er, Piet Atten, eben auch die Viererbande in sich verurteile – und zwar öffentlich. Darauf wartet mancher, Piet.

Dieser Ton traf. Piet lachte meckernd. Das kenne ich. Dann ist eine Barriere durchstoßen.

Der wollte damals schon einfädeln, dieser Piotrowsky – und es ist ihm schließlich ja auch gelungen. Und ich könnte schwören, daß auch Kreiter mal wieder dahintersteckte und die ganze Kumpanei.

Diese Kumpanei! Zuletzt mochte ich sie fast schon. Ein- oder zweimal im Jahr treffen sie sich, hacken aufeinander los und lieben sich doch. Ich war oft dabei, in Begleitung von Piet. Ob sie mich dazuzählten, weiß ich nicht. Am Anfang war ich fassungslos. Wie die drauflosschwadronieren. Irgendwie beeindruckte mich das sogar. Zu allem geben sie ihren Senf dazu, und jeder hat recht, weiß, wo es langgeht. Der Höhepunkt ist, wenn sie Weltpolitik machen. Lichtjahre entfernt von der Produktion, von der Macht überhaupt nicht zu reden, nirgendwo organisiert, entscheiden sie darüber, wie der Ölpreis einzusetzen, die japanische Invasion auf dem Fahrzeugsektor zu stoppen ist, erklären der deutschen Arbeiterklasse, wie sie sich aus der *Verbürgerlichung* befreit, raten den Landarbeitern auf dem Alentejo, nicht gleich alles zu verlangen, werfen die Sozialistische Internationale auf den Müllhaufen der Geschichte, fordern vom chinesischen Politbüro, Charlie Chaplin-Filme ins Erziehungsprogramm aufzunehmen und so weiter.

Die ewige deutsche Stammtischrunde. Auch wenn sie es nicht wahrhaben wollen und böse über mich herfielen, als ich es ihnen mal ziemlich laut klarmachte. Dabei hätte ich ihnen auch erklären können, daß sie wahrscheinlich allesamt geisteskrank sind, wie Tom Strathmann, unser Doktor, behauptet. Deren Koordinatensystem ist verrutscht, meint der, weil sie an der Wirklichkeit nicht mehr beteiligt sind und sich längst neue Eliten gebildet haben. Daher würde alles immer unwirklicher für sie und undurchsichtiger. Dagegen wehre sich aber der innere Apparat und zwinge sie zu dem Spiel: *Durchblicker und Arrangeure.* Früher mal hätten so Leute sich für Napoleon gehalten.

Mir soll's egal sein. Es kommt auf dasselbe heraus. Dabei sind sie gar nicht so gefährlich – Ingo Kreiter zum Beispiel, dieser Arbeitserleichterer. Zu gerne würde ich mal in seinem *Institut für Planung und Kommunikation* an einem Seminar teilnehmen, wo sie Betriebsleitern *wettbewerbsbedingte Kostensenkung, ergonomische Strategien bei Rationalisierungsprozessen, standortbedingte Mobilität auf dem Personalsektor* beibringen, Sprüche, mit denen den Leuten bei uns in der Müller-Balzenbeck Kündigungen, Arbeitsplatzwegfall, Produktionsauslagerungen und Umzug nach Holstein zum Zweigwerk verklickert werden.

Paula, die jetzt in Kreiters Institut beschäftigt ist, hält das alles für *weitgehend klassenneutral.*

Paula gehörte eine Zeitlang zu uns, war dann wegen Solschenizyn ausgetreten. Das läßt einem natürlich keine Ruhe, und ich bin mit ihr immer wieder in den Clinch gegangen bei den Kumpanentreffs, auch damals in Kreiters Mühle.

Sie redeten über Vergewaltigung, und Paula behauptete, schon das Hinterherpfeifen der Männer morgens vom Bau runter, wenn sie zum Institut radele – das empfinde sie als Vergewaltigung; schlimmer noch in den Kneipen, und sie erzählte, wie sie von einem besoffenen Penner angemacht worden war. Der hätte sie angequatscht und sogar betatscht.

Nun tut Paula einiges, damit sie nicht übersehen wird: schulterlanges Haar, Bewegungen aus der Hüfte heraus, Strahle-Augen. Natürlich hat sie überhaupt nichts dagegen, wenn diese Signale auch ankommen. Aber bloß bei ihresgleichen. Denen nimmt sie nicht übel, wenn sie darauf reagieren, selbstverständlich ohne Hinterherpfeifen und Betatschen. So was tut ihresgleichen ja nicht. Bauarbeiter, Penner oder wie sie die nennt, die nicht zu ihresgleichen gehören, die nicht so eine erotische Kultur haben wie sie und ihresgleichen, die findet sie zum Kotzen. Das ist es, habe ich ihr auseinandergesetzt und habe mich gleich darüber geärgert, weil die anderen um uns herum, die zugehört hatten, klatschten oder protestierten, und einer rief: Das ist ja ein korrekter Klassenstandpunkt, Donnerwetter! – so zogen sie das Ganze wieder ins Alberne, wie es ihre Art ist.

Dolo allerdings hält Paula für gar nicht so dumm. Das könne

unsereins eben nicht kapieren. Und ich sollte mir nur mal die Statistiken ansehen über Vergewaltigungen, allein in Deutschland, sagte sie bei der Geburtstagsfeier von Ewald Kröger, meinem Vater, zwei Tage nach der Fete in Kreiters Mühle. Der Alte wurde sechzig Jahre, an einem Sonntag.

Die Apfelbäume standen in Blüte, und unter den Pflaumenbäumen lag Blütenschnee. Kein Hauch. Stille auch unten im Eisenwerk, das man vom Garten aus sehen kann über die dreizehn Bogen der Bahnbrücke hinweg. Dahinter die Stadt im Licht – vom Tal bis oben zum Südhang. Zwei Taubenschwärme über den Dächern: aufsteigender Rauch im Hochflug, dann, in der Kehre zum Abflug, weiße flimmernde Wolken. Der Ausflugsverkehr hatte noch nicht eingesetzt, und man hörte nur weit hinten das Summen der Autobahn, die im Westen übers Tal führt, nicht lauter als Bienengesumm im Apfelbaum. Und Glockenläuten. Wie wenn man in Badeschaum faßt, so war die Luft. Diese drei Kondensstreifen unter der Sonne zählten nicht.

So sollet sein, sagte jemand, blauer Himmel überm Revier.

Die Frauen trugen weiße Schürzen, deckten die Tische unter den Bäumen. Ich stand da im Garten, fühlte ein Ziehen vom Magen her in den Hals. Zuhause, dachte ich, das ist Zuhause.

Vielleicht hatte meine Mutter was gemerkt. Sie legte den Arm um mich. Schön, daß ich da wär. Ob ich nicht bleiben wollte, endlich, zu Hause. Ihr kriegt doch jetzt auch das Kind. Da muß man doch festmachen.

Da bin ich zum Haus gegangen.

Das Fachwerk war frisch gestrichen. Die weißen Flächen strahlten. Das Schwarz der Balken glänzte. Türpfosten und Fensterläden schimmerten grüner als das Gras. Unten im Haus rannten die Frauen herum. Es war noch enger als sonst.

In meinem alten Dachzimmer oben saßen mein Bruder Erwin und sein Sohn Olaf. Sie spielten Schach. Die beiden leben zusammen seit Erwins Scheidung. Erwin ist Lehrer. Seinen Übertritt ins *christliche Lager* hat bei uns niemand verstanden. Eine Zeitlang durfte er nicht mehr ins Haus kommen. Nachher hieß es: Na ja, wenn er bloß nicht da Politik macht.

Mein Neffe Olaf spricht druckreif und in Wendungen wie ein

altmodischer Gelehrter und mit so einer Art Ironie, die mich befangen macht. Wenn er zum Beispiel eine Turnstunde schildert, kann ich überhaupt nicht lachen: Man verlangte, daß ich in dieses Gerät mit den zwei starren Holmen auf eisernen Stützen träte – und nicht genug damit – mich an diesen Holmen auch hochstemmte, was mir kläglich mißlang, so erzählt er von einer Barrenübung. Dabei ist er nicht älter als zwölf Jahre.

Da kommt ja unser Road-Master, begrüßte er mich, sah dabei kaum vom Schachspiel hoch, reichte mir aber die Hand. Erwin nickte mir zu. Er rauchte die unvermeidliche Pfeife.

Ich fuhr ihm mit der Hand über den Kopf, setzte mich, sah ihnen zu, atmete den Geruch des Zimmers. Er kommt aus dem Fachwerk. Alter Lehm riecht so und zerbröckelndes Holz – dazu der Taubendreck aus dem Schlag unterm Dach.

Die Fotos von Gagarin, Patrice Lumumba und Elvis Presley hingen noch über dem Bettgestell. Ich hatte sie aufgehängt – da ging ich schon in die Lehre bei Hubert Klein.

Sie hatten das nicht gern gesehen zu Hause. Ich sollte Eisenwerker werden bei der Müller-Balzenbeck. Daß ich da heute gelandet bin, *nach deinen Irrfahrten*, freut den Alten natürlich.

Damals hätte mich keiner in diese Fabrik gekriegt. Solange ich denken kann und noch viel länger, sind die Krögers darunter geschlurft, morgens vor sechs oder mittags vor zwei oder abends vor zehn – und nicht nur die Männer. In der Illegalität, als der Alte im Knast saß, zog meine Mutter auf Schicht, wie vorher die Oma, als deren Mann im KZ war, und deren Mutter, als deren Mann und so weiter. Ich wollte das nicht mehr, auf keinen Fall, ich wollte auch raus aus diesem viel zu engen Knusperhäuschen, an dem man immer was tun muß, damit es nicht zusammenfällt. Ich wollte weg vom Garten, in dem immer gegraben, gejätet, geerntet, gegraben werden muß. Alles roch nach dem ewig Gleichen; jeden Tag das Gefühl, daß alles beim alten bleibt, daß sich nichts bewegt, und nur die Schichten wechseln und die Jahreszeiten.

Im Eisenwerk arbeiten, das hieß: sich in diesen Rhythmus einordnen und nie die Gegend verlassen, außer mal im Urlaub. Aber wer konnte schon im Urlaub wegfahren, damals. Die draußen gewesen waren, waren das als Soldaten oder als Insassen von

Lagern und Gefängnissen, weit weg. Man blieb am Ort, solange es ging. *Hier kennt man die Leute, hier zeigt sich, was gut ist, was schlecht ist, in den Lebenszusammenhängen. Ganz konkret. Hier wird gearbeitet für die Sache.*

So redeten die.

Onkel Alfons galt als abschreckendes Beispiel. Der war 1910 in die mexikanische Revolution gezogen. Ein Peias und Eckensteher, wie er im Buche steht, sagten die Alten. Ein Foto zeigte Alfons Ronsdorf, auf einem Pferd sitzend, vor einer Kaktee, Zapata-Schnores, Sombrero auf dem Kopf, Gewehr in der Hand und Patronengürtel kreuzweise über die Brust geschlungen. Wir haben uns das Foto oft angesehen. Indianische Landarbeiter sollen ihn später erschlagen haben in einer Kneipe.

Das kommt dabei raus, wenn man die Revolution als Karneval betreibt und im fremden Land, sagten die Alten. Che Guevara, auf den man sich hätte berufen können, gab es damals noch nicht. Aber jeder aus unserem Klub *Klaus Störtebeker* – die FDJ war damals verboten – wäre sofort an die Jarama-Front marschiert, wenn es die noch gegeben hätte, zu den Liedern von Ernst Busch. Seine Lieder kannte ich in- und auswendig. Der – und Elvis Presley. Diese Mischung müßte es geben!

Ich hatte es sofort gefühlt, als wir Piet zum erstenmal hörten. Das isser, genau die richtige Mischung, E. B. und E. P. – Ernst Busch und Elvis Presley.

Es war im Theater in Hagen. Dahin kamen wir sonst nicht. Rolli und ich saßen ganz hinten, und ich weiß noch, wie mir wirklich ein Schauer über den Rücken lief beim Lied über den jungen Arbeiter, der abhauen, endlich die Zähne in was Saftiges schlagen will. Bloß nicht weiter die Stechkarte drücken. Piet schlug die Gitarre im Takt der tausendmal hintereinander gedrückten Stechuhr. Dazu sang er mit dieser Kollerstimme von Elvis, aber durchdringender und heiser und höher. Es hörte sich an wie Schreie, die aus einer Werkhalle gellen. Ich weiß nicht, woher wir den Mut nahmen, aber Rolli und ich gingen nach dem Konzert hinter die Bühne und in Piets Garderobe. Er saß da allein in einem Samtsessel, Füße auf dem Schminktisch. Du bist Klasse, sagte Rolli, mit dem Abhauen von Heinz aus'm Betrieb –

da ist aber was falsch dran. Weisse nicht, was Gewerkschaft ist? Wisse er wohl, sagte Piet, diese verfaulte Truppe interessiert mich aber nicht.

Was er davon hielte, mal zu singen vor Gewerkschaftsjugend? Komm doch mal. Da haut dich keiner inne Pfanne, ehrlich. Auf so was wie dich haben wir nämlich gewartet.

Ich komme, sagte Piet, und als Rolli nach der Gage fragte, sagte er: Für euch umsonst.

Rolli schlug ihm auf die Schulter. Na siehsse, sagte er, so was hören wir schon mal ganz gerne.

Er kam dann ins Sälchen von Erwin Zibulla. Alle unsere Leute waren da, auch die Alten und viele von der IG Metall-Jugend, die nicht Mitglieder im Klub Klaus Störtebeker waren. Die Bude erzitterte vom Beifall nach jedem Lied. Erwin Zibulla vergaß, Bier nachzugeben, und hinterher gingen wir ins Klubhaus, eine alte Garage, die wir uns eingerichtet hatten. Es gab eine heiße Diskussion. Piet hatte hanebüchene Ansichten über Arbeiter, Gewerkschaften und über unsere politische Arbeit. Das war ihm alles nicht revolutionär genug, dem Studierten, aus seiner katholischen Beamtenfamilie. Aber er hatte es – fanden wir alle. Man muß einfach lange mit ihm diskutieren, meinte Rolli, der gehört doch zu uns.

Ich habe Piet nachher die Gitarre zum Wagen getragen. Es regnete. Ehe er einstieg, sagte er, daß er was gelernt habe. Bei uns fühle er sich wohl. Er müsse wirklich mal öfter mit uns diskutieren. Sag mal, fragte er mich, wenn du zum Beispiel mich begleitest auf meinen Touren, was hältst du davon? Ich habe unbedingt jemanden nötig, der den ganzen technischen Kram besorgt. Ich schaff das nicht mehr allein, na?

Das hat mich nicht losgelassen. Ich fuhr zu den Konzerten von Piet, wenn ich eben Zeit hatte und der Ort nicht so weit entfernt lag. Er spielte damals noch über die Hausanlagen, und ich drückte mich in den Regieräumen herum, guckte ab.

So geht das nicht länger, sagte Piet, wir müssen eine eigene Anlage haben, und ich will auch nicht mehr den Wagen steuern, Hunderte von Kilometern, und dann auf die Bühne. Also komm – oder ich such mir einen anderen. Ich zahle 100 Mark pro Auftritt. Zehn Auftritte im Monat sind allemal drin. Das war damals viel Geld für mich.

Zu Hause und in der Gruppe, als ich damit anfing, daß ich mit Piet Atten arbeiten wollte, gab es zuerst Gelächter. Ob ich *arbeiten* gesagt hätte. Ich blieb dabei, und dann wurden sie eisern. Show-Geschäft, das isses also, was du von Anfang an vorgehabt hast. Nicht ins Werk. Damit fing das doch an. Also kommt überhaupt nicht in Frage, brüllte der Alte. Die anderen beknieten mich: Junge, doch jetzt nicht. Wir paar Männekes hier. Mitten in der Illegalität, wo jeder mit einem Bein im Knast steht. Du weißt doch, was das heißt – weglaufen. Verrat.

Es war ja was Wahres dran – aber auch ich blieb eisern. Rolli stand auf meiner Seite, und wir konnten uns schließlich durchsetzen.

Die Gesellenprüfung als Autoschlosser machte ich noch. Und dann begann meine Laufbahn als Betreuer, als Roadie des Liedermachers Piet Atten.

Piet kam am Nachmittag zur Geburtstagsfeier, als wir an den Tischen unter den Bäumen saßen, und er wurde mit großem Hallo empfangen. Er brachte dem Alten ein Ständchen, sang ein paar seiner alten Lieder und dann das Krögerlied über die Familie mit hundertzwanzig Jahren Knast und Lager auf dem Buckel, die aber nie gebuckelt läuft, die Stafette nicht verliert in den großen Niederlagen und den kleinen Verbesserungen, den großen Verbesserungen und den kleinen Niederlagen, von Ruhrkampf, Kapp-Putsch, Arbeitslosigkeit und Widerstand, Naziterror, Wiederaufbau und von dem zähen Kleinkampf für das Teewasser und für die kleinen Schritte, Posten und Statuten, dieser Kampf, der so zermürbt, vielleicht noch mehr als alle großen Kämpfe – dabei immer im Visier des Feindes vom Genickschuß bis Berufsverbot.

Paul Potthoff klatschte am lautesten und längsten. Du bist der Größte, sagte er zu Piet, weisse, daß ich alle deine Platten habe?

Mein Vater mochte das Lied, obwohl er es sich nicht anmerken ließ und auch diesmal nörgelte, zu sehr wäre das alles auf einzelne abgestellt, bloß Familie Kröger – und auch die käm zu gut dabei weg.

Laß man, rief Heini Spormann, zum Geburtstag darf man auch mal prahlen.

Drei lange Tische standen unter den Bäumen, und kein Stuhl war frei. Es war warm wie selten im frühen Mai. Die Männer hatten die Jacken ausgezogen, und die Frauen trugen Sommerkleider oder Hosen und Blusen. Die Kinder rannten um die Tische herum, machten Sackhüpfen und Eierlaufen, mein Bruder Erwin, das größte Kind, vorneweg, während sein Sohn Olaf mit einem Buch im Gras lag. Aus zwei Bierfässern wurde gezapft, Platten mit Streuselkuchen standen auf den Tischen und die Schnapsflaschen. Und hinten im Garten wurde gegrillt.

Unsere Feiern!

Geburtstag, Hochzeit, Beerdigung, Betriebsjubiläum, Heimkehr aus Knast wurden gefeiert, aber auch die Befreiung von Kuba, Vietnam, Allendes Wahl in Chile oder ein erfolgreicher Streik, ein erreichter Posten im Betriebsrat und letztes Jahr die beiden Stadtverordneten. Seit klein auf bin ich dazwischen gewesen, wenn sie zusammen saßen, erzählten und tranken, lachten und flennten. Aus jedem Blickwinkel habe ich unsere Leute kennengelernt, die dicken Füße zum Beispiel von Herbert Ronsdorf in Gummistiefeln, Hugo Becks Holzbein mit den Scharnieren, die lackierten Fußnägel von Sugga Spormann, den Gemüsegeruch, der von Rosa Niehus ausgeht – als ich noch unter dem Tisch hocken mußte, zwei oder drei Jahre alt. Später, sitzend auf einem Schoß, lernte ich ihre Gesichter kennen und die Gesten beim Erzählen. Ronsdorfs Faust mit den Sommersprossen oder Rosas große Brüste, die auf den Tisch zu liegen kamen, wenn sie zuhörte. Ich fühlte, als ich neben ihnen am Tisch sitzen durfte, ihre Körperwärme, war mit ihnen traurig oder froh, verfolgte, was an ihnen gleich blieb und was sich veränderte mit der Zeit: das Zeichen auf der Stirn von Heini Spormann zum Beispiel, die Arme und Gesichter der Männer, die dicker wurden, Bäuche, die wuchsen, und die Frauen, die dünner wurden mit dem besseren Leben. Und der Geruch vom frischen Streuselkuchen, Bier und Schnaps und Wurst auf Bratrost gehört dazu. Egal, wo ich bin – wenn mir diese Mischung in die Nase kommt, sehe ich sie vor mir und mich dazwischen.

Vierzehn Tage darauf fanden Landtagswahlen statt, und darüber sprach man natürlich an allen Tischen. Die meisten standen im Wahlkampf: Infostände, Veranstaltungen in der ganzen Umgebung, Plakatkleben bis tief in die Nacht und kaum Schlaf, aber morgens früh zur Arbeit. Und was kommt dabei raus? fragte Tom Strathmann bitter. Wir treiben den anderen doch die Stimmen zu.

Was bringt ihr denn? Volles halbes Prozent diesmal? rief Orgemann, und es fing dieser ewige Krach wieder an zwischen den beiden Lagern, bis Piet Atten auf den Tisch sprang, in die Saiten griff und lossang: *Wenn wir schreiten Seit an Seit* und *In Hamburg fiel der erste Schuß*. Und bald sangen alle mit, und die schon am Törchen standen und zu ihren Autos wollten, kamen wieder zurück, setzten sich noch mal dazu.

Piet zog mal wieder seine Show ab als *Volkssänger* und *Künstler der Arbeiterklasse*. Morgen würde er seine Sprüche darüber machen, und ich würde mich nicht mal mehr darüber aufregen, ihm Verkommenheit und zynischen Opportunismus vorwerfen, wie früher oft, zuletzt nach seinem Auftritt vor Hoesch, beim Streik, als Hunderte begeistert mit ihm gesungen hatten. Seit langer Zeit in diesem Land hatte man so was wieder gehört und in der Tagesschau gesehen: Arbeiter, die vor ihrem bestreikten Betrieb ihre alten Kampflieder singen. Und was hat Piet hinterher dazu gesagt, als wir im Wagen nach Süden fuhren? Unglaublich komisch, aber auch rührend unbeholfen sei das. Im letzten Drittel des zwanzigsten Jahrhunderts, unter den kompliziertesten Verhältnissen die simpelsten Schusterharmonien aus vollem Hals! Im Zeitalter globaler Markt- und Umverteilungsstrategien, störungskompensierender Teilsysteme, Makro- und Mikroprozessoren jubeln die braven Malocher treuherzig: Alle Räder stehen still, wenn dein starker Arm es will. Und es singen nostalgisch die Chefetagen der Arbeitgeber- und Arbeitnehmerzentralen mit.

Er hatte nichts begriffen, und das habe ich ihm auch gesagt, am nächsten Tag, als wir in seine Heimatstadt fuhren, wo wir ein Konzert hatten im Saalbau Schwägers.

6

Richtiges Heimspiel auf Kreisklassenebene war das Konzert im Saalbau Schwägers. Er liegt nicht weit von dem Viertel, wo ich groß geworden bin. Im Publikum saßen ein paar alte Lehrer und Schulkameraden vom Kopernikusgymnasium und Nachbarn, die noch lebten, einige Bekannte und Verwandte und meine Mutter. Veranstalter war die Volkshochschule. Der Leiter, Oelkinghaus, ehemaliger Rektor des Kopernikusgymnasiums, hielt vorher eine Ansprache, redete von unserem Peter Attendorp alias Piet Atten.

Wer hätte gedacht, daß der Peter, ein Schüler wie jeder andere, eines Tages ... durch Funk und Fernsehen schließlich ... ich höre noch, wie er als Untersekundaner auf dem Klassenfest zur Gitarre ...

Der Saalbau Schwägers ist früher Tanzschuppen gewesen. Klassenfeste wurden da gefeiert, Tanzstunden abgehalten. Zum Wochenende gab's Schwof, Rock 'n' Roll haben wir auf den Holzdielen getanzt – Entenschwanz und Haarlacktolle, offenes Hemd und bißchen Brust, alle waren wir Elvis Presley, wie ich im Lied über *die wilden Gymnasiasten sixty-one* singe, und mit diesem Lied fing ich auch an. Der Saal wird heute für Vereinsversammlungen, Vorführungen von Haushaltswaren, Kleintierausstellungen und zum Wochenende von Provinzrockgruppen benutzt. Warum er noch nicht zum Pornoladen, Disco-Schuppen oder Materiallager umfunktioniert wurde, weiß ich nicht. Die Akustik ist grauenhaft – aber das machte nichts. Die Leute klatschten mit wie bei Hitparadenschlagern, lachten und sprachen dazwischen, machten so ihre Bemerkungen. Man hat mir ein paar davon hinterher berichtet. Wollensiepen, der Schnorrer des Viertels, soll gesagt haben: *Attendorps Piet ist zum Piepen, schon wie er das Köppken hält, armen Käl*, und eine Frau, direkt neben Mannes Mischpult, ich schätze Moni van Oepen, hat sich entrüstet, Moni, die jeden drüberließ damals: *Was dieser Peter für Ausdrücke hat! Die arme Liesbeth! Sein Vater ist gar nicht erst mitgekommen.* Ich werde mich hüten, Arnim zu beichten, daß mich das Geschwätz dieser Leute verletzt hat. Bis jetzt habe ich es immer noch verstanden, seinem Stochern *im Bereich außerfamiliärer Bezugspersonen der frühen Jahre* auszuweichen.

In den ersten Reihen saßen Lehrer und eine Schulklasse, die zweimal *Ruhe!* riefen, als das Gemurmel zu laut wurde, und Rektor Oelkinghaus ist einmal aufgesprungen und hat geschnarrt: Ich bitte mir Ruhe aus. Es handelt sich hier um einen künstlerisch wertvollen Vortrag.

Einige junge Leute in Lederklamotten an der Saaltür haben zurückgeschrien: Opa – raus, Opa – raus, Piet – rein!

Während der Pause kam meine Mutter in die Garderobe, küßte mich und sagte: Theo Kranz! Du hältst den Kopf wie Theo Kranz und schreitest auch so auf der Bühne. Du imitierst ihn immer noch. Frau Weißgärber ist das auch aufgefallen.

Ich reagiere immer noch nicht gelassen auf die Unverschämtheiten meiner Mutter. Im zweiten Teil des Konzerts war ich verstört, verspielte, versang mich ein paarmal, konnte den Blick nicht lassen von meiner Mutter, die in der ersten Reihe saß und maliziös lächelte.

Was ich besonders an ihr hasse, ist diese Art, Verhaltensweisen von mir zu erklären mit Szenen aus meiner Kindheit. Zum Beispiel – ich bringe sie in Stuttgart zur Bahn, der Zug hat Verspätung, ich kann nicht warten wegen eines Termins beim Funk, verabschiede mich. Sie sagt: Immer noch? Ich weiß nicht, ob du dich daran erinnerst, wie Onkel Arthur dir die Dampfmaschine zu Weihnachten geschenkt hat. Als sie pfiff und fauchte, hast du dir die Hosen naß gemacht. Und später konnten wir dich nicht mehr mit auf den Bahnsteig nehmen. Sobald der Zug von ferne zu hören war – jupdika waren deine Hosen naß.

Zu ihren schlimmsten Boshaftigkeiten gehört das Bestreiten meiner Originalität. Als Beweis dafür gilt meine Imitation des Theo Kranz.

Der ist mein Hans Hansen gewesen, und die Sache war die, daß ich ihn geliebt und vieles um ihn gelitten habe. Natürlich trug Theo Kranz keine kurze Seemannsüberjacke, über welche auf Schultern und Rücken der breite Kragen eines Marineanzuges lag, und einen grauen Gurt-Paletot, wie Tonio Kröger ihn trug, hätte ich niemals angezogen.

Wir trugen die ersten Jeans in der Stadt, Ringelsocken, ich einen Golfpullover, er eine Wildlederjacke.

Und natürlich ging es nicht um Don Carlos, sondern um James Dean, den Theo Kranz nicht sehen mochte. Er mochte Western mit Fuzzy oder Randolph Scott, der letzte Blödsinn. Wenn's wenigstens Alan Ladd gewesen wäre. Beschwörend, fiebrig richtig hatte ich auf ihn eingeredet mitzukommen in *East of Eden*, den ich elfmal gesehen hatte. Aus *Rebel without a Cause* – den hab ich fünfzehnmal gesehen – ist er rausgegangen, weil es darin keine Pferde und nichts zu lachen gab und nicht geschossen wurde. Es war zum Verzweifeln. Ja, ich habe gelitten und ihn sicher auch nachgeäfft, seinen wiegenden Gang, seine lässige Kopfhaltung. Wenn er doch akzeptiert hätte, daß er James Dean ähnlicher sah als Randolph Scott.

Irgendwann zwischen Wiederbewaffnung und Appell der Göttinger Acht, Untergang der Pamir und *Brücke am Kwai*, Adenauers Wahltriumph und den ersten Sputniksignalen zog seine Familie weg ins Münsterland. *Come Mister Taliman tali me banana*, sang Harry Belafonte hinterher. Vor ein paar Jahren – ich glaube, es war in Nürnberg – kam Theo Kranz in die Garderobe nach dem Konzert.

Da sah ich ihn zum erstenmal wieder. Er war Direktor einer Brauerei, glatzköpfig, bauchstark, und seine ehemals blauen Traumschleier-Augen hatten den wässerigen Basedow-Blick.

Kritisch geworden – wa, mehr hat er nicht gesagt. Ich habe meiner Mutter dummerweise davon erzählt. Sie sagte: dein Theo. Im Grunde liebst du ihn immer noch. Du bist nur enttäuscht, weil er …

Tatsächlich bemühte ich mich, den Kopf in einer anderen Art zu halten, anders auf die Bühne zu gehen, als dies Theo Kranz getan haben würde, und darüber wurde ich wütend, und noch wütender, als meine Mutter hinterher in der Garderobe sagte, es habe wohl niemand bemerkt, wie ich mich versungen hätte, und kichernd: Wie du herumgetippelt bist, köstlich.

Ja, nöstlich, sagte Frau Weißgärber, eine Witwe aus der Nachbarschaft, *die arme Frau Weißgärber*, wie meine Mutter sie nennt, weil sie diese fürchterlich drollige Hasenschartensprache spricht. Zeit ihres Lebens – jedenfalls soweit ich mich erinnere – hat meine Mutter Kontakte gesucht zu Menschen mit Sprachdefekten. Sie lud sie zu Tisch bei uns: Man muß solchen Menschen das Gefühl geben, daß sie wer sind – führte sie uns vor, nicht ohne sie vorher vor uns imitiert zu haben, einen Rentner zum Beispiel, den sie beim Einkauf getroffen hatte, der stotterte und vor allem die Hs und Ns nicht herausbringen konnte. Bei Tisch dann, am nächsten Tag, provozierte sie den Mann zu Sätzen, in denen die Hs und die Ns unvermeidbar waren, weidete sich an unserer Verlegenheit, und das, behaupte ich heute, verschaffte ihr die größte Befriedigung. Die arme Frau Weißgärber hatte häufig bei uns am Tisch gesessen.

Arnim habe ich das mal erzählt – natürlich nicht meine Mutter als Protagonistin eingesetzt, vielmehr eine Tante Wanda. Meine Plaudereien auf der Couch für bare Münze nehmend, interpretiert dieser Seelenmonteur meine Mutter nämlich als eine durch den brutalen Ehemann narzißtisch gekränkte Frau mit psychotischen Symptomen, die den Rückzug der Objekt-Libido auf das Ich später auf ihren einzigen Sohn übertragen hat und ihn dadurch wahnhaft idealisiert. Tante Wanda dagegen ist für ihn eine phallische Mutter mit Bemächtigungstrieb, eine klassische vagina dentata, die Lust dabei empfindet, andere bloßzustellen, indem sie deren Schwächen aufdeckt und diese in sadistischer Art karikiert.

Auf mein *entsetzlich* ist er gierig eingegangen. Das müsse ich jetzt näher erläutern, dieses *entsetzlich*. Dieser Arnim! Eines Tages werde ich ihn einladen zu Tisch bei meinen Eltern, vorher meiner Mutter erzählen, er sei ein vorbestrafter Exhibitionist, der Erstickungsanfälle kriege, wenn man ihn anfasse.

Komm aber bitte zum Mittagessen morgen, wenn du schon heute abend Vater nicht wenigstens begrüßen möchtest, Peterle, hat sie noch gesagt, ehe sie mit Frau Weißgärber aus der Garderobe verschwand. Auch diesen Kosediminutiv benutzt sie gern vor Leuten, um mich lächerlich zu machen. Ingolf von der Konzertagentur rief dann auch grinsend hinter mir her: Tschüßchen also, Peterle, Lieber – auf bald, als ich mit Rektor Oelkinghaus und ein paar alten Schulkameraden loszog in eine Kneipe.

Natürlich soll man das nicht machen, sich mit Leuten zusammensetzen, die einen von früher her kennen, wenn man einen solchen zusammengebastelten Lebenslauf über sich verbreiten läßt wie ich. Elmar Happ, er war eine Klasse unter mir gewesen, hatte die Pressemappe meiner Plattenfirma dabei. Nach dem zweiten Glas Bier las er daraus vor, zum Gelächter der anderen. Ich lachte selbstverständlich mit. Nur Rektor Oelkinghaus hielt sich zurück.

Mit neun Jahren zum erstenmal von zu Hause weggelaufen – mit Zigeunern. Da bist du doch brav zur ersten heiligen Kommunion geschritten, schwarze Strümpfe an. Du sahst aus wie der heilige Tarcisius. Keiner war so fromm wie du – nicht mal scheinheilig bist du gewesen, sagte Fritzi Groß, den wir beim Fußball nie mitspielen ließen, weil er so eine widerliche Schnoddernase hatte. Ich versuchte gar nicht erst zu erklären, was eine *Bio* bedeutet für einen, der in meiner Branche hochkommen will, und nach welchen Gesichtspunkten sie angefertigt werden muß. Elmar Happ klärte sie über *Image* und seine berechenbaren und unberechenbaren Wirkungen auf. Und als du siebzehn warst, willst du endgültig abgehauen sein. Unter Zuhältern in Paris, IRA-Leuten in Irland, als Trucker vom Nordcap bis Athen und als Popsänger in Teheraner Bars willst du gelebt haben. Da hast du aber brav Latein gebüffelt, ein Jahr vor dem Abitur, und du warst sogar gut, sagte Spicki Krollmann. Ein Einser, sagte Rektor Oelkinghaus. Und was sagt Ihr Vater denn dazu, wollte Rektor Oelkinghaus wissen. Der hat doch nicht im Widerstand gegen Hitler gekämpft, der war doch immer ein ordentlicher, anständiger Mensch. Ich sehe noch, wie er als Luftschutzwart …

Das habe ich mir alles angehört, war ihnen nicht mal böse, nur verstimmt, weil ich aus reiner Sentimentalität mit ihnen gegangen bin, um *von früher zu plaudern,* und als Rektor Oelkinghaus, dem ich in den Mantel half, sagte: Einige vortreffliche Passagen sind Ihnen geglückt, vor allem das Lyrische liegt Ihnen wohl, da bin ich sogar glücklich gewesen.

Am nächsten Morgen sah ich mir meine Gegend noch einmal an.

Durchs Viertel ziehen, da wo man aufgewachsen ist, das könnte besser wirken als jede Massage, die einem ein Arnim verpaßt, denkt man. Zum Beispiel morgens den Weg zur Schule noch einmal gehen – wie ich es singe im Lied über mein Viertel. Vor der Bäckerei triffst du Frau Barthel mit der Brötchentüte, weißt, du mußt dich beeilen. Du bist noch in der Zeit, wenn du die beiden Freundinnen vor Lotterbecks Spielwarenhandlung triffst, aber laufen mußt du ab Lessingstraße, weil der Müllwagen einbiegt und an der Bushaltestelle schon der Trupp steht, der auf den Achtuhrzwei wartet; rauchen kannst du noch eine, wenn die Jungs aus der Wernikestraße bei Niemanns um die Ecke biegen. Oder man schlendert nachmittags über den alten Markt, grüßt und wird gegrüßt, guckt in die Wäscherei, wo Tante Berta und ihre Schwester an der Mangel stehen und schwitzen, man zieht sich den Dunst aus dampfenden Laken, Stärke und Schweiß rein, quatscht am Radbruch-Haus mit Heini, festgewachsen auf seinem Lederkissen im Fenster, und bei Engelbert Kronenberg trinkst du am Tresen mit Päule Strandbeck, dem fanatischen Schalke-Feind, ein Bier.

Die reinste Nostalgie. Als ob nicht damals schon die Spurenverwischer am Werk gewesen wären. Mit dem alten Markt haben sie es am gründlichsten betrieben: Giebel und Erker der Häuser aus der Zeit nach dem Dreißigjährigen Krieg begradigt, auf Hochglanz das Fachwerk lackiert, kleine Fenster, Luken und Leute raus, große Fenster, Läden, Geschäfte rein, mit bunten Schildern behängt und beleuchtet von innen und außen das Ganze am hellichten Tag. Das ist Walt Disneys Märchenwelt im Verbund mit John Maynard Keynes' *propensity to consume:* König Drosselbarts Haushaltswaren, Grillstube im Knusperhäuschen, Jeans-Shop bei Mutter Mathilde, alles da, der Tchibo-Onkel und Schneewittchen, Rotkäppchen und der Weiße Riese, Beate Uhse legt aus im Dornröschenpalast, Rübezahl verkauft die neuesten Jogging-Klamotten, und Engelbert Kronenbergs Kneipe heißt heute *Old German Inn.*

So oder ähnlich sehen sie überall in unseren Städten aus, die neuen alten, alten neuen Märkte, Einkaufszeilen und Fußgängerzonen, und ich fühle mich wirklich mies, elend, krank, wenn ich da durch bin – anders als Manne Kröger. Sind wir in einer neuen Stadt – das erste, was er macht: Er wandelt durchs Einkaufszentrum, kommt strahlend zurück ins Hotel mit vollgepackter Tüte. Zu meinem Vortrag. Entfesselung der Waren-Sinnlichkeit zur Unterdrückung unserer eigentlichen Bedürfnisse und Sehnsüchte vor den Kulissen eines verlogenen Gebrauchswertversprechens, Warenbeziehung und Wegwerfmoral, Zerstörung von Kommunikation – diese Kette, darüber lächelt er. Bestenfalls bin ich für ihn der spinnerte Dichter, der den Traum vom achtzehnten Jahrhundert träumt, ein grün-bunter Sponti-Alternativist, vermutlich aber der kleinbürgerliche Aufsteiger, der den Werktätigen den erkämpften Lebensstandard mißgönnt, oder auch nur der Antikonsum-Kaspar, wie mich dieser Kollege aus Eisenhüttenstadt genannt hat.

Dabei weiß Manne nicht mal was von meinem Traum, wie wir – noch vor dem nuklearen Feuersturm – diesmal unvermummt, aber mit Fahrradketten, Hockeyschlägern und Morgensternen hindurchziehen, die Vitrinen zertrümmern und Panoramascheiben zerschlagen, über das splitternde Glas in die Tempel stürmen, Schuhe zerfetzen, Hosen zerreißen und Delikatessen in Nerzmäntel schmieren, Zuchtperlen übers Pflaster springen lassen, mit Big Macs uns klütern, den Weißen Riesen kastrieren und, behängt mit Brautkleidern und Krokodilsledertaschen, Joggingkappen auf den Köpfen und Hartgummischwänze aus den Pornoläden über die Nasen gestülpt, den Kleiderpuppen-Tango tanzen: Aus Zehntausend-Watt-Verstärkern muß dazu Bing Crosby singen *I'm dreaming of a white Christmas.*

Träumt Exi ähnlich? Ich hätte ihn fast nicht erkannt in dem Wikinger, der hinterm Tresen des *Old German Inn* steht und zapft, Lederschurz um, gelockt und rotgold gefärbt die Haare rund um seinen Schädel. Die Nase, deren Löcher jedermann einblicken kann, verriet ihn. Er war zwei Klassen über mir gewesen und *Exi* hieß er, weil er sich *Existentialist* nannte, Baskenmütze und dunkle Brille trug und Be-Bop auf seinem Saxophon spielte. Da brauchte ich bloß anzutippen, daß man nichts wirklich wiedererkenne in unserem Viertel, auf Schritt und Tritt Neuland und Innovationen und keine Leute von früher mehr.

Ob mir das etwa neu sei, wie? In allen Vierteln aller Städte dieser Alliiertenrepublik merke man das doch, diese Strategie: Ausradierung unserer Geschichte. Das Gestern vergessen, es zählt nur das Angebot vom Tage, das morgen schon nicht mehr gilt. Und das schlimmste, die Leute akzeptieren diese Kolonisation einfach. Guck dir dagegen die Polen an. Natürlich sei die Bereitschaft dafür groß in einem Verliererervolk wie den Deutschen. Der Verlust des Eigenartigen wird ja als Befreiung empfunden, wenn es haftbar gemacht wird für die Niederlagen. Das sei der Trick der Kolonisatoren und so weiter.

Dabei ist was Wahres in diesem Geschwätz, das lauter wird im Land. Ich hatte das schon vergessen – das Eigenartige, daß es so was noch gibt. In Dresden habe ich es gesehen, auf der Straße der Befreiung, zwischen Neustädter Markt und dem Platz der Einheit, zwei Stunden lang, sitzend in einem Straßencafé. Da kamen sie vorbei mitten zwischen den Heutigen im Look der Angestellten, wie sie überall herumlaufen zwischen San Francisco und Tokio und zwischen jungen Leuten in Jeans. Ja sie waren noch da: der Professor Unrat im Paletot mit Spitzbart und Kneifer; der Spanienkämpfer, Baskenmütze auf dem Ernst-Busch-Kopf; Rilke und Stephan George *vertieft im Gespräch* und der Wandervogel, Felleisen auf dem Rücken, und einer in Knickerbocker-Kostüm; der behende jüdische Anwalt, dick und melancholischen Auges wie Tucholsky; der Ulanenoffizier, verkleidet als Volksarmist, und der Kradmelder im Cape aus dem Feldzug in Flandern, die Ledertasche am Riemen umgeschnallt; das bezopfte Mädel im Strickrock, unterm Arm einen Packen Bücher, in der Hand den Geigenkasten; und Marlene Dietrich, Herrenanzug und kecke Kappe; der hochnäsige Reichsgerichtsrat und der entschlossene Bolschewik; der blonde Hans Albers, *La Paloma* pfeifend; Theo Lingen, Hans Moser und Heinz Rühmann, die vom Dorf in die Stadt verpflanzt wurden und damit fertig werden mußten, jeder auf seine nachahmliche Art – all diese Figuren aus unserer Geschichte in diesem Jahrhundert, die uns vielleicht helfen könnten vor dem nächsten Quantensprung in eine noch neuere Zeit.

Mein Vater öffnete mir die Tür in unserer alten Wohnung.

Pensioniert ist er jetzt, *in den Ruhestand getreten als Amtmann* nennt man das, verdient sich was dazu als Steuerhelfer. *Wir Selbständigen* sagt er wahrhaftig. Daß ich *mit der Singerei* im Jahr mehr Geld verdiene als er in zehn Jahren als Finanzbeamter zusammen, bleibt ihm unbegreiflich.

Ich habe ihnen ihre alte Wohnung gekauft, in die sie gleich nach ihrer Verheiratung eingezogen sind, im Jahre 1940, und die sie nie wieder gewechselt haben. Natürlich hätte ich auch ein Reihenhaus in der Bismarckstraße kaufen können, wie sie es sich gewünscht haben. Aber ich wollte mir den Geruch erhalten, der in unserer Wohnung hängt – diesen Mief aus Gekochtem, Klo und Zigarrengestank, Fliederparfum, das meine Mutter seit eh und je benutzt, und dem natürlichen Ausdünstungsgemisch des Personenensembles – Vater, Mutter und einziger Sohn Attendorp.

Sicher ist das auch masochistisch. Da hat der Arnim schon recht, denn die Erinnerungen, die dieser Mief bei mir abruft, wecken zwar nicht auf direktem Wege gemütliche Geborgenheitsgefühle, indirekt aber doch. Diese Dialektik begreift Psycho-Spezialist Arnim von Künsebeck, groß geworden in einem ostwestfälischen Wasserschlößchen, natürlich nicht. Hans-Peter, der zuletzt die Sicherheitsnadel im Ohr trug, wußte etwas davon. Der war in Waisenhäusern und Heimen erwachsen geworden, und eben deshalb konnte er diesen so phantastischen Werbestreifen drehen, in dem die Tochter im VW-Cabrio heimkommt, zum riedgedeckten Elternhaus, in dessen Tür die lächelnden Eltern stehen, sie umarmen, in die Stube geleiten, wo der Teekessel singt und der Gold-Teefix duftet.

Er stand in der Tür mit der Schürze um. Den Pfefferpotthast kocht er am besten, mein *sadistischer Übervater* – wie Arnim ihn lüstern nennt –, nicht zu weich und nicht zu hart das Fleisch, sämig die Sauce mit der richtigen Spur Nelken und Pfeffer. Nein, keinen Augenblick zu früh sei ich gekommen, sagt er in alter Liebenswürdigkeit, zu der er seine Hinnahmebereitschaft stilisiert hat.

Nein – ich *verachte* ihn nicht. So pompös könnte ich ihm gegenüber überhaupt nicht empfinden. Ich fühle sogar so etwas wie Zärtlichkeit mit Trauer gemischt, wenn er plötzlich in meinen Gedanken auftaucht, was übrigens häufig geschieht seit einiger Zeit. Dann sehe ich ihn mit mir zusammen auf dem Weg zwischen einem Roggenfeld und einem Waldstück bei Bergholzhausen, seinem Heimatdorf im Sauerland, an einem Sonntagmorgen, als die Luft voller Lerchen war und voller Duft aus dem Kornfeld. Im Tal das Dorf mit blinkenden Dächern, Glockengeläut in der Ferne, und die dunkle Ruhe aus dem Wald, und über allem der blaue Himmel ohne Kondensstreifen! Die totale Idylle. Aber es kommt noch dicker. Vor uns schritt ein junges Paar. Der Mann hatte den Arm um die Frau und die Frau hatte ihren Kopf an die Schulter des Mannes gelegt. Im Abstand von fünfzig Metern dahinter gingen zwei Priester in schwarzen Soutanen, und diesem Paar folgten wir, mein Vater und ich, in einigem Abstand. Am Ende des Roggenfeldes gabelte sich der Weg, führte abwärts ins Tal und aufwärts in den Wald. Das Liebespaar wählte den Weg ins Tal. Als das Priesterpaar an die Gabelung kam, zögerte der jüngere der beiden, ein Blondschopf, wollte dem Paar vor ihm folgen, blickte ihm nach – sehnsüchtig, würde ich sagen, aber der ältere legte den Arm um die Schulter des jüngeren, zog ihn sanft mit sich auf den Weg in den Wald, wo der Blondschopf sich noch einmal umschaute.

Wir waren stehengeblieben. Mein Vater sah mich an, wandte mir also sein Gesicht zu. Was er mir sagen wollte, aber natürlich nicht herausbringen konnte, sollte ungefähr so lauten: Der Weg der beiden ins Tal führt ins sogenannte Leben, in diese fürchterliche Schlacht, aus der es kein Entrinnen gibt, bis der Tod sie scheidet. Wie entsetzlich die Verletzungen sind, siehst du an mir. Der Weg in den Wald bringt Ruhe und Einsamkeit. Wähle! Wenn du mich fragst – ich würde trotz allem den Weg ins Tal wieder nehmen.

Tatsächlich hat er nichts gesagt. Aber was da sprachlos zum Ausdruck kam im Gesicht meines Vaters, diese dumpfe Demut, muß mich geschockt haben. Warum sonst würde ich mich, und neuerdings immer häufiger, an dieses Gesicht meines Vaters erinnern? Das Komische habe ich damals sicher nicht empfunden – wie er dastand in seiner Hermann Löns-Lodenjoppe, das grüne Hütchen mit dem Eichelhäherflügel auf dem Kopf, gestützt auf einen Eichenstock: die Karikatur von *Wilder Jäger.* Aber heute macht mir dieses Bild den Schock von damals vermutlich erträglich, erzeugt dieses Gefühl von Zärtlichkeit, gemischt mit Trauer, wenn ich an ihn denke.

Würde ich wirklich mal Tacheles reden auf Arnims Couch, ihm zum Beispiel diese Story erzählen, dann hätte er einen gewichtigeren Grund dafür gefunden, warum ich noch immer auf die Bühne steige und die Welt anbrülle.

Ich weiß übrigens nicht mehr, welchen Weg wir damals im Sauerland weitergegangen sind, mein Vater und ich, hoffe, daß ich geradeaus und querfeldein gelaufen bin, meinem Vater voraus. Aber ob ich damals, zwölf Jahre alt, schon diesen Sinn für symbolisches Handeln besaß?

Beim Pfefferpotthast-Essen am Tisch im Wohnzimmer fragte ich meinen Vater danach. Er erinnerte sich aber nicht mehr an diesen Tagesausflug, obwohl ich ihm alles genau erklärte.

Daß Vater eigentlich Priester werden wollte, ehe er mich traf, wußtest du das nicht, fragte meine Mutter, die den Plot der Geschichte sofort begriffen hatte. Daß sie doch überhaupt kein Geld gehabt hätten, die Attendorps, um den Josef studieren zu lassen, sagte ich, und sie sagte, daß Herr Brocke vom Dritten Orden, der dem Onkel Norbert das Theologiestudium schon finanziert habe, dies gewiß auch für den lieben netten Josef getan haben würde, und ich sagte, daß Vater vielleicht auch das Zölibat zu ernst genommen habe, und sie sagte, daß er das in jedem Fall zu ernst nehme, bis heute.

Mein Vater lächelte, füllte uns die Gläser. So hat er meistens reagiert, und irgendwie bewundere ich sogar seine Leistung, den tagtäglichen Angriffen seiner Frau durch die Jahre hindurch standgehalten zu haben im Bunker seiner Liebenswürdigkeit.

Diesen Bunker habe ich oft zu knacken versucht. Es war aber nur selten gelungen; damals vielleicht, als ich mir vorgenommen hatte, die erste heilige Kommunion im letzten Augenblick zu verweigern. Ob ich es damit von Anfang an darauf angelegt hatte, ihn aufzustören aus seiner gütigen Gleichgültigkeit, glaube ich aber eigentlich nicht. Wahrscheinlicher ist, daß mir die Rolle des mit allen anderen brav kommunizierenden Knaben nicht paßte und daß ich für mich etwas Extraordinäres aufziehen wollte.

Der Fall war im Kommunionunterricht oft besprochen worden: Was tut ihr, wenn euch, gerade bevor euch der Leib des Herrn dargereicht wird, einfällt, ihr habt eine Sünde nicht gebeichtet? Läßliche Sünden wie Lügen und Stehlen – klar – kamen nicht in Betracht, die galten mit Einverleibung der Hostie als abgegolten. Aber eine Todsünde wie Selbstbefleckung, also Onanie, oder Mord? Oder Übertretung des Nüchternheitsgebots? Man sollte den Kopf leicht senken, ihn kaum merklich verneinend bewegen, vor allem die Zunge im Mund behalten, dann ging der Kelch an einem vorüber, ohne daß die Gläubigen hinter uns in den Bänken etwas bemerkten.

Daß alle meinen Auftritt mitbekamen, dafür würde ich schon gesorgt haben. Geheimnisumwittert wäre ich gewesen, für viele vielleicht ein heimlicher Mörder.

Warum ich dann allerdings meine Weigerung vorher ankündigte, meinem Vater sagte, ich dürfe nicht kommunizieren, log, ich hätte mich in der Frühe über den Lappenpickert im Speisekämmerchen hergemacht, sei also nicht mehr nüchtern und daher unwürdig – das weiß ich nicht. Vielleicht wollte ich ihn doch in die Bredouille bringen, ihn zwingen, als Vater zu entscheiden: entweder Verzicht auf meine erste heilige Kommunion und zusammenhängend damit die Absage des lange vorbereiteten Festmahls mit Verwandten und Bekannten, oder aber Hinnahme einer Todsünde durch mein unwürdiges Kommunizieren.

Wie immer in solchen Augenblicken sah er meine Mutter an, hilfesuchend, und die zerrte mich aufs Klo, steckte mir den Finger in den Hals, damit ich alles auskotzte. Das klappte natürlich nicht. Ich hatte ja nichts gegessen, den Lappenpickert schon vorher ins Klo geschmissen. So und was nun, schrie die Mutter den Vater an, der steif im schwarzen Anzug dastand und zum Aufbruch drängte. Er sei doch nie um Ausreden verlegen gewesen. Also sag was.

Kommunizieren mit vollem Magen sei nur eine läßliche Sünde, meinte der, was er daraus schlösse, daß vom Zusammenbruch an bis zur Währungsreform das Nüchternheitsgebot überhaupt nicht gegolten habe.

In Lage-Anpassungsfragen ist er ja immer groß gewesen, der Josef Attendorp.

Ich habe die erste heilige Kommunion also empfangen, aber zum Knall ist es dann doch beim Festmahl gekommen. Meine Mutter, der eine dramatische Lösung des Problems sowieso lieber gewesen wäre – und vermutlich hatte ich das auch einkalkuliert –, sagte beim Nachtisch, als alle den Vanillepudding mit Himbeersauce schleckten: Jetzt kann ich es euch ja sagen, das Peterle hat unwürdig empfangen.

Die Evangelischen blickten blöde, aber die Katholiken, sie waren in der Mehrzahl, erstarrten. Als mein Vater dann den Sachverhalt erklärte, atmeten sie alle auf, bis auf Fräulein Springorum vom Dritten Orden. Wie ich dann aber sagte: Quatsch, ich hab euch das alles nur vorgemacht, und mir den zweiten Schlag Pudding nahm, war es aus mit der Gemütlichkeit. Zwar lachten ein paar Protestanten. Doch alle anderen taten empört. Meinem Vater fiel buchstäblich der Löffel aus der Hand, er beugte sich über den Tisch, schlug mir eine Ohrfeige, rief: Raus!

Ich erinnere mich nicht, ob ich damit zufrieden war. Daß er sich am Abend bei mir entschuldigte für seine *Entgleisung*, empfand ich allerdings als angenehm, vielleicht aber auch nur deshalb, weil meine Mutter ihn tobend von diesem *Gang nach Canossa* hatte abhalten wollen.

Seinen Pfefferpotthast habe ich noch gelobt beim Mittagessen, ehe ich dann ins Familiengeschichtliche ging, wie immer, wenn ich jetzt bei ihnen saß. Einiges mußte geklärt werden, so über den Jagdaufseher der Grafen von Brodenscheid.

In groben Zügen wußten die beiden Bescheid über die Wurzeln unseres Geschlechts, in welchem Boden es gewachsen war nach meinen Forschungen. Ich hatte also erzählt, wie nach dem Widerruf des Ediktes von Nantes die Papaillots – so wurden die Calvinisten wegen ihrer weißen Kleidung genannt – durch Bestechungen und nach Folterungen durch die Dragoner konvertierten, halbherzig, am Tage zwar den katholischen Riten folgten, aber nachts sich versammelten, die Bibel lasen, diskutierten, von früher schwärmten, und wie das ihre Kinder verwirrte, die täglich von den papistischen Vikaren indoktriniert, in der Nacht die richtige Lehre der Eltern empfingen und immer unruhiger wurden, den falschen Tag und die unruhige Nacht nicht länger ertragen konnten, die Eltern *Opportunisten* beschimpften, *Verräter* und – die Jüngsten waren nicht älter als fünfzehn – um der Schizophrenie zu entkommen, in die Einsamkeit der Cevennen-Hochebene zogen, Wohngemeinschaften bildeten, von Körnern und wilden Früchten lebten, die Bibel neu lasen, sich verzückten und ihren Propheten folgten, dem Guru Abraham Mazel zum Beispiel, der aufrief zum Kampf, zur Häuserbesetzung und zur Vernichtung des Gegners; wie andere sie befreiten und wie bei dieser Aktion der Abbé Chayla auf der Brücke des Tarn mit Sensen zersäbelt wurde – Fanal und Beginn des Guerillakrieges der Camisarden. Und einer von ihnen war Fernand Atten vom Orb, Atten d'Orb, mein wirklicher Stammvater.

Das Lachgekreische meiner Mutter, immer wenn das Gespräch auf die Geschichte der Familie kommt: Die Attendorps aus Frankreich, nein, nein, ich krieg mich nicht ein, und der Josef einer vom Stamm der Aufständischen, so was Ulkiges, nein, nein, stört mich nicht. Wenn ich zitiere aus den Listen in den Archiven des Hérault, den Akten im Musée du Desert, den Memoiren von Abraham Mazel und Elli Marion, aus den Journaux Camisardes, den Briefen des Brigadier Julien an Camillart, Auszüge vorlege aus den Kirchenbüchern in Landau/Pfalz und Paderborn, jawohl, Paderborn, lächelt mein Vater. Obwohl es ihm unangenehm ist, von Protestanten abzustammen, und ihm wohl auch die historische Analogie der opportunistischen Vätergeneration der Hugenotten im Languedoc mit der seiner eigenen Generation bewußt ist, hört er nicht ungern, daß Fernand Atten d'Orb an der Seite von Gedeon Laporte, Pierre Séguier und Guru Mazel die Rückzugsgefechte leitete nach der Befreiungsaktion in Pont de Montvert; daß er die linke Flanke führte beim Scharmützel gegen die Garnison in Alais im Dezember 1702, daß er in den Bergen verschwand und wieder auftauchte 1704 in den Reihen von Cavalier, als die Camisarden bei Nars das Eliteregiment des royalistischen Generals Montrevel aufrieben; daß er sich im Rivalitätsstreit zwischen den Camisardenchefs Roland und Cavalier auf die Seite des letzteren schlug, und daß er mit diesem und den hundert Getreuen nach der endgültigen Niederlage der Camisarden Frankreich verließ, daß er in Deutschland, nämlich Landau/Pfalz, sich niederließ als Küfer, 1705; daß die Familie Atten d'Orb von dort, nach Ausbruch der großen Revolution verfolgt, ins Preußische floh, vermutlich nach Brandenburg (da werde ich noch recherchieren). Und einen Guilhelm Atten d'Orb verschlug es – ich nehme an im Laufe der Befreiungskriege 1811 – nach Paderborn.

So – und dann hört man in Paderborn nichts mehr von diesen Attens. Aber es gibt um 1820 einen Jagdaufseher Attendorp oder Atten vom Dorb bei dem Grafen von Brodenscheid, der den französischen Vornamen *Fernand* trägt und aus Paderborn zugezogen ist. Und Brodenscheid liegt bei Bergholzhausen, und daher kommst du doch, aus dem Räuberhaus dort.

Ja, sicher ist das alles weit hergeholt, heiliger Josef noch mal, aber ist das ein Grund? Du hast doch als Mitglied der NSDAP und Beamter den Ariernachweis bringen müssen, bis zu den Ur-Ur-Ur-Großeltern mußtest du vorstoßen, also wo sind diese Papiere? Abhanden gekommen? Fernand Atten, der Jagdaufseher, muß der Cousin deines Ur-Großvaters gewesen sein. Hat er natürlich vernichtet, die Ariernachweispapiere, der Josef vom Stamm der Aufständischen. Unglaublich, diese Spurenverwischer.

Wir hätten kein schlechtes Erbgut, sagt er. Großer Gott, ja, alles kleine Kötter gewesen, die Attendorps, sagt er, und du bist ein kleiner Kötter geblieben, Josef Attendorp. Aber ich komme schon noch dahinter, warum dieser Jagdaufseher Fernand den Apostroph weggelassen hat, das b in Orb durch ein p ersetzt hat. Verlaßt euch darauf.

7

Nach dem Konzert im *Saalbau Schwägers* hatten wir ein paar freie Tage.

Ich fuhr nach Hause, kam von Norden her. Die alte Landstraße durch *Klein Schweden* liegt jetzt mitten im militärischen Sperrgebiet. Die neue Straße führt daran vorbei, entlang an diesen fünf Meter hohen Doppelzäunen. Ronsdorfs Anwesen sieht man nach der letzten Biegung hinter dem Schmalbach oben auf dem Nordberg. Das Schild über der Toreinfahrt, nachts beleuchtet, ist auch am Tag weithin sichtbar: *Abschlepp- und Bergungsdienst, Herbert Ronsdorf, Autoverwertung.*

Seit Tagen schien die Sonne. Nur vereinzelte Wolken am Himmel. Überall standen die Obstbäume in Blüte. Es war wie im Sommer – zu warm für die Jahreszeit. Sogar die Mauersegler waren schon eingetroffen. Wenn die Eisheiligen kommen, sagten die Gärtner, friert uns eine Menge weg. Es ist alles zu weit. Auch die Kastanie auf dem Platz vor Ronsdorfs Anwesen trug schon die voll entfalteten Blätter.

Ronsdorf, Jimmy, Pepe und einer, den ich nicht kannte, standen auf dem Hof um einen Totalschaden herum – ein völlig zerquetschter Audi. Er hing mit dem Heck am Kran des dreihundertzwölfer Allrad-Schleppers.

Die Frau – glatt den Kopf abgeschnitten; der lag auf dem Rücksitz zwischen den Kindern. Und der Mann – ein zerhacktes Fleischbündel. Da hast du überhaupt nichts mehr erkannt von dem, sagte Jimmy.

Sein Overall war voller Blutflecken. Er trug wie immer das Stirnband um den Kopf, glich einem Indianer. Alle sahen mitgenommen aus, sogar Ronsdorf, der Chef. Aber sie hatten auch dieses Glitzern in den Augen. Ich kenne das. Es gibt Leute, die geilen sich direkt auf mit solchen bloody stories. Für Profis wie Ronsdorf muß es aber schon dick kommen, wenn die das Glitzern in die Augen kriegen.

Er ließ den kaputten Audi vom Kran, und wir gingen alle fünf noch ein paarmal um den Schrotthaufen herum, kopfschüttelnd, sagten: herrje, so was, zeigten uns Wagenteile und -stücke und wo sie eigentlich hingehörten, verglichen das Wrack mit anderen Wracks, den Unfall mit anderen Unfällen. Dann tranken wir Bier aus Dosen, und Ronsdorf schiffte auf das kaputte Auto.

Das hat er immer getan – und es war nicht nur als letzter Segen gedacht. Es hieß auch: Auf ein gutes Geschäft.

Dabei konnte er nicht klagen. Seitdem *Klein Schweden* militärisches Sperrgebiet, die neue Straße gebaut, der Autobahnzubringer näher an den Nordberg gelegt worden war und in das neue Erholungsgebiet gleich neben Lohmanns Büschchen die Ausflügler vom Revier schon während der Woche kamen, hatte er mehr zu tun als früher.

Ich ging in den Anbau neben den Garagen, wo wir damals noch diese zwei Zimmer hatten. Dolo war nicht da.

So, zu Lolita willze. Eben mal reingucken. Ob das Kleine schon da ist. Und dann hausse wieder ab, woll, du Herumzieher, sagte Ronsdorf.

Dolo war im achten Monat schwanger, schon krankgeschrieben und brauchte nicht mehr runter in die Nudelfabrik, wo sie in der Kontrolle der Packabteilung arbeitete.

In der Stadt ist sie, sagte Ronsdorf, sitzt im Parteibüro. Nächste Woche ist nämlich Wahl – aber das interessiert dich ja wohl nicht. Ehe ich runter in die Stadt führe, könnte ich mich nützlich machen. Komm mal, guck dir den Kombi an.

So ist das immer gewesen. Kaum war man da, wurde man an die Arbeit gestellt. Ich hatte mich oft darüber geärgert. Damals aber spürte ich einen Drang nach richtiger Arbeit, Arbeit in meinem Beruf, und der war diesmal noch stärker als gewöhnlich nach einer langen Tournee mit Piet. Ich habe mir also den Wagen angesehen, einen alten VW-Kombi, Bully, Baujahr 1959.

Wer fährt denn damit, fragte ich.

Der große Rat der Schnupftabaksmühle, sagte Jimmy, lernsse auch noch kennen.

Motor sprang an, lief – aber das Ding ging weder vorwärts noch rückwärts. Nichts auf der Hinterachse. Kraftfluß vom Motor her unterbrochen, sagte Ronsdorf. Differenzial oder Vorgelege. Sieh mal zu. Wir schoben den Wagen auf die Hebebühne. Ich ließ ihn hoch, zog mir einen Overall an und beguckte mir die

Sache von unten. Beim Drehen des linken Hinterrades vor- und rückwärts spürte ich es in den Fingerkuppen, hörte dann auch dieses dreckige Knirschen, das entsteht, wenn ein Zahnradpaar nicht mehr funktioniert. Also das Vorgelege.

Ich ließ den Wagen wieder ab, holte das hintere, linke Rad herunter, ging an die Bremstrommel – die geschlitzte Sicherheitsmutter auf der Achswelle samt den Splinten nach links vom Gewinde drehen, Trommel losschlagen, runter vom Lager ziehen, so – und hinter Bremsbacken und Bremszylinder das Bremsschild, und dahinter schließlich saß das Zahngetriebe des Vorgeleges im Stahlgehäuse.

Hasse nich verlernt, sagte Ronsdorf, gab mir eine Bierdose, schaute zu, wie ich die Verschraubung am Gehäuse löste, den Deckel abzog, die Zahnräder freilegte. Das Getriebeöl, dunkelbraun und brandig, floß in das untere Gehäuse ab – und dann sah man es: Die Zahnflanken waren brüchig, die Härteschicht war ausgebrochen und als Schmirgelstein ins Ölbad gefallen, von da wieder auf die anderen Zahnflanken gekommen, und das hatte die Zahnräder schließlich zerfressen. Ich zog die beiden Zahnräder, so groß wie kleine Brötchen, von ihren Zapfen, legte sie Ronsdorf in die ausgestreckte Hand.

Bring neue mit aus der Stadt, sagte er, aus Kuhlmanns Lager.

Locker und entspannt bin ich nach dieser Arbeit gewesen, und ich sang laut, als ich in die Stadt reinfuhr. Überall Wahlplakate.

Der Spitzenkandidat der CDU war vor ein paar Tagen gestorben. Man hatte einen schwarzen Streifen als Trauerflor über die rechte obere Ecke der Plakate geklebt. Den *Mann, der jetzt das Ruder übernimmt,* hatte man darüber gehängt. Ich bin ihm mal begegnet im TEE auf dem Gang zum Speisewagen. Er reichte mir gerade bis an die Brust. Auf dem Plakat fiel die Kürze dieses Professors, der die meisten Gewerkschaften für unterwandert hält von *militanten Marxisten*, nicht auf. Er sah jung aus und dynamisch, lächelte auf diese Art, die sie *überlegen* nennen. Anders jedenfalls, als der Topmann der SPD. Der lächelte wie ein Seelsorger. Die Augenbrauen wachsen ihm über der Nasenwurzel zusammen. Warum er das nicht wegrasiert, begreif ich nicht. Auf mich wirkt es unappetitlich. So einem kommen auch Haare aus den Ohren. Aber seine Image-Berater werden schon wissen, wie sie ihn verkaufen müssen. Der Bundeskanzler neben ihm auf demselben Plakat lächelte nicht, Staatschef durch und durch. Feste Freunde die beiden, sollte das heißen. Voran mit der SPD. *Bis ans bittere Ende* hatte man auf einigen Plakaten mit Filzstift darunter geschrieben, auf andere *in den Atomstaat.* Die Grünen brachten nur eine Sonnenblume und den Namen ihrer Kandidatin. Unsere Plakate zeigten lachende Arbeiter mit Schutzhelmen vor Baustellen und Fabriken, eins eine junge Frau mit einem Kind auf dem Arm. *Kohle sichert unsere Energie. Stoppt Ölmultis und Atomkonzerne* stand auf einem Schriftplakat. Doll war das nicht. Ernst Spormann, unserem Kandidaten, hatten sie wahrhaftig eine Krawatte umgebunden. Er sah gequält aus.

Nach der Menge unserer Plakate, doppelt soviel schätzte ich wie die übrigen, hätten wir eigentlich *in Stadt und Land die stärkste der Parteien* sein müssen. Mit diesem Witz kam ich ins Parteibüro. Die anderen waren aber überhaupt nicht zum Spaßen aufgelegt. Daß wir den Wahlkampf voll ausnützen müssen, solltest du eigentlich wissen, sagte Elke Trever, aber du schwebst ja in ganz anderen Regionen.

Sie hatte natürlich recht. Es bestand zwar nicht die geringste Chance, in den Landtag zu kommen. Ein aktiv geführter Wahlkampf würde uns aber in jedem Fall nützen. Ein Jahr zuvor, bei den Kommunalwahlen, hatten wir nämlich zwei Leute ins Stadtparlament gekriegt – endlich nach langen vergeblichen Jahren. Wir waren alle stolz darauf, zu Recht, denn es gibt ja nicht eben viele Städte und Gemeinden, in denen wir Sitz und Stimme haben. Bis zur Illegalität saßen vier Leute von uns im Stadtparlament, der alte Spormann und der mittlere und zwei, die dann abwanderten, erst bei den andern blieben mit blinzelnden Augen und später dann – wie das so kommt, mit Haut und Haaren. Sie pisakten unsere Leute, wo sie nur konnten, bis der eine von ihnen wieder zu uns stieß. Diese Geschichte der Arbeiterbewegung müßte mal einer schreiben. Über dieses Hin und Her und was dabei in den Köpfen und Herzen passiert. Eugen Siepmann ist jedenfalls daran kaputtgegangen, und manchmal frage ich mich, ob nicht auch Paul Potthoff deswegen durchgedreht ist.

Während der Illegalität schmolzen wir auf einen Kern zurück, nach der Neugründung ging es dann aber aufwärts, und heute sind wir zweiundsiebzig – nicht schlecht, wenn man es vergleicht mit Städten und Gemeinden gleicher Größe. Wähler zu gewinnen ist nach der Lage in unserem Land natürlich eine andere Sache, aber auch da kamen wir weiter auf Gemeindeebene.

Bei allen Wahlkämpfen in unserer Stadt war übrigens Piet Atten dabeigewesen, gab Konzerte in der Stadthalle, rief auf, uns die Stimme zu geben, wenn auch mit zugekniffenem linken Auge – so drückte er sich aus. Er verteilte sogar Flugblätter auf der Straße. Aber den letzten Kommunalwahlkampf hatte er nicht mehr mitgemacht. Ihr seid out, mit euch ist nichts mehr zu holen, geschweige denn zu gewinnen, sagte er, und wir hatten uns angeschrien, beschimpft, wie das so lief damals zwischen uns. Ich kündigte mal wieder, er flehte mich an zu bleiben, und bei milder werdenden Schimpfereien wie *grobknochiger Slawe* – wie er mich – und *du keltischer Gartenzwerg*, wie ich ihn nannte, blieben wir noch zusammen.

Man hatte es auch ohne ihn geschafft – exakte fünf Prozent, weil unsere Leute eine Menge Sympathien eingeheimst hatten im Kampf um das Naherholungsgebiet Klein Schweden, das dann doch zum militärischen Sperrgebiet wurde; vor allem aber, weil die Müller-Balzenbeck AG über fünfhundert, die Nudelfabrik über einhundertzwanzig Leute auf die Straße gesetzt hatte und noch mehr entlassen wollte, und in beiden Betrieben unsere Leute ihre starke Stellung ausnutzten, die Lage früh genug erkannten, in ihren Gewerkschaftsorganisationen mobil machten, so daß es zu Massendemonstrationen und Versammlungen kam. Der jüngere Spormann, Maschinenschlosser in der Müller-Balzenbeck AG, hat sich da hervorgetan – und die Spormanns haben einen guten Namen in unserer Stadt. Man zitiert immer wieder den alten Müller-Balzenbeck, der gesagt haben soll: Die Spormanns haben unsere Stadt vor der Vergeltungsaktion der SS und das Werk vor der Vergeltungsdemontage der Briten gerettet.

Jedenfalls der jüngere Spormann, Karl-Heinz, und mit ihm Elke Trever, kam ins Stadtparlament, und seitdem ist da die Unruhe ausgebrochen. Der Kreditskandal – Stadtdirektor und

Kämmerer hatten sich von der Städtischen Sparkasse zu Minimalzinsen Hunderttausende überweisen lassen –, der jahrelange Klüngel zwischen Schaumburg & Liefmann, Hoch- und Tiefbau, und Dr. Sievers vom Tiefbauamt waren von ihnen aufgedeckt worden. Und damals, kurz vor der Landtagswahl, dann diese STASAG-Abbruchsache mit der Schnupftabaksmühle.

Dolo saß mit einigen Frauen im Hinterzimmer des Parteibüros. Sie falteten Wahlbroschüren. Manne, rief Dolo, und fiel mir um den Hals. Ihr Bauch stand weit vor. Ich fühlte ihn warm und fest an meinen Oberschenkeln.

Vati kommt zu Besuch, sagte Conny. Ich setzte mich zu ihnen, trank Kaffee. Sie erzählten vom Wahlkampf, und Dolo erzählte aus ihrem Betrieb und von der Arbeit in ihrer Betriebsgruppe in der Nudelfabrik. Sie strich mit beiden Händen vorsichtig über ihren prallen Bauch und lachte ihr heiseres Lachen.

Eigentlich hatte ich Dolo sofort abholen wollen, heim aufs Anwesen, vorher vorbei bei Kuhlmanns. Aber sie spannten mich ein. Im Blockviertel am Südhang waren in der Nacht unsere Plakate überklebt worden. Wir sollten hinfahren, neu kleben und gleich neue Stellplakate mitnehmen. Und einen Packen Flugblätter sollten wir in die Schnupftabaksmühle bringen.

Wir fuhren in einem VW-Bus los, Willy Weyrauch und ich. Unterwegs nahm ich mir eins der Flugblätter aus dem Paket. Es war überschrieben: *Die Schnupftabaksmühle darf nicht abgerissen werden!* Der Text begann: *Wer kennt nicht das hundertzwanzig Jahre alte Schieferhaus in der Kölner Straße. Es soll verschwinden. Achtstöckige Wohnsilos wollen sie uns dahinstellen. Und wer baut die? Natürlich Schaumburg & Liefmann …* Weiter hieß es, der Vorbesitzer Schnevering habe das Gebäude im letzten Jahr der stadteigenen Wohngesellschaft STASAG übereignet, und die wolle es abreißen, so schnell wie möglich. Darüber gäbe es Informationen. Es folgten weitere Einzelheiten und die Aufforderung: *Bürger der Stadt, wehrt euch. Die Schnupftabaksmühle soll nur der Anfang sein. Die Häuser in der Kölner Straße werden alle wegsaniert, so wie damals das alte Werkviertel bei der Müller-Balzenbeck. So will es die STASAG. Das muß verhindert werden.*

Unterschrieben war das Ganze mit: *Besetzerrat Schnupftabaksmühle.*

Ich fragte Willy Weyrauch, wer das sei, Besetzerrat?

Struppis, sagte er.

Und denen drucken wir jetzt die Flugblätter? Er grinste. Bündnispolitik, sagte er. Wirst ja sehen. Er erzählte, daß Elke Trever den Plan der STASAG im Bauausschuß erfahren und ihn gleich in unserer Stadtzeitung publik gemacht habe. Dazu eine Notiz des Stadtdirektors an das Bauamt, wonach die Abrißgenehmigung sofort zu erteilen und nach Erteilung auf einen möglichst schnellen Vollzug hinzuwirken sei. Wörtlich: *Möglichst vorher schon Herausnahme der Versorgungsleitungen wegen Gefahr von Hausbesetzung.* Das habe die Sache ins Rollen gebracht. Kennst ja Elke, unser Vösken.

Willy Weyrauch ist zwei Jahre älter als ich.

Im Klaus Störtebeker-Club hatte er zu der Fraktion gehört, die gegen mich gewesen war, weil ich den Job bei Piet Atten annehmen wollte. Auf der Fahrt zu unseren Wahlplakaten hat er wieder davon angefangen. Früher hätte er anders gedacht darüber. Heute sähe er manches klarer. Beneiden würde er mich manchmal. Ich hätte es richtig gemacht. Nicht die ewige Alltagsmühle, dies Einerlei hier und dieselbe Frau und dieselben Blagen …

Natürlich nicht Yarama-Front. Aber doch übers Land und durch die Städte, hier was tun, da einen dazwischenschieben. Es gibt ja so viel heute, herrje, davon haben wir doch alle geträumt, und manchmal meine ich, daß wir ganz schön verspießert sind.

Auf diese Tour hat er sich heiß geredet. Es ging doch auch anders. Zum Beispiel in Hamburg auf der Werft malochen, ein Jahr, da nimmt mich jeder, so'n Werkzeugschlosser wie mich. Oder in München bei BMW. Oder auch mal nach Frankreich. Marseille, da gibt's 'ne Spielautomatenfabrik, jeden Tag kannse da was Neues basteln. Und überall kannst du auch politisch arbeiten, wenn du willst. Meist sogar besser als bei uns. Als Neuer bringst du nämlich neue Ideen mit. Guck dir mal Holger Stumpe an, den Kürtel, der hat doch in Kiel auf der Werft mit dem alten Helmut Schlüter zusammen den Streik geführt – aber wie. Und dann war er an der BAM und dann auf Montage in Angola und heute bei Opel Rüsselsheim – aber vorneweg, und wer weiß, wo er morgen ist. Das ist doch was. Meinetwegen sogar auch was du machst. Wenn ich allein denke, was ihr für Frauen kennenlernt …

Ich habe dann nicht mehr zugehört. Was denen im Kopf rumgeht, wenn sie mal anfangen zu phantasieren! Aber so ist das. Ewig zu Hause gehockt und die wilden Träume geträumt, die immer bei der Bumserei enden. Wahrscheinlich würde ich ähnlich träumen in seiner Situation, habe ich damals gedacht, und heute tu ich's ja tatsächlich manchmal.

Unsere Plakate in den Straßen im Blockviertel am Südhang waren alle beschmiert oder abgerissen. Ernst Spormanns Kopf hatte man mit roter Farbe durchkreuzt, *KGB-Agent, Moskau-Spitzel, Afghanen-Killer* und ähnliches dazugekrakelt oder ihn einfach mit einem Hakenkreuz überstrichen. Wir klebten die frischen Plakate darüber, stellten andere auf. Einmal kamen zwei Rentner dazu. Na, sagte der eine, da habt ihr aber zu tun. Morgen könnt ihr gleich wiederkommen.

Ob sie das etwa richtig fänden, so eine Nazischmiererei, fragte Willy Weyrauch, ihr seid doch nun alt genug und müßtet eigentlich wissen …

Awatt, krähte der andere. Euch hängense doch so bald alle auf. Wartet nur, wenn der Strauß dran kommt, im Herbst.

Eher nehmen wir dir aber den Krückstock ab, Opa, legte Willy los, hör mal zu …

Ich zog ihn von den beiden weg.

Zum Kotzen, sagte er im Wagen, als wir weiterfuhren. Und viele von den Jungen sind sogar noch schlimmer. Und wir kleben brav Plakate, anstatt …

Die Schnupftabaksmühle liegt etwas zurück und unter dem Straßenniveau. Zur Straße hin ist eine Mauer, fünf Meter zwanzig lichte Höhe über dem Grundstück, auf dem die Schnupftabaksmühle steht, aber nur brusthoch zur Bürgersteigseite hin. Jedes Kind in der Stadt ist darüber balanciert, freihändig oder an der Hand von Vater oder Mutter. Warum das Haus Schnupftabaksmühle heißt, weiß kein Mensch. Ganz früher ist es ein Ausflugslokal gewesen. Davon erzählen noch ein paar Alte. Dann wurde es

HJ-Heim, nach dem Krieg Ami-Kaserne, später Flüchtlingslager, dann Feuerwehrgerätehaus. Bevor man's zum Heimatmuseum machen konnte, kaufte es Schnevering und machte ein Lager für seine Schnapsbrennerei daraus, schwer bewacht – aber wir haben doch manchen Klaren daraus geholt. Und Schnevering hatte es also vor einem Jahr der Stadtsanierungsgesellschaft STASAG verkauft.

Das Haus ist vollständig schiefergedeckt, sieht aus wie ein schwarzer Kasten, ist mächtiger und vor allem viel höher als die üblichen bergisch-märkischen Schieferhäuser: Viereinhalb Stockwerk zur Straßenseite und auch nach hinten raus sind auf jeder Etage zehn Fenster. An vielen Stellen waren die Schieferplatten abgebrochen, das Holz kam durch.

Im vierten Stock, unter sechs Fenstern hinweg, hing ein weißes Laken, mit schwarzen Buchstaben stand darauf: *Dieses Haus wird instandbesetzt.*

Auf der Schmalseite, als wir die Zufahrt hinunterfuhren, las ich am Schiefer, mit weißer Farbe gemalt: *Das ist unser Haus.*

Wir parkten am Teich. Im Sommer haben wir darin Kaulquappen gefangen, im Winter darauf Eishockey gespielt. Das Tor, durch das früher die LKWs rein- und rausfuhren, war verbarrikadiert mit Baumstämmen und Brettern.

Die kleine Tür daneben wurde uns aufgeschlossen. Jupi, wie er sich vorstellte, ließ uns herein, schwatzte, als er vor uns die wackelige Holztreppe ohne Geländer hochstieg, im rheinischen Tonfall, fänd er gut, daß wir schon kämen mit den Flugblättern, wollt uns mal alles zeigen, sie hätten große Pläne mit dem Schuppen hier.

Den großen Lagerraum hatten sie sich eingerichtet, wohnlich auf ihre Art: Matratzen in einer Ecke, alter Eisenofen, Stühle, Tische und Sessel vom Sperrmüll. In den Regalen Plunten, Geschirr, Farbtöpfe. Zehn Leute waren sie, keiner älter als zwanzig, bis auf Paul Potthoff, der aus dem Nebenraum kam, im Malerkittel.

Da hab ich mich hingesetzt. Sag mal, habe ich gesagt, Paul, was machst du denn hier? Leben, hat er geantwortet – und das hier ist meine Familie.

Na ja. Damals kannte ich sie noch nicht, die Leute vom Besetzerrat, Mike, mit dem Conny zusammen wohnen will, Jupi, den Clown, Spätzel – er arbeitet jetzt bei uns im Fuhrpark –, Ulla und Heidi, das Liebespaar, Malte, genannt Bakunin, Paddy, den Mundharmonikaspieler, Tanja Mäuser, die wieder verschwand, und Bruni. Olaf Müller-Balzenbeck, siebzehn Jahre, der am Fenster saß, hinaussah, keinmal herüberblickte zu uns und dem die Hände zitterten wie einem Greis, lebt schon nicht mehr.

Aber Bruni lebt noch. Sie könnte die jüngere Schwester von Elke Trever sein, hat die gleichen Haare wie Tomatensaft, aber sie ist nur entfernt verwandt mit ihr, nannte Paul Potthoff *Onkel Päule,* las gleich das Flugblatt. Das habe man anders ausgemacht, nicht diesen butterweichen Text. Der Satz: Friede den Besetzern – Krieg den Besitzern, der fehle ganz. Darum geht's doch. Also – den Schmus könnt ihr wieder mitnehmen.

Als die anderen das Flugblatt gelesen hatten und Mike sagte, so schlimm sei das ja nicht, man wolle schließlich nicht Bürgerschreck spielen, sondern die Schnupftabaksmühle ... legte Bruni los. Sie habe es doch gleich gesagt. Untergebuttert sollten sie werden. Großes Bündnis mit allen fortschrittlichen Kräften. Besonders der Jugend. Hört doch auf. Dieser Glaube an den Gesamtplan unter Führung der Partei der Arbeiterklasse! Überhaupt: Arbeiterklasse, Bourgeoisie, Grundwiderspruch zwischen Lohnarbeit und Kapital. Dieser ganze Begriffsapparat von Anno Dunnemals!

Was kannte ich diese Sprüche aus Diskussionen mit Frankfurter Spontis und Göttinger Stadtindianern, ausgeflippten Jusos, Freaks und Fans nach Konzerten in Dachbuden, Scheunen und unter freiem Himmel, in besetzten Jugendzentren und Hörsälen. Piet war ja direkt gierig auf solche Debatten.

Ich habe sie schließlich unterbrochen, erklärt, daß ich diese Sprüche allesamt kenne, sogar im Originalton, und wir nähmen die Flugblätter wieder retour. Also her damit.

Mike hat dann vermittelt, die Bruni schließlich angebrüllt, den großen Chef wolle sie spielen, einfach über die anderen hinweg bestimmen. So nicht. Also darüber müsse diskutiert werden und zwar mit allen im Besetzerrat ... Laßt die Flugblätter hier, und danke schön erst mal.

Paul Potthoff hatte während der Debatte am Fenster gestanden und gelacht.

Als wir aus der leicht ansteigenden Zufahrt kamen, vor dem Einbiegen in die Kölner Straße halten mußten, sahen wir zwei Jungen einbeinig über die Mauer hüpfen.

Thorsten Weuster – damals so alt wie die beiden Jungs – war bei dieser Mutübung gekippt und hatte sich beide Beine mehrmals gebrochen. Er humpelt heute noch. Man darf keinmal mit dem anderen Bein auf den Mauerrand kommen. Sonst gilt es nicht. Der Mauerrand ist zweiunddreißig Zentimeter breit, und man muß die gesamte Länge – dreiunddreißig Meter – in einer Minute geschafft haben. Beide Jungen sind heil rübergekommen.

8

Als ich nach dem Besuch bei meinen Eltern in der Wohngemeinschaft eintraf, sagten sie mir als erstes, ein Piotrowsky habe angerufen. In Sachen Talk-Show. Erbittet Rückruf.

Ich hatte ein paar Tage vorher über die Agentur eine kurzfristige Einladung zu einer Talk-Show im Fernsehen mit Piotrowsky erhalten und sofort zugesagt, obwohl am selben Abend das Konzert in Bielefeld deswegen platzen mußte. In jedem Fall da einsteigen, hatte Ingolf gemeint.

Seit Jahren war ich nicht auf dem Fernsehschirm erschienen. Die Agentur hatte immer wieder versucht, mich unterzubringen. Nichts als Achselzucken. Hört mal, hatte einer geflüstert, euer Piet in Handschellen vor dem Mannheimer Rosengarten – dieses Foto in *Bild*, daran erinnern die Leute sich noch, wenn er ihnen im Wohnzimmer was vorsingt. Was meinst du, was dann hier los ist. Die Schießerei in Tübingen bei der Festnahme, das alles kommt dann wieder hoch.

Und dann diese Einladung zur Talk-Show, und zwar von der

Rundfunkanstalt, deren zuständiger Redaktionsgruppenleiter mich überhaupt nicht mag. Er hatte den dreckigen Kommentar gesprochen über die *Klampfenschläger, die einem schon lange auf die Nerven gingen mit ihren gekrähten Leitartikeln, und die sich nun als miese kleine Spitzel des kriminellen Untergrunds herausgestellt haben.*

Einige Tage darauf hat er – adressiert nicht an ihn persönlich, sondern an seine Abteilung – ein Schreiben von einer fingierten Anwaltskanzlei erhalten, mit der er *in der Nachlaßsache Holger Meins um Rückgabe der in Ihrem Weinkeller von unserem verstorbenen Mandanten seinerzeit anläßlich eines vertraulichen Gesprächs vergessenen Baskenmütze* gebeten wurde. Später folgten offene Karten, unterschrieben von einem *Rollkommando Holger Meins*, auf denen ultimativ gefordert wurde, die Mütze an einem beschriebenen Ort zu hinterlegen. Natürlich haben zunächst alle gelacht, und auch später noch sei der Redaktionsgruppenleiter eigentlich immer nur deswegen gefrotzelt worden. Es habe aber neben anderen Kleinigkeiten doch wohl ausgereicht, seine Beförderung zum Programmbereichsleiter zu verhindern, sagt mein Gewährsmann, der meint, der Redaktionsgruppenleiter halte mich für den Absender des Schreibens und der Postkarten.

Dieser Gewährsmann vertraute mir auch an, was hinter der Einladung Piotrowskys stecke. Der habe mich als *Wunschpartner* vorgeschlagen. Erst sei ein anderer Partner vorgesehen gewesen – den Namen wollte er nicht nennen – jedenfalls fast ein Kollege von mir. Der habe dann aber absagen müssen. Man munkele aufgrund eines Angebots von Piotrowskys Seite, das der Fastkollege nicht habe ausschlagen können. Dann sei eben – kurzfristig – ich als Wunschpartner Piotrowskys drangewesen. Harte Auseinandersetzungen habe es deswegen zwischen dem Redaktionsgruppenleiter, dem Programmbereichsleiter und Piotrowsky gegeben. Aber einer wie Piotrowsky setze sich natürlich durch.

Ich rief Piotrowsky nicht zurück. Der wollte mehr von mir als bloß eine Wunschpartnerschaft beim TV-Schwatz, dachte ich mir. Wenn das stimmte, würde er wieder von sich hören lassen.

Ich hatte mich darauf gefreut, mit meinen Leuten zu reden, zusammen zu essen, Musik zu hören. Beim Frühstück fehlten aber schon Winy und Tony. Sie waren weggefahren mit ihrer Jugendzentrumsclique, Norbert tourte, Gerd und Wolf mußten gleich los zur Generalprobe, und so saß ich mit Vera und Rainer allein.

Vera sah verheult aus, redete kaum. Die hatte ihren üblichen Krach mit Talle. Dafür quasselte Rainer um so mehr über eine Delegiertenversammlung vom Vortag.

Dieser Rainer – wie der sich verändert hat in kürzester Zeit. Kam als ML-Geschädigter zu uns, mehr als down, hing sogar an der Nadel, wenn auch noch nicht mit allen Fasern, sonst hätten wir ihn nicht runtergekriegt. Alles – nur nicht mehr Politik oder was dafür ausgegeben wird, hat er gezetert, spielte Gitarre von morgens bis abends, wollte mit denen von der Etage unter uns eine Rockformation gründen, den Namen hatten sie schon, *Wetterleuchten.* Jetzt baut er sich auf in seinem Jusoverein als Profipolitiker, ist schon so ein Tagesordnungsspezialist und Satzungsausleger, Kampfabstimmungstaktiker und Rechenschaftsberichtsausbügler, weiß, wie man Absprachen über Antragszusammenfassungen und Absatzumformulierungen durchbringt, kennt die Kniffe der Vorstandsrochade.

An irgendeinem Punkt, vielleicht ging es um den Zusatzantrag einer Frauengruppe, schrie Vera plötzlich los: Halt die Klappe, du Nervtöter, sprang auf und lief raus. Rainer tat erstaunt. Was die nun wieder hätte, seit Tagen könne man mit der nicht mehr. Und er nölte weiter in seinem Tagungsbericht. Da ging ich auch, brachte meine beiden Zimmer in Ordnung. Überall fand ich Kippen. Die Schallplatten standen durcheinander, einige waren in falsche Taschen gesteckt und mein ABC-Schutzanzug, für eine Menge Geld von einem Panzerabwehrmajor erstanden, fehlte über dem Bett, wo er zu hängen hatte. Ich fand ihn in Norberts Zimmer, vollgeklebt mit Silbersternchen. Norbert hatte ihn beim Karneval getragen. Ich tobte. Viel zu lange lebte ich schon mit dieser Truppe. Eine Änderung war mal wieder fällig – wie so oft, und manchmal habe ich ihnen ein Lied hinterhergesungen: *Genossen haben wir uns bis zum geht nicht mehr, das Morgenrot, es streut schon seine Rosen, jetzt knips ich meine Lampe aus. Adieu, den Plattenspieler laß ich euch und meine Mütze aus Odessa. Zerreißt euch ruhig die Mäuler über mich. Ich bin nicht traurig. Und besucht mich mal bei meinen neuen Freunden.*

Am Nachmittag rief mich Piotrowsky an. Er habe gehört, daß ausgerechnet wir beiden in der Talk-Show neben einer Rocksängerin und Bischof Reinbeck auftreten sollten. Darüber freue er sich. Ob ich nicht Lust hätte, ihn zu besuchen. Wir könnten uns beriechen, betasten, als Vorbereitung für das Geplauder vor den Kameras.

Aber gern, Wunschpartner, sagte ich. Darüber lachte er laut. Dann wisse ich also, daß er mich vorgeschlagen habe?

Daß er *so* wohnen würde, der Piotrowsky, hätte ich mir denken können: Im Altbau auf der früheren Beletage. Ludwig, sein Assistent, bewohnt zwei, Piotrowsky und *die Frau an seiner Seite* die anderen Zimmer, große, hohe Räume voll Stuck, ohne Teppiche, abgetretenes Parkett, kaum Möbel außer ein paar alten Stücken *aus ihrer Familie,* und bequeme Sessel, viel Graphik an den Wänden. Unter und über ihnen leben Studenten in Wohngemeinschaften. Ganz unten ist eine alternative Tischlerei. Ganz oben haust eine jugoslawische Gastarbeiterfamilie, die *famos kocht.*

Das haben sie gelernt, die neuen Polit-Profis: Glaubwürdigkeitsstil. Bescheiden leben, unterm Volk. Der schwedische Palme hat's ihnen vorgemacht. Wie der mit dem Fahrrad morgens zum Regierungssitz fährt, vornedrauf das Töchterchen, das vorher noch im Kindergarten abgegeben wird – tschüß Pappi, winke winke auf dem Arm der Kindergärtnerin dem davonradelnden Ministerpräsidenten hinterher, und die fröhliche Body-Guard im legeren Zeugs auf Rädern ringsum beachtet niemand. So muß man's machen und nicht in diesen düsteren Limousinen, Gardinen zugezogen, vorbeijagen, sirenende Miliz voraus, wie ich's in Moskau sah. Da stand ich frierend im scharfen Oktoberwind vor der Basilius-Kathedrale, wartete auf die Schneeböe, die vom Historischen Museum heranstöberte, überlegte, ob diese leichte Wölbung im Pflaster optische Täuschung sei oder bewußt so angelegt, daß der Eindruck von Erdkrümmung entstünde, war beschäftigt mit meiner Angst, zu der die aus dem Kreml herausjagenden Tschaikas wenig mehr beitrugen.

Von der Angst des Möbelfacharbeiters Fritz Kasunke auf dem Roten Platz habe ich später gesungen. Der kommt nach dreißig Jahren mit Neckermann zurück in das Land, das man zum Siedlungsraum für blonde Bauern machen wollte, für Herrenmenschen über Untermenschen, die nicht lesen und nicht schreiben dürfen, bloß die Schilder an den Straßen kennen müssen, damit sie nicht wie Hühner überfahren werden. Saubermachen erst mal, frei von Juden und von Bolschewiken, diesen Monstern, die mit Genickschuß alles niedermachen, was nicht spurt. Nach dreißig Jahren Aufbau und Verdrängung läuft der Film in seinem Kopf nur noch schwarzweiß, ist oft gerissen, viel ist weg und meistens ohne Ton: Die Kesselschlachten, Nowgrodek, Smolensk, die Panzer, trockener Lehm in Wolken über Steppen, verbrannter Nacken, die fünf Sibiriaken im Granatloch, kniend mit erhobenen Armen, einem fehlen beide Beine, Witebsk und Kiew, Weizenfelder brennen bis zum Horizont, das tote Mädchen vor dem Brunnen hält noch den Eimer fest, zerlumpte Iwans, Hunderttausende, nur Lappen an den Füßen, die Untermenschen Josef Goebbels' werden zurückgetrieben, vorbei an vormarschierenden Kolonnen. Heidiheido-heida. Im Schlamm vor Rostow Ruhr und Typhus. Wie hieß noch die Ukrainerin im Lazarett am Schwarzen Meer – Valeska? Für zwei Tafeln Schokolade. Den Partisanen, die im Wäldchen hinter Sachty hingen, waren die Zungen herausgeschnitten. Paul Ehrlich aus der Metzerstraße wird neben ihnen geköpft. Schrapnell. Das sprudelnde Blut. Und dann die Hölle: Stalingrad, die Feuerwalze, Stalinorgeln Tag und Nacht, die Zehen abgefroren, im Schneesturm Angriff, Unterarmdurchschuß und aus dem Kessel heraus mit einer der letzten JU zwoundfünfzig. Heute meint er: Damals wurde ich geheilt von Hitler. Aber nichts ist vergessen und niemand, steht auf der Platte über dem Grab des unbekannten Soldaten, hat die Dolmetscherin übersetzt. Daß sie immer nur von *Faschisten* redet, wenn sie auf den Krieg zu sprechen kommt, und nie von den *Deutschen* – kann ihn nicht beruhigen.

Und deshalb zieht der Möbelfacharbeiter Fritz Kasunke Schultern und Schwanz ein, geht nicht mitten über den Platz der Sieger, schlendert vor der roten Kremlmauer her, vom Beklemischew-Turm aus dem Lenin-Mausoleum vorbei, wartet nicht auf die Wachablösung, wirft nur einen kurzen Blick auf die beiden Zinnsoldaten vor dem schwarzen Portal, geht schneller an der Menschenschlange vorbei, will sich nicht einreihen, biegt am Nikolaus-Turm ab, läuft schon fast am flammendroten Historischen Museum entlang, rennt dann doch quer rüber ins GUM, wo er sich eine Schlägerkappe kauft, und die zeigt er grinsend der Reisegesellschaft; hat nur einen Rubel und zwanzig Kopeken gekostet.

Piotrowsky läßt auffahren: Edelzwicker und Quiche Lorraine. Ich bin mal wieder neidisch auf *die Frau an seiner Seite.* Wenn sie aufsteht, fährt sie mit beiden Händen vom Schrittansatz aus über die Schenkel bis zu den Knien, zieht die Jeans straff, und beim Lachen wirft sie die Haare nach hinten, und zwar einfach so – nicht um andere aufzugeilen. Sie ist Sonderschullehrerin, promoviert gleichzeitig über die Schule von Hentig in Bielefeld. Sie macht mich richtig an, aber ich bin überhaupt nicht in Form, lächele blödsinnig auf die tollsten Komplimente, enttäusche sie, merke das, wie sie mich schließlich ansieht: Mein Gott, was für 'n Stiesel, heißt das in ihren Katzenaugen, geht, kriegt Doktor Bömmer nicht mehr mit. Der kommt auf einen Sprung vorbei, ein kleiner Drahtiger in Joggingklamotten, schlingt ein paar Stücke vom inzwischen kalten Essen, kippt paar Gläser Wein, legt los.

Der ist Dialektologe, und es geht um die mundartlichen Eigentümlichkeiten und Differenzierungen im Wahlkreis von Piotrowsky. Es käme ja bloß darauf an, daß er – Piotrowsky – auf den Versammlungen zwei oder drei Sätze im Idiom der Gegend ablasse, aber da begännen eben auch die Schwierigkeiten. Hier eine linguistische Karte, Ausschnitte aus einem Sprachatlas. Idiomatisch gesehen mithin im wesentlichen drei Sprachgruppen. Aaaaber, und jetzt kommt's. Die für dich wichtigen Orte sind Grenzgebiete. Das Dollste zum Beispiel: hier geht die Linie mitten durch die Stadt. Links vom Werk Müller-Balzenbeck das Kleinstädtisch-Rheinisch-Bergische, rechts das nicht Bäuerliche Westfälische. Bitte, wenn du mich fragst, diese regionalen Faktoren sind natürlich in unserer Zeit der verkehrstechnischen und sozialen Mobilität von sich daraus ergebenden Faktoren weitgehend überlagert. Aber du willst es ja genau wissen.

Piotrowsky und sein Assistent nicken.

Also paß auf. Performanzmäßig gesehen sei die Sache ja denkbar einfach. Er, Piotrowsky, als geborener Berliner, was jeder wisse, wolle ja nichts weiter als sein Bemühen um Verständnis des örtlich Bedingten sprachlich signalisieren. Richtig? Okay. Also habe er, Dr. Bömmer, für drei wichtige Städte drei Varianten der Satzfolge *ich bin also euer Abgeordneter und meine, ihr könnt mir vertrauen* vorzuschlagen.

Als Ludwig meint, das sei zu dezidiert, einigt man sich – und ich mache eifrig mit, auf Variante eins: *Ek, de Eugen Piotrowsky, seg ink, get köt mi vertraun wegen dat ek dat ernst meen un ek ink ook vertraue.* Wegen der korrekten Phonetik schicke er, Dr. Bömmer, einen Mitarbeiter vorbei. Leute direkt aus den Kreisverbänden deswegen zu bemühen, halte er für falsch. Aber bitte – das müßt ihr selbst entscheiden.

Weil ich mich amüsiere bei ihrem Eifer, den richtigen Ton zu treffen, will Piotrowsky erklären: Die Beschaffung eines eigenen Klientels ist für den Politiker Aufgabe Nummer eins, den richtigen Sound zu finden, Voraussetzung dafür. Aber dem Volk aufs Maul schauen – so einfach ist das nicht mehr, nachdem das Volk in Zielgruppen aufgeteilt wurde. Andere Satzanfänge muß man benutzen in Zirkeln der AKW-Gegner als vor Facharbeitern bei Hoesch, der Stil des Redners vor der Industrie- und Handelskammer unterscheidet sich von dem im Hörsaal.

Kommunikative Beweglichkeit also ist erforderlich. So labert er daher, auf mich ein, wie wenn ich zu seiner Klientel gehörte. Er legte keinen Wert auf pingelige phonetische Exaktheit beim Sprechen von Konversationspartikeln im Idiom der Gegend seines Wahlkreises, sagt er. Aus diesem Wahlkreis kommen doch auch Sie, Piet, und haben Sie nicht dort mal beim Wahlkampf geholfen? Zuletzt aber wohl nicht mehr, wie?

Manne Kröger würde nicht glauben, daß Piotrowsky an jenem Abend noch auf nichts Näheres eingegangen ist bezüglich einer Wahlkampfhilfe von meiner Seite. Ludwig, der Assistent – Piotrowsky nennt ihn Lu –, deutete allerdings schon dunkel was an, sprach zu ihm hin, nicht zu mir, vom Rahmen der Wahlveranstaltungen, den man sich in den Kreisverbänden aufgelockert mit Show-Elementen und dergleichen durchsetzt wünsche. Direkter wurde auch er nicht.

Ludwig ist von Hause aus Psychologe, weiß ich von Susen.

Natürlich hat er Piotrowsky diese enorme Brille ausgesucht, die diesem Knabengesicht den Anschein von Erwachsensein geben soll. Und er hat ihn veranlaßt, das Knabenkinn an den Hals zu drücken, damit die Sätze was Bedächtiges kriegen. Diese Kneifgeste – Piotrowsky fährt sich öfters mit Daumen und Zeigefinger an den Mundwinkeln herab zum falschen Doppelkinn – gefällt Lu aber nicht. Seine Augen wollen jedesmal sagen: Das muß abgewöhnt werden. Überhaupt – was da zwischen den beiden abläuft, ohne daß es auf direktem Weg zum Ausdruck kommt, mein lieber Mann, hat mir Susen erzählt, die damals noch mit Ludwig in Piotrowskys Wohnung zusammen lebte.

Susen ist später für ein paar Wochen zu mir gezogen, ehe sie zu Kreiter ging, in dessen Institut sie heute arbeitet. Ich sehe noch, wie sie vor dem Spiegel steht, ihre linke Brust untersucht. Das tat sie oft. Eine Handbreit unter der eigentlichen Warze hat sie eine zweite kleine Warze, und sie fürchtet, daß so was zu Krebs führt. Sie hatte von sich aus angefangen, über die beiden zu reden, sprach in den Spiegel, massierte dabei ihre Brust; mit der Schweigepflicht nach draußen kann der Lu ja noch fertig werden. Er ist nicht eigentlich publizitätssüchtig. Kann man nicht sagen. Für einen solchen Job darf man das nicht sein. Es gibt ja auch neben dem guten Honorar diese Verarbeitungskonstruktion: Große, gemeinsame Sache, der man dient, indem man den Mann im Vordergrund steuert. Lu darf aber auch im Innenverhältnis nicht den Regisseur herausspielen. Er hat dafür zu sorgen, daß Piotrowsky im starken Glauben an sich nicht wankt. Das gehört zum Auftrag. Unsicherheit merkt das Publikum sofort. Also muß er ihm immer vermitteln, daß er, Lu, der Mann im Hintergrund bleibt, nichts weiter sein will, als der zuverlässige Zuarbeiter, Berater und Betreuer. Hält man das aus? Lu führt Tagebuch für spätere Memoiren. Dann will er auspakken. Aber genügt das? Das Rivalitätsgesetz läßt sich so leicht nicht umgehen, vor allem nicht, wenn man so wie die beiden zusammen lebt und wohnt. Mein lieber Mann – wie und was unter solchen Umständen an Theorien und Handlungsanweisungen entstehen kann, darüber müßte man auch mal schreiben.

An jenem Abend in Piotrowskys Wohnung habe ich etwas davon zu spüren gekriegt. Man kam mal wieder auf das Thema Verweigerer, Alternative, Grüne, Haus- und Bohrplatzbesetzer. Auch ein Talk-Show-Thema, sagte Lu, und Piotrowsky gab seinen Senf dazu, nicht originell, mit der bekannten Einleitung, daß dieses Phänomen von einer Tiefendimension sei, die Verwerfungen und Auffaltungen in den Formationen unserer Gesellschaft erzeuge, die schließlich zu einem Bruchbeben führen und uns eines Tages alle zu Obdachlosen machen könne.

Zufriedenes Nicken von Lu auf der Trainerbank und die knappe Aufforderung: Gründe!

Die industrielle Gesellschaft hat durch Ökonomisierung, Verrechtlichung der menschlichen Beziehungen, Verlust des Fortschrittsmaßstabes und und und ihre kollektive Identität eingebüßt. Diese Krise ist bei uns potenziert durch die Zerstörung des Nationalbewußtseins.

Nationale Identität, verbesserte Lu, aber nun!

Piotrowsky: Der radikale Subjektivismus eines Großteils der Jugend, ihre Sehnsucht nach Natur, ihre Solidaritätsverschworenheit müssen begriffen werden als Suche nach einer neuen kollektiven Identität.

Lu wackelte mit dem Kopf. Aber weiter, sagte er, Zwischenstück geschenkt, Konklusion!

Ist das ein Coach? fragte Piotrowsky zu mir gewandt, fuhr dann fort, salopp und in Stichworten: Kollektive Identität nicht mehr herstellbar. Nation im Eimer. Restitution eines Religionssystems unmöglich, jedenfalls hier. Weit und breit kein ganzheitliches, fundamentales Weltbild ...

Lu hatte sich zurückgelehnt, die Hände hinter dem Kopf verschränkt, machte *hm*. Dann riß er die Arme plötzlich herunter, sagte, weißt du was, ich sehe das mal anders, stand auf, verließ die Trainerbank.

Diese Leute, großer Teil der Jugend, Verweigerer, Alternative, wie auch immer – das sind Vorboten einer massenhaften Einstellungsänderung, fing er an. Sie sind dabei, den mainstream umzuleiten. Noch eine Sekte, aber hypersensibel, wittern sie die neue Lage. Schon erzeugen sie einen Widerschein bei den akademischen Eliten, sogar bei der technischen Intelligenz.

Piotrowsky verfolgte, wie Lu herumging, sagte: Also – was soll das denn jetzt, Lu?

Warte, sagte der, setzen wir an bei ihrem Interesse. Sie sind in der Mehrzahl Leute mit Aufstiegserwartungen auf die mittleren bis höheren Ränge. Die sind aber besetzt, werden sogar noch verringert werden beim Weiterausbau der postindustriellen Systeme. Was bleibt? Fließband, Wartung, Ausführung, Routine – also Programmierung. Keine Selbsttätigkeit.

Ja ja ja ja, rief Piotrowsky, das kennen wir nun doch zur Genüge, gehört doch nicht hierhin.

Lu dozierte weiter: Exkurs in die Geschichte: Die Zersetzungsperiode der Gentilgesellschaft beim Übergang zum Frühfeudalismus zeigt interessanterweise Ähnliches. Was war geschehen? Die Kopfzahl der Hofgenossen hatte eine Stärke erreicht, daß eine gemeinsame Wirtschaft unter den damaligen Produktionsbedingungen nicht mehr möglich war. Ausweitung ging nicht. Das vormals brache Ödland war längst beackert. Düngung und so weiter gab's ja noch nicht.

Also, lachte Piotrowsky, also das ist doch ...

Lus Augen blitzten durch die Brille. Der ganze Kerl war gestrafft. Er sprach nicht mehr leise und in diesem zurückgenommenen Beraterton, sondern streng, sozusagen mit Metall in der Stimme.

Welcher Ausweg blieb? Die Jungen gingen von den Höfen, bildeten Banden, Gangs, überfielen die Höfe nicht nur von

Nachbarstämmen. Als tragende Ideologie mußte sich für diese Kampfgemeinschaft – wollte sie überleben, das Gefolgschaftswesen herausbilden, also Wetteifer, Nachahmung, Nebenbuhlerschaft und das agonale Prinzip: Gewaltanwendung als Bewährung, also Heldentum, Räuberei als Beweis von Mut, Tapferkeit, Tatkraft gepaart mit der Verachtung bäuerlicher und handwerklicher Arbeit. Kurz: es entstand die das Faustrecht umfärbende Ideologie von Heldentum, Ehre, Adelsgeltung als kollektive Identität der neuen Klasse, des Feudalismus.

Nun sei aber wirklich Schluß, fauchte Piotrowsky, diese Visionen höre er sich nicht länger an.

Anili war wieder hereingekommen, Susen dabei. Die trug damals noch kein Stirnband im roten Kräuselhaarschopf, rauchte Marihuana in der Zigarette, kuschelte sich in den Sessel, die Beine untergeschlagen. Mal wieder voll auf Touren, sagte sie, Luphta und Schnitzelbrini?

Komm, wir hören auf, sagte Piotrowsky, mit einer Bestimmtheit, die Lu akzeptieren mußte. Also Themawechsel, sagte Lu, drehte sich zu mir. Wissen Sie, Piet, daß ich bei einer der ersten Hausbesetzungen damals in Tübingen, Luftschutzamt, mitgemacht habe? Erinnern Sie sich daran?

Wer nicht heute alles irgendwie und irgendwo dabeigewesen sein will. Das ist schon komisch. Erst waren sie verrückt auf Persilscheine – heute protzen sie damit, damals auf den Barrikaden gestanden zu haben. Wenn noch ein paar Jahre verstrichen sind, wer weiß, vielleicht trägt der Redaktionsgruppenleiter dann die Mütze von Holger Meins, und ein anderer brüstet sich, er hätte im Eifelversteck den Büttinger vor dessen Liquidation gefüttert. Der Lyriker Bitterfeld schrie letztes Mal im PEN den Graupneise an: Damals vor der Pulvermühle hätte ich Ihnen schon sagen sollen ...

Damals, als wir die Gruppe siebenundvierzig bei ihrer Tagung in der Pulvermühle sprengten, war der Lyriker Bitterfeld ganze elf Jahre alt. Er glaubte aber ehrlich, er wäre dabeigewesen, als wir den Elfenbeinturm knacken wollten.

Die Villa in Tübingen, die Ludwig erwähnte, hatten wir im Anschluß an ein Konzert im Theater besetzt. Die Leute waren ziemlich aufgeheizt und trugen mich auf den Schultern in das Haus, in dem in zwei Räumen sich gerade ein Amt für Luftschutz eingerichtet hatte. Den Chef, einen MAD-Obristen, der zur Tarnung mit Kosmetika handelte, haben wir gefesselt in eine Badewanne gelegt. Wir richteten uns zur Nacht ein, eine Menge Wohnungsloser kamen mit Schlafsäcken und Decken, Ernst Bloch schickte uns eine Solidaritätsadresse, und als die Polizei anrückte, haben wir Lieder gesungen, ich schlug die Laute.

Der Lu will also dabeigewesen sein. Vielleicht ist er es sogar, der Hans-Peter denunziert hat. Fünfzehntausend Mark Schadenersatz mußte der dafür später zahlen.

Susen meinte aber, Lu sei alles mögliche, nur kein Denunziant. Ich wär mir da nicht so sicher.

Die haben noch lange weiterfabuliert – Luphta und Schnitzelbrini, an jenem Abend.

Susen kicherte viel dabei. Sie war schon ziemlich stoned, zog mich später dann einfach aus dem Sessel. Wir wollen noch einen saufen, sagte sie, Anili komm doch mit.

Aber Anili blieb. Leider. Viel lieber wäre ich mit ihr losgezogen.

9

In der Kneipe bei Erwin Zibulla läuft das Bier zur Wahlkampfzeit noch schneller als sonst.

Wir hatten Elke und Conny vom Parteibüro aus mitgenommen, Dolo und ich, fuhren durch die Unterstadt, vorbei am Haupttor der Müller-Balzenbeck AG.

Sie müsse bei Erwin noch mit ein paar Leuten reden, kommt doch eben mit rein, sagte Elke.

Wie oft bin ich bei Erwin Zibulla mal eben mit reingegangen und erst am nächsten Morgen wieder rausgekommen. Piet hat die Kneipe besungen. In der Stadt kennt jeder das Lied von der Wirtschaft im Schieferhaus vor der Fabrik: Drei Männer am Tresen singen nach Mitternacht, daß kein Tag so wunderschön wär wie heute. Die Fußballmannschaften auf den Fotos an den Wänden fallen ein, die Sperrstundenpolizisten, die Nachtschicht drüben im Betrieb und schließlich die ganze Unterstadt.

Das Schieferhaus ist, anders als die Schnupftabaksmühle, voll in Schuß: immer frisch gedeckt, grün gestrichene Fenster und Türrahmen. Der letzte Rest vom alten Arbeiterviertel, das man in den späten fünfziger Jahren abgerissen hatte. Es war gelungen, das Haus unter Denkmalschutz zu stellen. Es liegt zweihundert Meter vom Haupttor der Müller-Balzenbeck AG. Piets Lied hat den Titel *Bei Tante Klara,* seitdem heißt die Kneipe auch so, obwohl auf dem Schild über dem Eingang immer noch steht: *Gastwirtschaft Erwin Zibulla.* Der ärgert sich, weil die Leute ihn jetzt oft Tante Klara nennen. Und er sieht wirklich aus wie eine im Küchendunst aufgeschwemmte Köchin. Unterm strammen Pullover knubbeln sogar zwei Brüste, aber er spricht in tiefstem Baß. Die fünf Steinstufen vor der Tür sind sprichwörtlich. Hassc die fünf Stufen mal wieder nicht geschafft, sagt man bei uns, wenn einer im Gesicht verletzt ist, und wenn sich jemand die Hand aufgerissen hat, heißt es: Der hat das Geländer bei Erwin zu schnell genommen.

Die Kneipe ist Vereinslokal von TUS 98. Früher tagten beide Parteien abwechselnd im großen Saal und die Gewerkschaft. Nach dem Unvereinbarkeitsbeschluß sind offiziell nur noch wir anwesend. Inoffiziell hat sich nichts geändert, nur daß die anderen offiziell im *Freizeitheim* tagen und vorher und nachher und zwischendurch bei Erwin Zibulla am Tresen.

Hier sind die Spiele und Schlachten von TUS 98 vor- und nachgespielt, ist Vereinsgeschichte gemacht worden im ständigen Kampf gegen 05, den Konkurrenzverein, der nach dem Verbot von TUS in den dreißiger Jahren von den Nazis gegründet worden war und heute noch in derselben Bezirksklasse spielt wie unser Verein TUS 98. Die Trophäen stehen in den Regalen, die Fotos der Mannschaften sämtlicher Jahrgänge hängen an den Wänden, aber auch die alte RFB-Fahne und die sozialdemokratische Traditionsfahne von 1907, die nicht herausgegeben wird.

Zu Streikzeiten tagt hier das Betriebskomitee, Bürgerinitiativen planen hier ihre Aktionen, die Skatwettbewerbe werden hier ausgetragen, der Betriebschor probt hier, und hier sind die großen Auseinandersetzungen geführt worden im ewigen Streit um *die richtige Linie*, im Kampf gegen die Wiederbewaffnung, um die richtige Gewerkschaftspolitik, nach dem 17. Juni und nach der Personenkultdebatte und als die Notstandsgesetze Gesetz wurden. Die großen Duelle werden heute noch nacherzählt: Pottmann im Streit mit Orgemann über proletarische Einheit und den Schwur von Buchenwald, Weber und Stumpe um die Vereinigung von TUS 98 mit 05 oder Ernst Spormann und Herbert Ronsdorf über Sektiererei nach der Neugründung der Partei, der Ronsdorf nicht beitreten wollte, Doktor Strathmann und Pastor Mühlensiepen über Gewalt gegen Sachen und Personen wegen der Sperrbarrikaden auf den Straßen nach Klein Schweden. Während der Illegalität ist die Kneipe ein paarmal als konspirativer Ort geschlossen, Erwin Zibulla zweimal eingebuchtet worden, aber gegen die allgemeine Stimmung in der Stadt konnte das nicht durchgehalten werden.

Früher fand man nur Männer hier, höchstens mal eine Frau, die ihren Mann herausholen kam und dann bißchen blieb. Heute führen manchmal die Frauen das Wort. Wie überall, sagt Erwin Zibulla dazu, kannse nix mehr gegen machen. Gibt doch kaum noch 'ne Gruppe bei uns, wo nicht 'ne Frau Vorsitzende ist. Dat sind die Zeiten.

Der Schankraum allein faßt fünfzig Leute. In Hochzeiten und nach Schichtschluß wird er zu klein, und man zieht die Schiebetür auf zum großen Saal. Der Schankraum war voll, und im Saal saßen noch mal so viele. Gerede, Gewaber, Rauch und Gelächter durch beide Räume. Oben über dem Schankraum im kleinen Saal probte der Betriebschor. Es hörte sich an wie *Eleanor Rigby*. Für Dolo wurde ein Hocker am Tresen freigemacht. Conny ging nach hinten in den Saal. Man umringte gleich Elke Trever, redete sie an von allen Seiten. Sie war die Queen hier, und man sah ihr an, daß sie das genoß. Sie nennen sie Vößken – aber nicht hämisch. Elke Trever heißt Vößken seit eh und je wegen ihrer hellroten Haare, kraus und lang. Der Generalanzeiger, der sie im Visier hat, nennt sie *Rote Kommissarin*. Mit allen Wassern gewaschen sei sie, hätte als Lehrerin auf ihren fälschlich Berufsverbot genannten Rausschmiß zielstrebig hingearbeitet, um den Mitleidbonus zu bekommen. Und wie verdient sie sich ihren Lebensunterhalt außer mit den Diäten als Stadtverordnete? Ausgerechnet als Versicherungskaufmann. Da war Rosa Luxemburg jedenfalls konsequenter.

Ich stellte mich hinter Dolo und neben Gerhard Niehus, bekam ein Bier hingestellt, sog den Dunst dieser Kneipe ein.

Wenn man wie ich jahrelang *on the road* ist, wird die Kneipe zum Zuhause, und ich kenne eine Menge Kneipen in unserem Land, bin an freien Tagen und nach Konzerten oft noch stundenlang gefahren, um ein paar Stunden in einer guten Kneipe zu hocken – im *Anker* zum Beispiel, wo man vom Tisch aus die Schiffe auf der Elbe vorbeifahren sieht und mit Fischern über die kranken Fische im Fluß redet, Grog trinkt, wenn der Regen an die Scheiben klatscht und der Wind das Seil an der doppelt abgestützten Fahnenstange, einem alten Segelschiffsmast, knattern läßt. Oder im *Löwen* am Englischen Garten in München. Da sitzen im Winter an abgegriffenen Holztischen nachmittags Mütter mit ihren Kindern, die Schularbeiten machen, Studenten helfen ihnen dabei. Überall brennen Kerzen. Ich sitze mit dem Rücken am Kachelofen, trinke Bier und esse Leberkäs. Die Wirtin nennt mich *Kuddel* – warum, weiß nur sie. Unterm gewaltigen Plumeau in ihrem Bett kann man ersticken. Bei Berthold *Zum alten Eisen* gegenüber der Brebacher Hütte muß ich den Stiefel antrinken, wenn die Stahlkocher von Schicht kommen. Piet, wenn er dabei ist, singt ihnen das Lied von der Hochofenstadt, wo die Männer Brandnarbenarme und Feuer auf der Stirn haben, die Frauen Babies mit Stahlaugen kriegen. Einige müssen dann weinen.

Sonntag morgens *Bei Alma* auf dem Hunsrück friert Piet vor Gemütlichkeit, weil man durch die offenstehenden Fenster Orgel und Gesang aus der Kirche gegenüber hört, den plätschernden Brunnen und den Geruch der Lindenbäume in der Nase hat, und die Bauern am Stammtisch zufrieden grinsen und furzen. Aber beim *Joß Fritz,* etwas ab von der Weinstraße, wo der Kerner und der Morio-Muskat aus dem Faß geschenkt wird, der pensionierte Tippelbruder Alois Bandonion spielt zu alten Kundenliedern, die Bundschuhfahne an der Wand hängt und die

Bauern lächeln, wenn die Sprache darauf kommt, daß siebenunddreißig Leute im Dorf *moskaurot* bei der letzten Gemeindewahl gestimmt haben, und wo man so was wie Glück mit der Hand fassen kann. Kurz nach Mittag, wenn paar Sonnenstrahlen durch die Ritzen in den Fensterläden auf die Hände fallen und ins Weinglas, der Trinker unter der Bundschuhfahne im Sitzschlaf seufzt und die Spatzen draußen schwatzen, dann fühlt sich Piet – wie er sagt – im Kommunismus.

Ja, ich kenne eine Menge guter Kneipen in unserem Land. Aber nirgendwo fühle ich mich so wohl wie bei Erwin Zibulla.

Dolo vor mir auf dem Hocker unterhielt sich mit Erwin Zibulla, aber dann fragte Gerhard Niehus sie, wann es soweit wäre mit der Geburt. Einen Monat nur noch? Und du, fragte er mich, willst du weiter über die Lande fahren? Bei uns in der Fahrzeugwartung im Betrieb könnten wir einen wie dich gebrauchen.

Dolo tut, als höre sie nicht zu, spricht weiter mit Erwin Zibulla.

Gerhard Niehus hat mit mir bei Klein & Co. gelernt. Er arbeitet seit Jahren im Fahrzeugpark der Müller-Balzenbeck AG. Über seine ganze rechte Gesichtshälfte zieht sich ein Feuermal. Früher puderte er sich diese Gesichtshälfte, heute hat er sich damit abgefunden. Aber die andere Gesichtshälfte ist immer noch fast genauso rot, wenn er Angst hat, daß er sich zu weit vorgewagt hat im Gespräch, wie jetzt. Er glühte feuerrot, zog den Kopf ein und beugte sich übers Bier.

Einem anderen wär ich übers Maul gefahren. Seit einiger Zeit, wenn ich mal nach Hause kam, sprachen sie mich immer wieder darauf an. Sie wollten partout, daß ich in der Stadt wieder eine Arbeit annahm, zu Hause blieb, wie sich das gehört, wenn ein Kind da ist. Willy Weyrauch war die Ausnahme.

Daß ich mir das mal durch den Kopf gehen lassen wolle, sagte ich zu Gerhard Niehus, und, dann kann ich mich ja an dich wenden, wenn's soweit ist. Darüber war er glücklich, was man daran sah, daß er noch mehr glühte, aber den Kopf wieder hochnahm. Er war ein alter Fußballkumpel und Tagträumer, hatte wie ich stundenlang und manchmal nachts an der Schnupftabaksmühle herumgehangen. Jetzt, mit dem Geruch der Schnupftabaksmühle noch in der Nase – diese Mischung aus verschüttetem Schabau, Gummireifen, Benzin, Karton und altem Holz –, erzählte ich Gerhard Niehus davon, vom Besetzerrat und was sie vorhatten, und wir ergingen uns in Erinnerungen, wie wir am Teich gehockt hatten im Sommerwind, mit Blechbüchsen die Froscheier geschöpft, zu den Männern hinübergehorcht, die beim Aufladen ihre Geschichten erzählten von Saufen und Weibern, und wir hatten geahnt, daß alle logen, aber daß man so reden mußte, wenn man ein Mann sein wollte.

An den Abenden hatten wir auf den Paletten vor dem Lagerraum gesessen, das mit Schnaps getränkte Holz gerochen. Die Mauersegler schrien, wir sahen in die Sonne, bis sie hinterm Bahndamm verschwand, und planten die taktischen Züge für das Spiel am Samstag.

Im Winter, wenn wir auf dem zugefrorenen Teich Schlittschuh liefen, der Rauch kerzengerade aus den Schornsteinen stieg, glasklar die Luft, unser Atem qualmte und die Füße zu Eisklumpen wurden, guckten wir sehnsüchtig rüber in den offenstehenden Lagerraum. Ein Kanonenofen brannte da. Manchmal rief der einbeinige Pino Eckhoff, Wachmann mit drei scharfen Schäferhunden: Könnt kommen. Sind alle weg.

Dann setzten wir uns um den Ofen, tranken Schabau aus der schmierigen Flasche, die Pino Eckhoff herumgab, und der erzählte Geschichten von damals, als die Schnupftabaksmühle noch HJ-Heim gewesen war. Er schwärmte sogar von diesen Zeiten, aber wir ließen ihn quatschen, denn er war bald besoffen, legte sich hinter die Kartons und schnarchte, und während Vietumann Pflanz, der alle Tiersprachen konnte, mit den Schäferhunden spielte, holten wir *Schneverings Klaren* aus den Kartons oder *Wacholder* und *Hasper Maggi*, tranken und spielten anschließend Eishockey mit glänzenden Augen, so gut wie SKA – aus Leningrad.

So was gibt es nicht mehr, so wie damals, die machen alles nieder, sagte Gerhard.

Orgemann, der neben Dolo stand und zugehört hatte, wie wir unsere Erinnerungen auspackten, sagte laut, daß es auch die anderen hören sollten, und er redete halb zu Elke Trever hin, die ihm gegenüber am Ecktresen stand, ob man denn überhaupt wüßte, wer die Leute wären in der Schnupftabaksmühle, der sogenannte *Besetzerrat.* Er wolle es uns sagen. Nämlich Oberstadt-Kinder. Und wer ist mittendrin? Müller-Balzenbeck junior. Die hätten's nötig. Wohnen bei Vati inner Zwölfzimmervilla, kommen in den alten Schuppen, stöckeln die Unterstadt-Kinder auf, damit die die alten Verhältnisse wiederentdecken. Soll wohl wie früher sein – Bruchbuden, kein Badezimmer, möglichst Klo draußen, wie früher hier. Da waren die Leute auch noch bescheiden. Männer arbeiteten zwölf Stunden am Tag, die Frauen waren Dienstmädchen. So sollet wieder sein. Selber Brot backen, Möbel schreinern, Stundenlohn einsfünfundzwanzig. Und im Garten am Bahndamm wieder Kartoffeln pflanzen. Wem nützt das wohl? Die bauen die Sozialleistungen ab, wir müssen alles zahlen, den ganzen Raketenscheiß. Und damit wir ruhig bleiben: die Masche mit der guten alten Zeit. So läuft das doch. Und ihr helft denen noch, ihr, *die wirklichen Vertreter der Arbeiterinteressen.*

Ist doch egal, wer da jetzt drin ist, sagte Gerhard Niehus, Hauptsache, die Schnupftabaksmühle bleibt stehen. Dafür müssen wir doch alle sein, hier.

Jeder am Tresen sah auf Gerhard Niehus. Daß der widersprach, laut und angriffslustig, erlebte man selten. Sein Gesicht hatte eine fast blaue Färbung angenommen. Den Kopf hielt er aber hochgereckt. Jawoll, rief er, wenn ihr euch damals gewehrt hättet, als die das Werksviertel hier abreißen wollten, dann ständ das nämlich noch und wir wohnten noch hier.

Orgemann war so erstaunt wie wir alle, drehte sich um, sah Gerhard Niehus voll ins Gesicht, grinste. Jetzt nicht einmischen, dachte ich, das muß Gerhard Niehus selbst durchstehen. Wenn er jetzt bloß nicht den Kopf versteckt.

Aber Gerhard Niehus hielt den Blick aus und das Grinsen, und ich meine sogar, daß sein Gesicht die bläuliche Farbe verlor, ja, es gelang ihm, eine Art spöttisches Lachen zu produzieren, was Orgemann irritierte.

Sieh mal an, sagte Orgemann, du bis ja 'ne richtige Kürbacke, du.

Das war ein Fehler. So durfte man hier jemanden wie Gerhard Niehus nicht anmachen. Sofort standen alle gegen Orgemann. Jemand rief: Du olle Kaulquappe, dasse bis, deutete damit Orgemanns aufgedunsenes Gesicht mit den Quellaugen an. Er hat die Basedowsche Krankheit wie viele in dieser Gegend. Saufköppe nennt man sie oder Kaulquappen. Die meisten von ihnen geraten schnell in Wut. Du Schnösel, schrie ihn Orgemann auch gleich an. Sein neuer Feind war jung, trug lange, krause blonde Locken.

Du Kürtel, bist doch noch gar nicht geboren gewesen damals. Und ob er meine, das wär herrlich gewesen in den Bruchbuden hier im Werksviertel. Ohne Bad, Klo auf der Etage für drei Familien, Kohleofen. Da schob sich, und zwar auf ein Zeichen von Elke Trever – das habe ich gesehen – ein Mädchen vor den Krauskopf Bolko, kurzhaarig, verstruppt, Lederjoppe, große schwarze Augen. Sie reichte Bolko gerade an die Brust. Sehr cool sprach sie und wie um Orgemann zu beruhigen, und das klang aufreizender als Bolkos Kaulquappengeschimpfe. Schöner war das jedenfalls als oben im Block am Südhang im Beton, wo die Kinder schon zum Seelendoktor müssen und die Männer keinen mehr hochkriegen.

Für Orgemann war das die Höhe. Ist das die Möglichkeit, zischte er, zog seinen Kopf zwischen die Schultern, musterte das Mädchen, das Tissy heißt, böse. Die hatte die Fäuste in die Lederjoppe gesteckt, die Beine gespreizt. Orgemann schluckte ein paarmal und zog dann prompt das Register *Jugend von heute* – und genau da wollten ihn Tissy und Elke Trever auch haben, wie sie uns später erzählten.

Wenn es zu Rededuellen kommt bei Erwin Zibulla – sie beginnen meistens am Tresen –, lösen sich die gestaffelten Stehreihen, drei bis vier hintereinander vor dem Tresen, auf, bilden einen offenen Kreis, damit die an den Tischen im Schankraum und im großen Saal hören und sehen können. Je nachdem wie das Streitgespräch läuft, spannend wird oder abflaut, öffnet sich der Kreis weiter oder schließt sich wieder um den Tresen und formt sich schließlich, wenn es Geschwätz wird, in gestaffelte Stehreihen zurück. Bei den richtig großen Auseinandersetzungen trennen sich die Streiter vom Tresen, kommen immer weiter in den Kreis und stehen schließlich mitten im Schankraum.

Diesmal bildete sich der Kreis sofort, nicht allmählich. Orgemann merkte die Falle nicht, hatte nicht die Stimmung begriffen, die gegen ihn lief, sah Elke Trevers Grinsen vielleicht nicht oder gerade doch, nahm jedenfalls das scheinheilige Lächeln auf den Gesichtern der anderen als Aufforderung, dem Mädchen die Meinung zu geigen, voll vom Leder zu ziehen, trat sogar vor, während Tissy sich an den Tresen lehnte, mit dem Gesicht zum Schankraum hin, Orgemann mit ihren großen schwarzen Augen ruhig und kalt ansah bei dessen Gelaber vom *ins gemachte Bett legen, Beine unter den gedeckten Tisch strecken, vorne und hinten Zucker reingeblasen kriegen, aber von Dankbarkeit keine Spur, dagegen motzen und murren, klagen, paßt dies nicht, paßt das nicht, in verdreckten Klamotten herumlaufen, die Mädchen sogar, und das sind die schlimmsten, alles kaputtschlagen, was wir aufgebaut haben mit Schweiß und Tränen, aus dem Krieg zurück, was stand denn noch? Nichts, und aus dem Nichts mit aufgekrempelten Ärmeln ...*

Dolo, die sitzen geblieben war auf ihrem Hocker am Tresen, lachte als erste laut dazwischen. Und dann rief jemand: Kriegst du denn noch einen hoch, Otto, komm erzähl dat mal der Tissy, krisse noch, oben in eurem Betonklotz, siebte Etage mit dem gelben Balkon, klapptet?

Alle brüllten vor Lachen. Aber Orgemann schüttelte sich bloß wie der Seelöwe vom NDR, hob die Stimme, predigte weiter. Da löste sich der Kreis auf, so schnell er sich gebildet hatte. Orgemann wurde an den Tresen gedrängt, und die Leute, lachend und redend, bildeten wieder die gestaffelten Stehreihen vor dem Tresen. Otto Orgemann war aber nicht untergegangen. Zäh, wie er ist, polterte er weiter drauflos. Wer weiß, was noch alles passiert wäre, wenn nicht plötzlich die drei Männer hereingestürzt wären, laut schreiend: Die Faßabteilung brennt.

Sekundenlang war es mucksmäuschenstill. Man hörte nur den Betriebschor oben im Sälchen schmettern: *Hurtig die Rosse sie trahaben, fröhlich schmähättert das Horn.*

Dann rannten wir raus auf die Straße.

Es war nicht mehr hell, aber noch nicht dunkel – Dämmerung nach einem heißen Tag, in der die Mauersegler ihre letzten Runden fliegen und laut schreien. Sie nisteten wie in jedem Jahr unterm Dachgesims der alten Lagerhalle aus Granitsteinen, die das Werk zur Nordseite hin abschließt. Solange die Mauersegler noch kommen, kann nix passieren, sagen die Leute bei uns.

Merkwürdig, daß man das Schreien der Vögel lauter hörte als die Werkgeräusche. Im Heulen der anfahrenden Feuerwehrwagen schrillten sie wie ein Synthesizer. Man hörte kein Feuer prasseln, man sah keine Flammen, keinen Qualm. Nur ein hellroter Schein lag über dem hinteren Teil des Werkgeländes. Wir liefen zum Tor, ließen uns nicht aufhalten von den Werkschutzleuten, liefen weiter über den Platz am alten Kanisterbau vorbei und blieben vor der Kette der Brandschutzleute stehen. Und da sahen wir, daß nur der kleine Bau an der Bahnrampe brannte.

Das Dach war schon weg. Flammen schlugen senkrecht hoch und aus diesen altmodischen eisengefaßten, halbrunden Fenstern heraus. Es stank nach Teer und verkohlendem, feuchtem Holz. Funken sprühten und flogen bis vor die Kette der Feuerwehrleute, die aus allen Schläuchen spritzte. Man schoß das Wasser vor allem an die Giebelwand der großen Halle, die nur zwanzig Meter vom brennenden Rampenhaus entfernt stand. Wir sahen gleich: Der Rampenbau war nicht mehr zu retten.

Der Himmel reflektierte den Feuerschein, beleuchtete die Bahnrampe, auf der ein paar Waggons standen, beladen mit Stahlfässern, die silbern glänzten. Dazu die gelben Helme der Feuerwehrleute – das Ganze sah aus wie ein zu rotstichiges Farbfoto. Auch die Gesichter der Männer neben mir glänzten rot vom Widerschein des Feuers. Das Prasseln und Zischen war gar nicht mal so laut. Man verstand die Rufe der Feuerwehrleute. Ihr Chef trug einen feuerroten Overall wie dieser texanische Katastrophenspezialist.

Alles altes Holz. Faßverpackung. Der ganze Bau voll. Sowatt brennt doch wie Zunder, sagte neben mir jemand, braucht bloß einer 'n glimmenden Stumpen reinschmeißen.

Die anderen schwiegen.

Ein paar gingen, und ich schloß mich ihnen an.

Speckenbach sagte: In drei Monaten wird die Stahlfässerproduktion hier eingestellt. Soll ins Zweigwerk verlegt werden nach Holstein an der Elbe. Und auf einmal brennt es. So 'n Zufall.

Die anderen haben geschwiegen.

Erwin Zibulla hat vor der Tür gestanden, als wir zurückkamen. Und jetzt wird der Brand gelöscht, watt, sagte er. Und zu mir hat er gesagt: Du bist vielleicht schon Vater.

Dolo hätte sich plötzlich auf dem Hocker gekrümmt. Die Wehen. Sie seien gleich ins Krankenhaus gefahren. St.-Anna-Hospital, mit Moni, seiner Tochter, und mit Conny. Willse nich gleich 'ne Runde spendieren?

Ich bin sofort losgelaufen. Das St.-Anna-Hospital liegt in der Kolpingstraße. Ich weiß noch, daß ich im Laufen einige Leute anrempelte, die an der Ecke Kolpingstraße/Bahnhofstraße standen und ins Werk runtersahen. Jemand schimpfte hinter mir her.

Immer dann habe ich heute den Geruch in der Nase von Flieder, der in großen Büschen vor dem St.-Anna-Hospital blühte, vermischt mit diesem Gestank aus Teer und nassem, verkohlendem Holz, wenn was mit der Kleinen los ist, zum Beispiel, als sie diesen Stickhustenanfall bekam oder als sie mich im Betrieb anriefen, Rosa sei die Treppe runtergefallen.

Eine Schwester, die diese gestärkte weiße und hohe Haube trug, brachte mich auf die Entbindungsstation. Mit einer eigenartig tiefen Baßstimme fragte sie, ob es das erste Kind wär, das meine Frau erwarte. Moni Zibulla und Conny saßen im Wartezimmer, winkten mir zu, als ich vorbeiging.

Und dann ist es doch noch nichts gewesen. Der Arzt hat gesagt: Wollen froh sein, daß es nicht die Wehen sind. Das wäre zu früh. Ihre Frau sollte jetzt viel ruhen, aber nicht in Kneipen. Da kriegt man dann solche Magenkrämpfe.

Dolo saß in einem Sessel am Schreibtisch, ich nahm ihre Hand, und sie weinte ein bißchen.

Als wir beide dann auf Ronsdorfs Anwesen fuhren, allein im Wagen, und ich leicht ihren Bauch berührte, fragte, ob sich das Kind bewege, sagte sie, was mich das interessiere. Ich wolle das Kind ja überhaupt nicht.

Doch, sagte ich, ich freu mich jetzt darauf, ehrlich. Da weinte sie wieder.

Was diese Schwangerschaft anging, da hatte ich verschiedene Stadien durchgemacht. Zu Anfang war ich richtig froh gewesen, als ich erfuhr, daß *etwas unter des Weges* sei, wie Dolo ihren Zustand nannte. Ein Kind. Ich bin Vater. Das kann gut werden. Irgendwie hatte ich mir das, versteckt im Hinterkopf, doch gewünscht. Endlich festmachen. Die meisten in meinem Alter hatten Frau und ein Kind oder zwei, alle Kumpel von früher aus dem Club Klaus Störtebeker zum Beispiel. Aber dann – wenn ich mir vorstellte, wie ich leben müßte mit Dolo und dem Kind, in zweieinhalb Zimmern, jeden Tag, so wie die anderen – also, ich begann damit, vorsichtig zuerst, Dolo für eine Abtreibung zu gewinnen. Sprach von der Unsicherheit. In diese Welt ein Kind setzen? Ein Krieg sei wahrscheinlich. Bei der gesteigerten Aggressivität des Imperialismus. Zumindest harte Klassenauseinandersetzungen stünden uns bevor. Und in solchen Situationen dürften gerade wir nicht belastet sein durch Verhältnisse … Sie durchschaute meine Gründe aber gleich. Deutsch, sagte sie, das wär typisch deutsch. Bauchschmerzen begründen mit Weltpolitik. Das brachte mich dann wieder in Wut. Wir haben uns angeschrien, und es endete damit, daß Dolo erklärte, meine Vaterschaft werde sie bestreiten. Ihr Kind sollte zum Vater keinen *Druckmensch* haben. Drückeberger meinte sie.

Ich tat eine Zeitlang so, als wäre es mir gleichgültig, ob sie das Kind austrüge oder nicht. Einmal, als sie diesen Ohnmachtsanfall bekommen hatte – ich war für ein paar Tage bei ihr –, sagte sie von sich aus: Ich will das Kind nicht. Da war eine Abtreibung aber schon nicht mehr möglich. Jedenfalls nicht legal und ohne Komplikationen. Ich habe sie beruhigt und gelogen, daß ich mich auf das Kind freuen würde.

Aber auf der Fahrt zu Ronsdorfs Anwesen, an dem Abend nach ihren Scheinwehen habe ich nicht gelogen. Ich freute mich auf einen Sohn. Daß es dann eine Tochter wurde, habe ich bald verkraftet, und heute wäre mir eine zweite Tochter lieber als ein Sohn. Jedenfalls rede ich so mit Dolo.

10

In dem Studio, wo am Abend die Talk-Show laufen sollte, machte ich am Mittag eine Tonprobe. Sie lief glatt, der Toningenieur gab etwas Hall drauf, und damit waren wir beide zufrieden. Ich dürfte singen, was ich wollte, hatte der Redaktionsgruppenleiter mir sagen lassen, ich wisse ja selbst am besten, was bei den Leuten ankomme.

Der Redaktionsgruppenleiter sei ein Arsch, sagte der Toningenieur, und wenn ich einen aus der roten Kiste bringen würde, solle er – der Toningenieur – einfach abbrechen, sonst würde er – der Toningenieur – gefeuert. Ganz schlicht und einfach.

Ich hatte meine Jacke vergessen, und als ich nach dem Mittagessen ins Studio zurückkam, probte Sulla Mencke, die Punklady, wie sie genannt wird. Sie hatte ein Playback mitgebracht, zu dem der Toningenieur ihre Stimme aussteuerte. Sie kamen nicht zusammen. Sulla Mencke brach ab. Paß mal auf, du da oben, sagte sie ins Mikrofon und sah dabei in den Regieraum hoch, wo der Toningenieur saß und auf sie herunterblickte, steck deine jüdische Visage mal woandershin. Du bringst mich einfach ins out.

Ich vertrage so etwas überhaupt nicht, bin da aber schizophren. Zionismus, religiöser Fanatismus, verlängerter Arm des US-Imperialismus, vorgeschobenes Fort der Ölmultis – das ist nicht falsch, weiß ich im Kopf. Es löst aber nichts aus auf der Gefühlsseite. Im Gegenteil. Ich will nicht sagen, daß ich mich freue, wenn ich von solchen Banditenstreichen wie in Entebbe höre. Trotzdem: In tieferen Schichten kommt so etwas wie Befriedigung zustande: Seelenspezialist Arnim sprüht vor Begeisterung, wenn ich ihm das offenbare. Repräsentativ sozusagen bin ich für das ganze deutsche Volk. Wer hat schon so wie ich die Inkarnation des brutalen NS-Staates in der Person des eigenen Vaters erlebt, SS-Offizier und KZ-Aufseher, lackierte Schaftstiefel bis zu den Knien, Hundepeitsche schwingend. Diese vollkommene Allmacht zerbricht mit der Niederlage 45 vollständig. Aus solchen Trümmern kann man keinen neuen Übervater zusammensetzen. Aber ohne soll's ja nicht sein. Die

Eigenschaften der Vollkommenheit werden nun einer unantastbaren Gestalt einverleibt. Wem? Dem Opfer! In dieser Art schwadroniert er.

Der Toningenieur – er trug einen Davidstern auf der Brust, die nach der Branchenmode unterm Hemd bis fast zum Bauchnabel bloß getragen wird, hat zu der antisemitischen Beschimpfung durch Sulla Mencke gelacht. Du olle Vose, sagte er, vollgekifft bis anne Ohren, kannst keinen Ton halten. So ist das. Gleich noch mal.

Er fuhr das Band wieder ab. Okay, sagte Sulla Mencke, und dann ging es los: Über den durchgestanzten Akkorden von zwei Gitarren und einem hart geknüppelten Schlagzeug liefen Riffs, abwechselnd als Dialog zwischen Keyboard und Leadgitarre, und zwar in ständigem Harmoniewechsel, und da hinein, traumhaft sicher in Modulation und Phrasierung, schrie, gurgelte, fauchte, flüsterte, sang Sulla Mencke, stieg in eine verrückte Koloratur ein oder tauchte unter in einem gekrächzten Mädchenbaß, um dann wieder in einem ganz klaren Chorknabensound auszupendeln. Nach den Textfetzen, die man verstand, flehte, schimpfte, weinte und lachte sie einen Mann an, mit dem sie am Frühstückstisch draußen, vermutlich vor einem Bauernhaus, saß. Die Fliegen solle er verscheuchen und den widerwärtigen Mistgestank mit Intimspray, sie knalle sich einen rein, um den Pimmelmief nicht einziehen zu müssen, dabei stehe sie so auf Landschaft, Kühen und alles, was nach guter alter Scheiße und blauen Blüten röche, er sei ein total chaotischer Typ, sie hierhin rauszuschleppen in der geklauten Benzinkarre, aber beim Vögeln habe er sie wenigstens oben gelassen, am liebsten würde sie ihm das Buttermesser durchs Gesicht ziehen oder da schmusen, wo er so empfindlich ist …

Ich hatte die Augen geschlossen, war ganz abgetaucht in diese merkwürdige Morgenstimmung draußen am Tisch, wo einem alles hochkommt, wo man sich nicht beruhigen kann, weil die Stille ringsum dröhnt. Wir waren beide weg, der Toningenieur und ich, versetzt. Er wischte sich mit der Hand über die Augen nach dem ausklingenden, unheimlich sanften ohje … mit dem der Song endete.

So soll es sein. Das Hammerlied ist geglückter Kommunikationsversuch, bei dem es der Musiker schafft, vollkommen rüberzubringen, was er selber spürt. Dann macht es zum Beispiel nichts, ob man alles im Text genau versteht. Wichtig ist: das Stück ist mit einemmal Teil der eigenen Erfahrung geworden.

Der Toningenieur und ich zeigten uns die Daumen an der ausgestreckten Hand. Der Redaktionsgruppenleiter war ins Studio gekommen, hatte den Song gehört, sitzend auf einem Stuhl im Publikumsvorraum, und überhaupt nichts begriffen. Starker Tobak, sagte er, wollen Sie das wirklich heute abend dem Publikum zumuten?

Sulla Mencke, die sich in einen Sessel auf dem Podium, wo wir am Abend parlieren sollten, ausstreckte, antwortete nichts. Ich sah, wie der Toningenieur oben im Regieraum hinter seinem Mischpult grinste.

Im Ernst, sagte der Redaktionsgruppenleiter, Frau Mencke, wir sollten uns darüber unterhalten. Es gibt doch sicher noch etwas, was Sie vortragen können, nun, sagen Sie etwas ...

Er solle mal aufpassen, was sie ihm jetzt erkläre, sagte die Punklady, ohne in Richtung Redaktionsgruppenleiter zu blikken. Sie, die Funkanstalt, hätte sich doch etwas dabei gedacht, sie, die sogenannte Punklady, zusammen mit dem Bischof Reinbeck einzuladen zu diesem Schwatz am Abend vor lauter skandalgeilen people im Studio vor den screens. Diese Show werde sie abziehen, und zwar genauso, wie man das von ihr erwarte. Mit dem nackten Arsch dem Herrn Bischof ins Gesicht springen. Das wollt ihr doch, ihr Wichser. Nun scheißt euch doch nicht in die Slips. Also noch mal, du König David, sagte sie zum Toningenieur, zweiter Durchlauf, wenn ich ihna bitte derf.

Während der Toningenieur das Playback wieder abfahren ließ, Sulla Mencke einstieg, kam der Redaktionsgruppenleiter rüber zu mir. Ob ich nicht Lust hätte, mit ihm einen Kaffee zu trinken in der Kantine.

Auf dem Flur schon fing er an, wie froh er sei, daß wir beide endlich mal zusammenkämen, das habe er sich lange gewünscht, Piet, Ihre Platten, verzeihen Sie, kann ich allerdings kaum noch hören. Sie laufen täglich, und zwar pausenlos in dem Zimmer unseres Ältesten ... Auf diese Tour machte er mich an. Als ob er nicht diesen gemeinen Kommentar über die leitartikelkrähenden Klampfenschläger gesprochen hätte. Am liebsten hätte ich ihn gefragt, wo er denn nun die Mütze von Holger Meins verstecke, vielleicht im Zimmer seines Ältesten? Er log sogar, unser gemeinsamer Bekannter, damit meinte er Piotrowsky, habe ihm *Vorsicht, Vorsicht* angeraten, als er – der Redaktionsgruppenleiter – mich zum Talk-Show-Partner vorgeschlagen habe, schließlich jedoch habe der gemeinsame Bekannte *warum eigentlich nicht* gemeint.

Ich bin sicher, daß diese Leute ihre Lügen im selben Augenblick glauben, wenn sie sie herauslassen. Der Mechanismus zur Herstellung der subjektiven Ehrlichkeit läuft vollautomatisch bei ihnen. So was wird ihnen eintrainiert zum Beispiel in Kreiters Institut für Planung und Kommunikation. *Symposium* nennt Kreiter die Lehrgänge, zu denen Abteilungsleiter, Personaldirektoren, Bezirkssekretäre, Programmleiter und ähnliche Personalführer für drei, vier Tage zusammenkommen in dieser Villa aus der Gründerzeit. Da wohnen, schlafen, essen sie zusammen, sitzen die meiste Zeit im Halbrund vor einer Pinnwand, auf die sie mit Filzstiften schreiben können, was ihnen so zum Thema einfällt. *Beziehungen personaler Perspektiven* hieß das Symposium, bei dem ich Gast war. Ich habe es nur einen Tag ausgehalten. Alle trugen legeres Freizeitzeug, das *Du* war während der Tagungszeit Pflicht, und sie hatten auch alle von Anfang an dieses easy-going drauf. In einem großen roten Kreis auf der Pinnwand stand: *Woran orientieren wir unsere Entscheidungen?* Von da gingen Pfeile ab zu grünen Kreisen, in die die Teilnehmer ihre Vorstellungen schreiben konnten, worüber dann diskutiert wurde. *Am Demokratieverständnis*, schrieben sie, *an der Idee der Selbstverwirklichung, am Bedürfnis nach Glück und Zufriedenheit, am Leistungsprinzip* – das letzte wurde schon ziemlich skeptisch verhandelt, und als einer in einen grünen Kreis sogar schrieb *an meiner Karriere*, wollten sich alle biegen vor Lachen, am meisten der, der die Wahrheit geschrieben hatte. *Reine ideologische Schulung*, nennt Manne Kröger so was.

Ach – ich verstehe euch ja, ihr Brüder Redaktions-, Rayons-,

Abteilungs- und was weiß ich -leiter. Es hat nicht jeder die Möglichkeit, die Energien brüllend von der Bühne ins Publikum abzulassen wie ich, die im Traum nicht abgearbeiteten Energien zum Beispiel, die am Morgen die Stille dröhnen lassen. Aber muß man dann gleich so hinterfotzig von klampfenschlagenden Leitartikeln kläffen? Das ist nicht nobel, Herr Abteilungsleiter. Das ist Neid.

Er sieht aus wie dieser Notar im Hintergrund bei der Waschprobe mit Dash. Ich werde immer versöhnlicher, wenn ich mir jemanden wie ihn als mir unterlegen zurechtgedacht habe, unterhielt mich also mit dem Redaktionsgruppenleiter über Urlaubsziele. Er bezahlte Cognac und Kaffee für mich mit, balancierte alles auf dem Tablett zum Tisch, an den wir uns setzten und an dem einige Schauspieler in Biedermeierkostümen saßen.

Wo sie wären, fragte sie der Redaktionsgruppenleiter. Dreihundertvierzehn, sagte einer im Frack mit gelbem Halstuch, Paulskirche, Wahl des Reichsverwesers, Rede von Gagern.

Das sollte doch schon längst abgedreht sein, der Wahlgang wäre heute dran. Großherzog Johann, wo ist der überhaupt. Er käme gleich mal rüber, so ginge es nun wirklich nicht.

Die Schauspieler nickten. Man redete über Szenen, Einstellungen, kaum sprechbare Texte.

Ich *bemerkte* – sag ich jetzt mal – an einem Nebentisch Sulla Mencke. Sie war nicht mehr geschminkt, trug einen dunklen Pullover, das in Rostrot gefärbte und in Stehfransen geschnittene Haar verborgen unter einem dunklen Kopftuch. Unscheinbar sah sie aus, wie eine ausländische Küchenhilfe, die sich mal eben in der Pause einen Kaffee gönnt. Jedenfalls sah sie nicht herüber an unseren Tisch.

Ich aber sah sie – und zwar mit einemmal nur noch sie. Ich meine das wirklich: *Ich konnte den Blick nicht von ihr wenden.* Es war wie ein Sog. Unheimlich angezogen fühlte ich mich, wenn *unheimlich* im Wortsinn von früher und nicht als Floskel von heute verstanden wird.

Edward Nelsen erzählt in seinem Bericht *The Eskimo of the Melville Bay* die Geschichte, wie Uvduluriak, der Großfänger, beim Schmaus in seinem Iglu plötzlich erstarrt, den Seehundsbissen an seinem Mund mit dem Kreismesser nicht abtrennt, in Trance versinkt, die Augen weit aufgerissen durch die Eiswand des Iglus zu blicken scheint, Schaum vor den Mund kriegt, sich plötzlich windet, anfängt zu schreien, aufspringt, hinausläuft, einen Seehund auf den Schlitten wirft, die Hunde anspannt und in die Nacht hinausjagt, nach einer Nacht und einem Tag Majak, den einäugigen Schamanen in einer Schneehöhle antrifft, ihm den Seehund vor die Füße wirft und schreit: *Da hast du deinen Anteil. Und nun laß mich in Ruhe.* Majak hatte eine Woche lang nichts gefangen. Er war fast verhungert. Majaks Gedanken haben Uvduluriak gezwungen, ihm von der Beute zu bringen, sagten die Lagergenossen an der Melville Bay, Majaks Gedanken hätten Uvduluriak getötet, wenn er nicht gefolgt wäre.

So ähnlich erging es mir. Mitten im Geplauder des Redaktionsgruppenleiters sprang ich auf, die Tasse fiel dabei vom Tisch, ging – oder rannte ich? – zum Tisch, an dem Sulla Mencke allein saß und Kaffee trank.

Da sind Sie ja, sagte sie.

Sie siezte mich die ganze Zeit über, weil, wie sie mir sagte, sie nur solche Menschen duze, die sie nicht achte oder die sie liebe. In der dritten Person würde sie am liebsten Leute anreden, die sie weder achte noch liebe. Die ihr also gleichgültig seien, wenngleich das nun wieder sehr selten vorkäme. Mich möchte sie jedenfalls *nachhaltig* – sie sagte wirklich nachhaltig – siezen.

Diese Ouvertüre fand ich reichlich zickig und nicht mal originell.

Ich fühlte mich aber tatsächlich zu ihr hingezogen, wie Uvduluriak zu Majak, und so sagte ich: Bitte schön, wie Sie möchten.

Das hörte sich so albern förmlich an, daß wir beide darüber lachen mußten, und damit war *der Bann gebrochen.* Da saßen wir aber schon in ihrem Porsche, sausten über die Fünfhundertsechs durchs Bergische Land. Am Tisch des Redaktionsgruppenleiters und der Schauspieler aus der Paulskirche waren wir vorbeigeschritten – nein, nicht Hand in Hand, aber doch wohl so überzeugend extraordinär, daß sie uns offenen Maules nachsahen.

Er wäre mit der Mencke fertig geworden, hat der Redaktionsgruppenleiter später erzählt, den ganzen Nachmittag habe er sich für sie freigehalten gehabt. Einem eindringlichen Gespräch hätte die Mencke sich nicht entziehen, den Vorschlag, den er ihr hätte machen wollen, nicht ablehnen können. Aber der Atten habe sich an sie rangemacht, vor seinen Augen sie abgeschleppt und – mit welchen Drohungen auch immer, darin sind sie ja nicht zimperlich – breitgeklopft, damit sie am Abend vor sage und schreibe zwölf Millionen Zuschauern ...

Sie fahre gern und schnell, aber nicht gut, sagte Sulla Mencke. Sie überholte ständig, ich hatte aber keinen Augenblick das Gefühl von Unsicherheit oder Gefahr. Das sagte ich ihr, erzählte ihr auch, daß ich wie unter Zwang an ihren Tisch gekommen sei, erzählte die Geschichte von Uvduluriak und Majak, dem einäugigen Schamanen. Sie kannte eine ähnliche Geschichte aus Lappland, in der eine Rentierhirtin einen Mann über hundert Kilometer hinweg durch Telepathie gezwungen hat, ihr einen Fisch zu bringen. Genau diese Methode habe sie angewandt gegen mich, sich in Trance versetzt. Man müsse von außen in seinen Körper hineinkriechen, die Augen nicht schließen, sondern durch sie hinaussehen wie durch Bunkerschlitze, die Gehirnströme richten, wie Laserstrahlen bündeln und abschießen aufs Ziel.

Warum war ich dieses Ziel?

Mein Rücken – sie sagte *einsamer Rücken* –, insbesondere die Linie vom Hals bis zu den Schultern habe in ihr ein Gefühl von Trauer – *absolute Trauer* sagte sie – erzeugt. Von hinten sei ich aber unangreifbar gewesen, deshalb habe sie den Tisch gewechselt. Von vorn habe es dann geklappt. Ihr Empfänger sitzt zwischen den Augen, sagte sie, Piet Atten, Daddy des Deutschsongs. Früher habe ich Sie bewundert, dann gehaßt, dann verachtet, und dann plötzlich am Tisch in dieser Resopalkantine dieser sympathische Schwall wie ...

Wie?

Wie zu meinem Onkel Adolf, der mir das Schwimmen beigebracht und mich vergewaltigt hat und heute an den Rollstuhl gefesselt ist, zufrieden? Das Reden darüber bringt's doch nicht.

Wir fuhren von der Fünfhundertsechs ab und über eine Straße dritter Ordnung in einen Weg, wo wir am Ufer eines Baches hielten. Einen Hof kenne sie, zum Wochenende ein Ausflugslokal, während der Woche geschlossen, aber wir bekämen dort eine echte bergische Kaffeetafel vorgesetzt. Sie kenne die Leute.

Der Weg führte an dem Bach entlang, der hinten, von der anderen Seite eines schmalen Tals, quer durch eine Wiese kam, ehe er parallel zum Weg uns entgegenfloß. An der Stelle, wo sich Bach und Weg trafen, ging es steil bergan. Vom Bach weg in einen Buchenwald, über altes Laub gingen wir. An den glatten, schiefergrauen Stämmen begannen die Äste erst in einer Höhe, die man mit hochgestreckten Armen auch beim Springen nicht erreichte. Nur einmal wuchs ein Ast in Kopfhöhe. Die Blätter waren noch nicht voll entfaltet, fühlten sich leicht pelzig an. Das richtige Maikäferfutter. Ob es wirklich keine Maikäfer mehr gäbe, fragte sie, und ich sagte, das Lied sei nicht von mir. Sie sprang nach einem Ast, verfehlte ihn, stolperte, fiel. Helfen Sie mir auf, Monsieur Atten, sagte sie. Das tat ich, behielt ihren Arm beim Weitergehen, eigenartig berührt durch diese Anrede, bei der sie Atten mit dem Ton auf der letzten Silbe, also korrekt französisch aussprach. Und im Weitergehen, Weitersteigen durch den Buchenwald, der in einen Mischwald überging, über altes und faules Laub, erzählte ich von Sorbez, von Charlotte und ihrem Verlobten Albert, daß ich mit Charlotte nach Roquebrun am Orb ziehen möchte, dem Geburtsort von Fernand Atten, zeigte ihr die Liste der hugenottischen Insurgenten aus dem Musée du Désert, die ich damals immer bei mir trug, mit den aufgeführten Namen, unter ihnen eben Fernand Atten, Roquebrun, und den Brief Cavaliers an Castanet, den mir Charlotte geschickt hatte, mit der wichtigen Stelle: *Lui, Roland et moi, Fernand Atten d'Orb et quelques – un de nos plus intimes amis, après examen de la situation, nous fûmes d'accord que, pour opérer une forte division …* die bewies, daß mein Vorfahr zu den Führern der Camisarden-Guerilla gehört hatte. Außer mit meinen Eltern hatte ich noch mit niemandem so detailliert darüber gesprochen, auch nicht mit Manne Kröger, geschweige denn mit Inneningenieur Arnim. Sie hörte ernsthaft zu, stellte Fragen, die nicht rhetorisch klangen, und die sanfte Ironie, mit der sie *Schauen Sie, mon cher Atten d'Orb, dieser locus amoenus* sagte, verletzte mich nicht.

Wir waren aus dem Mischwald herausgekommen, standen vor einer Wiese, die erst sanft und dann steiler anstieg bis zu einem Plateau, auf dem zwischen blühenden Apfelbäumen das schwarzweiße Fachwerk des Bauernhofes hindurchschimmerte. Ich glaube, ich habe *wunderschön* gesagt oder *merveilleux*. Am Himmel zogen ein paar Schäfchenwolken. Die Sonne strahlte, und es wehte ein lauer warmer Wind. Einzelne Apfelbäume standen schon auf halber Höhe des Wiesenhanges. Überall im Gras gelber Löwenzahn. Nach oben hin wuchsen die Bäume dichter beieinander, und das Bienensummen hörten wir so laut wie fernes Dröhnen von einer Autobahn. Gleichzeitig atmeten wir aus, als wir oben angekommen waren, hielten einen Augenblick an, sahen noch einmal den Abhang hinunter, sahen drei Rehe, die aus dem Wald heraus auf die Wiese traten, witterten und dann langsam am Rain entlangschritten, bis sie verhielten, die Köpfe senkten und ästen. Wir hörten nur unseren Atem und das Bienensummen über uns.

Auf dem Weg dann zum Haus die tief eingedrückten groben Profile von Reifen an Treckern. Ein Jauchewagen. Hundegebell. Ein Hausname stand gotisch eingebrannt in dem Fachwerkbalken über der Tür. *Dreler Hof?* Ich weiß es nicht mehr.

Andere Details werde ich behalten, weil ich von ihnen in *Pastorale Numero zwo* singe. Die sieben faulenden Äpfel zum Beispiel auf dem Klavier, an dem der schwarze Lack an vielen Stellen abgeblättert war. Sie verbreiteten den süß-säuerlichen Geruch in dem kleinen Saal, in dem die Tische an die Wand gerückt und darauf die Stühle gepackt standen. Gastraum nannte die Bäuerin den Saal, den sie uns aufschloß, weil Sulla Mencke den Sound des alten Ibach-Pianos erklingen lassen wollte. Ich zog die Vorhänge von den Fenstern. In dem Sonnenlicht bildeten sich feine Staubschleier über den Holzdielen quer durch den Raum. Ein heller Fleck auf dem Gemälde über dem Klavier beleuchtete drei Rehe, die aus einem Waldstück auf eine Wiese traten. Schwalben zwitscherten draußen, man hörte Hühner gackern, und einmal schrie ein Truthahn seinen häßlichen Schrei.

Bärbelchen, jüngste Tochter der Bäuerin, ein vierjähriges Kind in Holzschuhen, Kleid und Schürze, ein weißes Kaninchen im Arm, Rotkäppchen auf dem Blondschopf – ich schwöre es –, war uns ins leere Ausflugslokal gefolgt, hatte sich auf den Boden gehockt neben das Klavier, saß da, das weiße Kaninchen im Arm, einen Daumen im Mund, schrak zusammen vom Echohall, den der Klavierdeckel schlug. Auf einigen Tasten fehlte der Elfenbeinüberzug, bei den übrigen war er vergilbt. Aus dem Stapel Notenhefte, *Schott und Söhne*, grau zerblättert auf dem Klavierhocker mit ausgeleierter Winde, zog Sulla Mencke Franz Schubert, *Die schöne Müllerin*, stellte das Heft auf die Notenstütze, setzte sich, schlug an. Das kurze Vorspiel: Die rollenden Steine. *Vom Wasser* haben wir's gelernt, *vom Wasser*, fiel ich korrekt ein, aber gleich mit der zweiten Strophe und weiter bis zur letzten: *Herr Meister und Frau Meisterin, laßt mich in Frieden weiterziehen und wandern.*

Sie spielte perfekt, ließ mir die richtige Zeit, das *Wohin* sang sie selbst: *Laß singen, Gesell, laß rauschen ... es gehn ja Mühlenräder in jedem kleinen Bach. So frisch und wunderhell.*

Meiner Sehnsucht allerheißesten Schmerz durft ich aushauchen in Liederscherz, sang wieder ich, das Lied *die Pause*. Aber bei der getragenen Passage in der zweiten Strophe *Ist es der Nachklang meiner Liebespein* gelang mir die Modulation zurück in die Grundtonart B-Dur nicht. – Das *In Grün will ich mich kleiden* sangen wir zusammen – alle drei Strophen hindurch, und sie allein sang, nein hauchte die letzten Takte von *Bachs Wiegenlied: Der Nebel weicht und der Himmel da oben – wie ist er so weit.*

Natürlich trug ich nicht – wie wir dann unter den blühenden Apfelbäumen am Haus durchs Gras schritten, vor uns das Bärbelchen, lachend und hopsend – einen flaschengrünen Frack, Seidenweste und halbhohe Stulpenstiefel, Sulla Mencke nicht einen quadrierten fußlangen Rock, Schnürleibchen über der Bluse mit Hammelkeulenärmel, einen großen flachen Strohhut voller bunter Bänder, wie ich es in *Pastorale Numero zwo* singe. Aber das stimmt: In der Wohnküche, wo uns die Kaffeetafel gedeckt war, hockte in der Ecke der Großvater, suggelte an einer langen Tabakspfeife, es roch nach frisch geplätteter Wäsche, Kuchen und Kaffee, und die Bäuerin trug eine weiße, gestärkte Schürze und fragte uns nach dem *Gang der Welt in diesen stürmischen Zeiten*.

Auf dem Rückweg zum Auto stritten wir über *Idylle*, den der Öffentlichkeit entzogenen Intimbereich als Zufluchtsort der Romantiker. Teil der Revolte gegen die Verkümmerung des Lebens und die Zerhackung durch Arbeitsteilung sei dieser Ort gewesen, meinte Sulla Mencke, faßbares Ambiente in der Romantisierung des Alltags als poetologische Kritik an der Quantifizierung des Lebens. Ich zitiere dagegen Heine: *Man übte Entsagung und Bescheidenheit, man beugte sich vor dem Unsichtbaren, haschte nach Schattenküssen und blauen Blumengerüchen, entsagte und flennte*.

Wirklich, Atten d'Orb? fragte sie. Wirke nicht immer noch bei mir und anderen Militants die Diffamierung des Idyllischen vor allem durch Hegel nach, zum Beispiel mit seiner Geßnerkritik, seiner Apotheose des Heroischen im Kampf anstelle des Bescheidenen in der Idylle, des Friedlichen?

Das ließ ich nicht gelten. Soweit es die Frühromantik betreffe – Tieck, Novalis zum Beispiel, gut. Das war Kritik an der sichtbar werdenden Austauschbarkeit. Wenn sie so wolle, an der sich entwickelnden kapitalistischen Produktionsweise. Aber die späteren, die beiden Schlegel zum Beispiel, das war die Reaktion, und zwar im Dienst von Metternich: Idyllisierung des Bestehenden, Verdammung aller progressiven Folgen der großen Revolution.

Auf der Rückfahrt haben wir noch gestritten. In der Garderobe einigten wir uns dann über Bettina von Arnim, weil die sich mit ihrem Anspruch einer romantischen Revolutionierung des Alltagslebens nicht ins Private hatte abdrängen lassen.

Dann sind wir in die Talk-Show-Arena geschritten.

In der Talk-Show kam Piet ganz gut weg beim Publikum. Der Schocker des Abends war die Punklady Sulla Mencke. Über ihren Auftritt schrieb und geiferte die Presse noch tagelang. Bis dahin waren Kinskys wildes Wüten, Romy Schneiders Griff an den Oberschenkel des Ex-Zuchthäuslers Driest Höhepunkt gewesen. Sulla Mencke hat die Schraube eine Umdrehung weitergedreht. *Perverses Drecksweib* nannte sie *Bild*. Ein Nazi-Blatt verlangte: *Kahl scheren und ab ins Lager.* Der Umsatz der Mencke-Platten stieg um 1000%. Von ihrer damals letzten Scheibe *Illegal gleich Scheißegal* wurden 60000 Stück verkauft in vierzehn Tagen. Seit neuestem ist sie sogar in den World-Charts mit ihrem Song *Yellow Clouds.*

Ich bin schon eine Stunde vor Beginn der Talk-Show im Studio gewesen. Sieh zu, daß du in den Regie-Raum kommst, hatte Piet gesagt, paß auf, daß die mich nicht wie Frankenstein ins Bild bringen und daß der Ton stimmt.

So was ist leicht dahingesagt. Normalerweise lassen die keinen Außenstehenden in den Regie-Raum. Aber die Produktionsleitung der Sendung lag bei Talle, einem Kumpan aus der Kreiter-Clique, und die Regieassistentin war das, was wir *uns nahestehend* nennen. Also – sagte der Regisseur: Meinetwegen, aber die Gosch halten, wenn ich bitten darf. Ob ich Produzent dieses Liedermachers wäre, fragte er, und ich sagte, so könnte man es nennen.

Ich durfte mich neben den Toningenieur an den Regietisch setzen. Wir überblickten durch die Scheibe das ganze Studio, vorn direkt unter uns das Podium mit den zwei Sesseln für die Talk-Partner und einem Klavier und vor dem Podium und in den Ecken des Studios die Tische und Stühle für das Publikum, Weinflaschen und Gläser auf den Tischen. Drei Kameras waren an verschiedenen Stellen postiert, und wir sahen auf den Monitoren im Regieraum das Ganze noch einmal aus verschiedenen Perspektiven. Als der Ragtime-Spieler am Klavier loslegte, wurde die Tür aufgemacht, und die Leute drängten sich herein, besetzten die Tische. Der Moderator Wackernagel sprang aufs Podium, sprach mit den Leuten. Der Ragtime-Spieler klimperte weiter, die Leute redeten durcheinander, lachten, tranken Wein, die Kameras fuhren zwischen ihnen herum – das Ganze wirkte ziemlich chaotisch, wenn man es live aus der Regiekanzel betrachtete. Aber die Regiemannschaft steuerte die Kameras und den Ton routiniert. Die waren alle eingefahren, sah man, und auf den Monitoren hatte das alles schon diesen Touch von gemütlichem Zusammensein, bunt und spontan – das Markenzeichen dieser Talk-Show von Johnny Lehnhardt. Sie redeten wenig miteinander, die Leute am Regiepult, und wenn, dann leise, alles lief wie am Schnürchen, und sie blieben genauso cool, als wir dann auf Sendung waren, Wackernagel seinen Begrüßungsschwatz loslies, die ersten Partner ankündigte: Piet Atten, den Liedermacher – Ist er wirklich so ein böser Bube, oder ist er vielleicht ein ganz lieber Typ? – und den Staatssekretär Egon Piotrowsky, jung und dynamisch, der sich um ein Bundestagsmandat bemüht.

Mit Carlo, dem Produktionschef von Piets Plattenfirma, und Ingolf von der Agentur war vorher die Taktik besprochen worden. Solchen Fernseh-Schwatz müsse man als reine Promotion für den Plattenumsatz ansehen und entsprechend reingehen. Den Aufmerksamkeitswert steigern, darauf käme es an. Der Grundsatz: Aus dem Rahmen fallen. Was Verrücktes sagen und tun. Je doller desto besser. Das erwarte das Publikum vom Künstler heute. So – das ist der Grundsatz. Aber du, Piet, sagte Carlo, bist eine Sondernummer. Dein Skandalkonto ist voll. Vor allem mit Skandalen, die man nicht mag. Also, du mußt runter von diesem Polit-Rocker-Image. Du revozierst ein bißchen. Da fällt dir schon was ein. Nur nicht zuviel Politik. Was Menschliches. Wenn unbedingt Politik – Piotrowsky wird da schon nachhaken – dann denk dran: Ausgewogenheit! Ein Schlag nach West, zwei Schlag nach Ost. Am besten die Umweltkiste. Aber auch da Ost und West. Du bist kein fremdgesteuertes Element. Denk dran. Du bist Künstler. Also halte die Mitte: Kein doller Skandal, aber auch kein Intelektuellen-Schwatz, leger und witzig, das Menschliche abtasten. Claro?

Piet sagte, ich hasse dich, und Carlo sagte, wir vertrauen alle auf deinen Instinkt. Im Grunde weißt du genau, was angesagt ist.

Mich kann Carlo überhaupt nicht verknusen, und als ich fragte, ob Piet sich nicht gleich eine Silberhose anziehen und Ohrringe reinhängen soll, schrie er mich an: Du, halt du dich da raus, du sozialistischer Realist. Du hast schon genug angerichtet.

Ingolf hat gelacht und gesagt: Schickt mir nächsten Monat die Umsatzliste.

Piet kam als erster aufs Podium. Er war nervös, tat aber ganz sicher. Ich merkte es daran, daß er seine Füße mühsam nach außen setzte. Er geht sonst über den großen Onkel. Wackernagel begrüßte ihn und stellte die Eingangsfrage: Piet, stellen Sie sich vor, Sie spielen in der Bundesliga. Strafstoß der Gegenseite. Torentfernung siebzehn Meter. Sie stehen in der Mauer. Breitner läuft an. Was machen Sie mit den Händen? Halten Sie sie davor?

Wackernagel hielt seine Hände vor seinen Hosenlatz.

Oder auf den Rücken?

Wackernagel nahm die Hände nach hinten.

Das Publikum lachte. Piet sah an sich herunter, sagte, das kommt darauf an.

Worauf, fragte Wackernagel.

Ob er hart ist oder weich, sagte Piet.

Der Ball, fragte Wackernagel.

Beides, sagte Piet.

Das Publikum lachte. Nehmen wir an, beides knochenhart, sagte Wackernagel.

Piet drehte sich um, tat, als ob er weglaufen wollte, sagte: Ich laufe weg.

Das Publikum lachte und klatschte.

Der Toningenieur neben mir flüsterte: Gewonnen. Kann nix mehr schiefgehen.

Piotrowsky wurde gefragt, was er täte, wenn ihm mitten in seiner schönsten Wahlkampfrede ein faules Ei an den Kopf geschmissen würde – von einer Dame.

Piotrowsky antwortete, daß er sich so was kaum vorstellen könne, von einer Dame, aber wenn doch, dann würde er die Dame bitten, ihm den Schmier abzuwischen.

Nur ein bißchen Klatschen.

Wackernagel setzte sich dann ins Publikum, wo er sitzen zu

bleiben hat. Er mischt sich nur ein, wenn was schiefläuft zwischen den Wunschpartnern.

Die setzten sich in den Sessel, der Ragtime-Spieler haute sein Stück herunter, und dann fing Piotrowsky an zu reden, ähnlich wie damals vor Kreiters Mühle, darüber, daß Piet für ihn und seine Freunde *der* Sänger gewesen wäre mit seinen Liedern wie *Komm mal rüber auf die dunkle Straßenseite, Junge* – dann aber … und so weiter.

Piet, warum dieser wüste Bruch? Sie wurden sogar in die Nähe von Staatsfeinden gebracht.

Sie saßen direkt unter uns. Wir blickten durch die Scheibe auf ihre Köpfe. Piotrowskys kahle Stelle auf dem Kopf sah man in den Monitoren nicht. Piet hatte sich wirklich eine Kette mit bunten Holzstückchen um den Hals gelegt. Seine Augen glänzten. Nervosität war das.

Er begleite die Zeit auf seine Weise, durch Lieder, sagte er, immer hätten das die Sänger seiner Art getan, durch alle Zeiten hindurch, und dafür müsse man in die Verhältnisse einsteigen, nah dran sein, sonst stimmten die Lieder nicht … diese Sprüche, die er schon tausendmal abgespult hat.

Und die Lieder, die er abgeliefert habe, hätten eben der damaligen Zeitstimmung unter kleinen, aber wichtigen Teilen der Bevölkerung entsprochen. Vielleicht habe er sich zu sehr in die Nähe dieser Leute gewagt, obwohl er ihre Aktionen niemals gebilligt habe. Dadurch seien Mißverständnisse entstanden … auf diese Tour.

Er fummelte dabei an seiner Halskette herum. Das Publikum blieb kühl. Ich beobachtete das Gesicht eines Vierzigjährigen. Er schüttelte leicht den Kopf, strahlte dann aber zufrieden, als Piet Piotrowskys Rede über das Ost-West-Verhältnis unterbrach und trompetete: Das ist doch alles derselbe Käse. Ob Carter oder bald Reagan-Mafia oder die Moskauer Greisen-Riege. Die gehören in den Zoo, allesamt. In den Affenkäfig, wo wir sie mit Popkorn füttern.

Piet sprang auf und imitierte einen herumhopsenden Schimpansen.

Gelächter und Klatschen.

Gundhild, die Regieassistentin, sah mich an. Ich konnte nur die Schulter heben.

Piet, dessen Augen jetzt vor Begeisterung blitzten, gab dann ein paar Dönekens aus der Szene zum besten, erzählte, als Piotrowsky ihn fragte, was Singen eigentlich für ihn bedeute, das sei für ihn Therapie. Vermutlich hätte ihn seine Mutter nicht genügend gesäugt. Deshalb sei er immer noch unersättlich nach Streicheleinheiten. Und diese Sehnsucht befriedige er brüllend auf der Bühne, geil auf den Applaus. Piet sprang auf, ruderte mit den Armen, rief: *Applaus, Applaus, Applaus*, in dieser kehligen Stimme von Kermit, dem Frosch aus der Muppets-Show. Damit waren alle zufrieden, klatschten und lachten, und Piet sah glücklich aus, wie nach einem gelungenen Konzert. Ich schämte mich und wagte gar nicht, Gundhild anzugucken.

Beide witzelten dann weiter, und als Piet den Piotrowsky fragte: Gehe ich richtig in der Annahme, Herr Staatssekretär, daß Sie Bundestagsabgeordneter werden wollen, um der Arbeitslosigkeit zu entgehen, weil Sie nach Ende der Legislaturperiode ausscheiden müssen, da antwortete der: Achherrje. Wenn's so einfach wär. Ich könnte dann ja endlich das tun, was ich mir immer gewünscht habe. Nämlich Pfarrer sein in Hohentalholzheim, da, wo meine Vorfahren zu Hause sind. Aber ich fühle mich in die Pflicht genommen. Dazu gehört zum Beispiel auch, den Dialog mit der kritischen Jugend zu führen, das ist heute wichtiger denn je. Für mich bedeutet Politik überhaupt, dem Volke dienen. Dafür bitte ich um das Votum des Volkes.

Das Publikum lachte nicht, klatschte aber.

Johnny Lehnhardt sagte laut, du Arsch, und ließ das häßlichste Bild von Piotrowsky über den Sender. Es zeigte ihn ganz nah und schwitzend im Halbprofil. Man sah die verlaufene Schminke deutlich, und auch die kahle Stelle auf dem Kopf, die speckig glänzte. Die beiden warfen sich weiter die Bälle zu, und zum Schluß sang Piet auf Wunsch von Piotrowsky – die Gitarre wurde ihm reingereicht – sein *Komm mal rüber auf die dunkle Straßenseite, Junge*.

Der Toningenieur, der vorher mit Piet geprobt hatte, machte

einen ordentlichen Ton, das Publikum klatschte lange, und dann gingen die beiden ab, mischten sich unters Publikum.

Ein netter Junge, dein Liedermacher, sagte Johnny Lehnhardt zu mir. Gundhild sagte gar nichts.

Und dann kam Sulla Mencke. Wackernagel sagte *geil, geil*, als er sie begrüßte. Sie trug hautenges Leder untenherum und eine grüne Bauernjoppe oben, darunter nichts. Jedenfalls sah man von Anfang an schon viel von ihren Brüsten. Auf die Eingangsfrage, was sie täte, wenn in der besetzten U-Bahn eine schwangere Frau vor ihr stünde, sie, Sulla Mencke, aber säße, stehen Sie auf, bieten ihr den Platz an? sagte sie: U-Bahn fahr ich nicht. U-Bahn-Leute halt ich nicht aus. Stinky people.

Wackernagel lachte und klatschte in die Hände, und alle lachten und klatschten, wie es ihnen Wackernagel vormachte. Johnny Lehnhardt war begeistert. So ist's richtig, rief er. Er brachte ihren Kopf ganz groß ins Bild.

Piet hatte mir vorgeschwärmt, die Mencke wär unheimlich sanft und gleichzeitig durchgeistigt. Auf dem Bildschirm war in ihrem Gesicht exakt das Gegenteil: Kantig herausgeschminkte Wangenknochen, schwarz lackierte Lippen, gelbe, böse Augen, auf dem Kopf die Stehfransen, hennarot.

Sie ging gleich ans Mikrofon, gab ein Zeichen zu uns herauf, der Toningenieur fuhr ihr Playback ab, und dann legte sie los, röhrte ihren Song *Morgenstimmung*.

Ich habe während der Mencke-Reinbeck-Runde vor allem diesen vierzigjährigen Mann beobachtet. Er saß am ersten Tisch, gleich vor dem Podium. Wenn die Kamera zwei ins Publikum hielt, kam er auf den Monitor. Er trug ein kariertes Hemd, kurze Haare, Brille und war glattrasiert – ein Arbeiter oder Angestellter, so wie er die Hände auf den Tisch hielt, am Wein trank, den Oberkörper bewegte. Meistens sah er zu Wackernagel hin, der am Nebentisch saß, beobachtete dessen Reaktion. Das taten die meisten in der Nähe von Wackernagel, und wenn der lachte, lachten sie auch, blieben ungerührt, wenn er still blieb.

Haltung und Gesicht des Vierzigjährigen drückten aber bald anderes aus. Sein Lachen zum Beispiel kriegte das, was man bei uns *Rhabarberschnute* nennt, als die Mencke nach ihrem Song die Zunge herausstreckte, dem Publikum im Studio und den Millionen vor den Fernsehgeräten.

Bischof Reinbeck war während des Songs hereingekommen, klatschte, als sie geendet hatte, und streckte wie sie die Zunge heraus. Da klatschten alle begeistert.

Bischof Reinbeck ist oft auf dem Schirm. Sein Markenzeichen, die buschigen Augenbrauen, waren gekonnt verstruppt. Braun getönt ist das breite Gesicht. Auf den weißen Haaren ein Silberschimmer, und mit den Strahleaugen blickt er so in die Kamera, daß jeder meint, er guckt nur ihn an und spricht nur zu ihm mit dieser tiefsten Baßstimme.

Daß er so klein ist, hätte ich nicht gedacht. Wackernagel fragte ihn, wie er reagieren würde, wenn unter der Kanzel, sonntags bei der Predigt, eine Stinkbombe platzte. Bischof Reinbeck lachte dröhnend. Er würde die Gemeinde fixieren und sagen: Wer zum Klo muß, soll jetzt gehen.

Gelächter im Publikum, der Ragtime-Spieler klimperte einen Tusch. Lehnhardt sagte: *Du Sau*. Der Kamera drei gab er den Befehl: Geh näher ran. Die ganze Visage. Schneid ihm die Silberhaare weg.

Auf dem Bild, das dann über den Sender ging, hatte der Bischof einen Schatten auf den Augen. Die Backen im breiten Gesicht kamen als Fettpolster heraus. Er sah aus wie ein fieser Mitschnacker. Alle im Regieraum lachten laut.

Dieses Lied, sagte Reinbeck zu Sulla Mencke, ich finde es hinreißend. Aber auch schrecklich.

Die Mencke hatte sich schräg nach hinten gelehnt, wo eine Kamera stand, und redete mit dem Kameramann, knabberte dabei an den Fingernägeln.

Und ob sie wisse, warum er es schrecklich fände?

Die Punklady redete weiter mit dem Kameramann hinter ihr, als ob der Bischof überhaupt nicht da wäre.

Es fehle Hoffnung. Ausblick auf einen anderen Morgen. Ja, hoffnungslos wäre der Song. Und deshalb schrecklich, sagte Reinbeck. Seine Augenbrauen beschrieben zwei Bogen. Sein Mund verzog sich nach unten. Er sah besorgt aus. Auch der vierzigjährige Mann im Publikum sah besorgt aus. Sulla Mencke blickte ihren Partner zum erstenmal voll an.

Immer gleich am Ball, wa, sagte sie. Ob sie mal raten solle, wer diese Hoffnung wär. Na? Isses der liebe Gott?

Erraten, sagte Bischof Reinbeck, der *liebe Gott*, wie Sie ihn so spöttisch nennen.

Reinbeck strahlte förmlich vor Hoffnung.

Affenarsch, rief Lehnhardt, Affenarsch. Und die Mencke sagte: Stell dir doch mal vor, der liebe Gott ist kein der. Der ist eine die. Frau Gott – wär das nichts, Bischof Silberlocke?

Der Ragtime-Spieler schlug in die Tasten.

Einige im Publikum kicherten. Im Regieraum lachten alle. Der Vierzigjährige versuchte zu grinsen, aber es wurde eine Grimasse.

Bischof Reinbeck bedankte sich für den Spitznamen *Silberlocke*, den er jetzt ja wohl für immer trage, und salbaderte dann los in dieser Pastorsart über Jugend und Hoffnung, Undankbarkeit, Vertrauen, Frische und so weiter. Was ist denn mit euch bloß los? Seid ihr denn überhaupt jung? ... Im Grunde derselbe Blödsinn wie Orgemann bei Erwin Zibulla.

Die Mencke war bei dem Gelaber aufgestanden und zum Klavier gegangen, hatte den Arm um die Schulter des Ragtime-Spielers gelegt.

Als sie sich dann herumdrehte, trug sie die Bauernjoppe offen.

So ist gut, rief Lehnhardt, Großaufnahme, die herrlichen Titten.

Sulla ging auf den Bischof zu. Der Vierzigjährige war perplex. Wackernagel auch.

Naaa? sagte Sulla Mencke.

Der Bischof lehnte sich weit in seinem Sessel zurück, weg von Sulla Mencke, die vor ihm stand. Sie kam noch näher.

Mal anfassen, fragte sie.

Zwölf Millionen haben das mitgekriegt, wie Reinbeck stotterte, die Punklady in die Knie vor ihm ging, mit dem Oberkörper wackelte, die Brüste schwingen ließ, Wackernagel aufs Podium sprang, die Szene mit seinem Körper abdeckte, das Lachen kaum verbeißen konnte, das Publikum im Studio teils pfiff, teils lachte und klatschte, der Ragtime-Spieler wie wild das Klavier bearbeitete.

Der Vierzigjährige blieb versteinert; auch noch, als ein Grotesk-Paar einen Tango hinlegte, Wackernagel seine Witzchen machte und zum Schluß zwei Leute aus dem Publikum Wunschpartner auf dem Podium zu spielen hatten als Abschluß, wie es üblich war.

Diesmal hat Gundhild die Schultern gehoben, als ich sie ansah. Lehnhardt, der Chef, war richtig aufgekratzt, trank Sekt. Fabelhaft, hat er immer wieder gesagt, fabelhaft.

Ich bin anschließend gleich in Piets Wohngemeinschaftswohnung gefahren. Nur Vera war da, hockte auf ihrem Bett, trank Rotwein. Sie hatte die Talk-Show gesehen, fand Piets Auftritt erträglich, Sulla Mencke aber das Größte. So, nur so, muß man denen kommen.

Dann fing sie an zu weinen. Ich wollte gehen, aber sie krallte sich förmlich an mir fest. Ich blieb, trank Rotwein mit ihr, hörte mir an, wie sie über ihren Typen schimpfte, diesen Fernsehmann, verheiratet, zwei Kinder, Haus am Stadtrand. Daß sie das mitgemacht hätte, all die Jahre. Unglaublich. Wochenenden in Kleinstadthotels. Als Sekretärin auf Tagungen. Holiday Inn. Der Typ im Morgenmantel, weißes Halstuch, Whiskyglas in der Hand, *that's why the lady is a tramp* singt er, hält Frank Sinatra für den Größten. Reise nach Venedig, aber unter falschem Namen. Das törnt ihn an. Seine Frau wisse Bescheid, dulde das, hätte sie sogar ausgefragt. Widerlich. Warum tue ich das, Manne, heulte sie, diese Entwürdigung. Und in ihrer Frauengruppe rede sie genau das Gegenteil von dem, was sie treibe, hätte den Jargon ja voll drauf, aber auch den von ihm und seinen Kreisen. Ticke genau auf beiden Wellen. Reinstes Schizo. Den letzten Scheiß und Kitsch höre sie sich an von dem Typen und das schlimmste, sie glaube in dem Moment sogar daran, daß er Schluß machen wolle. Kleines Haus bei Husum hat er sich angeschafft. Da will er ganz von vorn anfangen, Garten, Kuh und Schwein und Schreiben, den Roman, den er immer schreiben wollte. Diese ganze Spießerscheiße vom Aussteigen hör ich mir an, rede ihm zu, streichele ihn, halt sein Flennen aus und seine mickrigen Gemeinheiten. Dieses ganze Mackerverhalten. Manne, was ist das? Flucht vor der Brutalität ringsum in diesem sogenannten Leben zu einem noch kaputteren Typ? Oder ob das mit ihrem Vater zu tun hätte? Der gliche nämlich ihrem Vater, der Typ, könnte dessen jüngerer Bruder sein. Vielleicht diese Freud-Kacke? Manne?

Ich bin ziemlich hilflos, wenn man mich so fragt, aber sie wollte von mir ja wohl auch nicht richtige Antworten hören.

Kerzen hatte sie überall aufgestellt, und wir tranken den Rotwein wie Bier. Ich glaube, jeder von uns hat zwei oder drei Liter getrunken. Wir lagen gegeneinander auf dem Bett, hörten alte Stones-Platten, und ich hab davon erzählt, daß ich immer noch nicht wüßte, ob ich zu Hause bleiben wollte, den Ehemann spielen. Sie fragte nach Dolo, wie sie aussähe, wie sie sei. Wie hast du sie kennengelernt?

Ich redete mich warm, erzählte, wie ich Dolo zum erstenmal gesehen hatte, im Sommer, nach dem portugiesischen Frühling, zuerst nur ihre O-Beine. Ich lag unter einem Wagen, reparierte die Ölwanne. Sie sollte mich zum Essen holen. Ich zog mich vor und sah von unten herauf in ihr Gesicht, lag mit dem halben Körper noch unter dem Wagen. Sie sah auf mich herunter und lachte über mein ölverschmiertes Gesicht.

Ich meine, erzählte ich Vera, daß es dieses Lachen war, heiser und selbstbewußt, warum ich sie sofort mochte. Dabei hat sie dieses spanische Dutzend-Gesicht wie alle Frauen und Mädchen, die auf Ronsdorfs Anwesen herumlaufen: halbrund, mit ein paar kleinen Leberflecken, volle Lippen, braune Mandelaugen und das schwarze Haar straff und in der Mitte gescheitelt.

Beim Essen am Tisch unter der großen Kastanie saß sie mir dann gegenüber und sagte, ich sähe aus wie *Arsch mit Ohren*, worüber alle am Tisch kreischten vor Lachen. Sie war damals sechzehn Jahre alt und kannte noch weniger als heute die Bedeutung von Redensarten.

Ich erinnere mich noch gut an jenen heißen Sommer mit den heißen Nächten, erzählte ich Vera, ich blieb den ganzen Juni und Juli oben. Wenn wir spazierengingen, am Abend, rüber nach Klein Schweden durch das Heidekraut im Mondschein, berührten wir uns nicht einmal. Zwei oder drei von Dolos Verwandten blieben immer in unserer Nähe, schwadronierten, paßten aber genau auf.

Nachts saßen wir oft unter der Kastanie, redeten und lachten. Die Fenster standen offen. Alle hörten natürlich mit. Verrückt war das. Dabei wollte ich gar nichts von ihr. Mir gefiel das einfach so. Das war neu für mich, so was hatte ich nie erlebt, und ich fühlte mich eigenartig benommen. Piet Atten, der einmal vorbeikam mit einer Schauspielerin, sagte: phantastisch. Der alte Bumser spielt den verliebten Jüngling aus dem 19. Jahrhundert, pervers. Aber warum nicht. Mir täte das auch mal gut. Ob ich Gedichte schriebe. Seine Begleiterin sagte: Süß, so was. Ich habe dafür gesorgt, daß sie bald wieder abfuhren.

Es blieb in dem ersten Sommer so keusch zwischen Dolo und mir. Aber im Jahr darauf trafen wir uns manchmal nachts. Sie hatte mir Briefe geschrieben voller Fehler, daß sie mich vermisse, meinen Arsch mit Ohren. Wir schliefen nicht zusammen, faßten uns jetzt am Tag aber auch manchmal an und küßten uns, trotz der bösen Gesichter ihrer Verwandten.

Wenn du unsere Lolita anfaßt, du weißt, was ich meine, sagte Ronsdorf, kannsse was erleben. Da macht man sich Gedanken. Unfälle passieren schnell, wenn einer unterm Wagen liegt zum Beispiel.

Ich habe dazu nichts gesagt, aber im Jahr darauf – Dolo war volljährig geworden – sagte ich zu Ronsdorf, daß wir jetzt zusammen gingen, Dolo und ich, und zwar richtig, wenn er wüßte, was ich meine, und wenn er oder die anderen Theater machten, dann zögen wir einfach weg. Er hat getobt, einen Schraubenschlüssel nach mir geworfen, gelogen, Dolo sei jemandem in Vigo, Spanien, versprochen, einem zuverlässigen Arbeiter, der wär nicht so ein Windhund wie ich.

Dolo, die nur nach außen hin das gehorsame Mädchen mimte, in Wahrheit aber der gesamten Großfamilie ihren Willen aufdrängen konnte, richtete einfach die beiden Zimmer im kleinen Anbau ein.

Und da wohnen wir zusammen, wenn ich da bin, erzählte ich Vera. Und irgendwann jetzt kommt das Kind. So ist das.

Vera sagte, sie glaube, daß sie auch ein Kind wolle, und das

Verrückteste, von ihm, dem Fernsehmann, und sie fing wieder an, erzählte Stories. Ich bin dann irgendwann eingeschlafen, wurde wach von Piets Gepolter, morgens gegen fünf. Er war total besoffen, hatte eine Art Lachkrampf, sang immer wieder: Wärft an die Motorähn, gäbt Vollgas hinein – Panzer rollen in Afrika vor.

12

Erst nach der Talk-Show auf der Party bei Talle hat mich Piotrowsky gefragt, ob wir nicht noch einmal was gemeinsam unternehmen sollten. Ganz beiläufig, als wäre ihm das gerade eingefallen – und vielleicht war es auch so. Warum nicht, habe ich gesagt. Erst später ist er konkret geworden. Da war ich aber schon ziemlich stoned, wie Lu, sein Assistent, mit dem ich – Parina zwischen uns – vor dem Plattenspieler hockte. Lu, der Fummler. Wer hätte das gedacht. Griff der indischen Frau von hinten in die Hose, Mund an ihrem Hals. Widerlich. Eine Mitarbeiterin aus Kalkutta, so hatte Bischof Reinbeck, den natürlich alle *Silberlocke* riefen, seine Begleitung vorgestellt: Parina. Mit einem Kastenfleck über der Nasenwurzel. Wie sie dasaß, die Beine untergeschlagen, Hände im Schoß, aufrecht-kerzengerade der Oberkörper und nur das schmale, indische Gesicht eine Winzigkeit zur Seite gedreht, das leckende, fummelnde Schwein neben ihr auf eine Weise mißachtend, von der in unseren Breiten niemand mehr etwas weiß – schon gar nicht einer à la Lu.

Daß Talle, der Stilbewußte, es in dieser Suburb-Mittelschichtsvilla aushält, begreife ich auch nicht: Swimmingpool und Partykeller, Ziegelsteinwände im living, Bärenfell vor dem Kamin, armchairs davor; auf dem Sitzgruppentisch mit Schieferplatte Keramikpötte voll Kräckers und Whisky, Martini, Gin – alles wie aus einem Hollywoodfilm der fünfziger Jahre. Dazu Liz, seine Frau, der Traum der Aufbaugeneration, diese Mischung aus Doris Day und Kim Novak. Und es singt dazu aus allen Boxen an allen vier Wänden Frank Sinatra. Ich glaube, es war Susen, die irgendwann aufschrie, zum Plattenspieler rannte, die Platten herunterriß und einen Packen Bob Marley-Reggaes auflegte.

Vera erzählt, Talles Traum sei, so singen zu können wie Frank Sinatra. Morgens im Bademantel, Glas in der Rechten, die Linke im Morgenmantel, stünde er manchmal vor ihr, sänge *I did it my way*.

Talle, der Älteste von uns. Ein Kriegsteilnehmer. Er hat mir den ersten und entscheidenden Plattenvertrag besorgt. Ostermarschierer der ersten Stunde, Sinatra-Fan, aber Pazifist – dann wieder erzählte er Geschichten aus dem Afrika-Feldzug, Tobruk, Bengasi, El Alamain, und kann plötzlich so Sachen loslassen wie am Friedhoftörchen in Fechenbach: *Hier ein einziges MG hin, und der ganze Ort könnte gehalten werden.*

Wie viele solcher Schizos gibt es in dieser Aufbaugeneration? Das müßte man mal ausforschen. Dann würde einem vielleicht auch einiges klarer werden in unserer Republik.

Ich sagte ihm das einen Tag später, als wir zur Beerdigung von Hans-Peter fuhren. Er wollte mich schlagen, heulte dann aber plötzlich los. Wir hatten einen gewaltigen hangover, und seine Probleme kannte ich zur Genüge aus den Erzählungen von Vera. Ich legte den Arm um ihn und gab ihm einen Kuß. Die Leute im Speisewagen, einige hatten mich erkannt, schauten verlegen weg. Dann hat Talle geredet wie sonst nie, über sein Verhältnis zu Vera, zu Liz, zu Frauen überhaupt, sein *Chauvi-Verhalten* hat er analysiert: Sozialisation in der Kleinbürgerfamilie, mickrige Väter, starke Mütter, Protest gegen das Rollenangebot und so weiter, diese abgeleierte Rille – für ihn war das wohl neue Musik – spielte er vor mir ab. Mit Beispielen aus seiner Biographie. Nur eine Geschichte habe ich behalten: *Wenn wir unseren Vater nicht hätten, ich weiß nicht, was aus uns würde,* hat seine Mutter einmal bei Tisch gesagt, nachdem der Alte fünfzig Mark Gehaltserhöhung gekriegt hatte und deshalb eine Flasche Wein beim Essen getrunken wurde. Und als der Vater nach einem Schweigepäuschen feierlich und gerührt sagte, *nun, ich bin ja schließlich das Familienoberhaupt* – da ist Talles Mutter aufs Klo gerannt. Durchs Schlüsselloch hat Talle gesehen, wie sie in die

Schürze gebissen hat, damit man das Schluchzen nicht hörte – das Schluchzen vor Lachen.

Sulla Mencke war nicht mitgekommen nach der Talk-Show zur Party bei Talle. Ich habe auf sie gewartet, redete mir die ganze Zeit ein, sie würde noch erscheinen, sich neben mich setzen, wir würden uns an den Händen halten, schweigen, uns manchmal anlächeln, belustigt und nachsichtig zuschauen, wie Bischof Silberlocke und Liz an Salzstangen sich gegenseitig zum Munde hinknabbern, Wackernagel mit seiner polnischen Assistentin, beide barfuß und engumschlungen, Slowfox tanzen zu Frank Sinatras Grunzen, *Strangers in the Night*, Johnny Lehnhardt seine Tätowierung, schwarze Rose in roter Faust auf der linken Arschbacke, vorzeigt, zwei Mädchen aus der MAZ auf dem Bärenfell vor dem Kamin miteinander schmusen, Susen zum Bob Marley-Reggae Jango Edwards imitiert, Gundhild, die Sympathisantin von Mannes Verein, mit David, dem Toningenieur, herumschreit, ihm Ohrfeigen androht, beide dann doch Hand in Hand in einen Nebenraum rennen, nach einer halben Stunde selig wieder herauskommen, Staatssekretär Piotrowsky und Staatssekretär Müller-Olpe draußen um den Swimming-pool herumschreiten, zweihundertmal, schätze ich, redend und redend, Ludwig, der Coach, der Mitarbeiterin aus Kalkutta, Parina, *den Hof macht*, wie Bischof Reinbeck die schweinische Fummelei nennt. Vielleicht hätte Piotrowsky auch die meine Hand haltende Sulla Mencke gefragt, ob sie nicht ihm helfen wolle, einen Dialog herzustellen mit den Besetzern der Kautabaksmühle – so nannte er da noch die Schnupftabaksmühle – in seinem Wahlkreis. Sie, Piet, sagte er, singen Ihre Lieder, ich sage ein paar Worte, Ludwig wird das vorbereiten – ein Abend bei Hausbesetzern. Zumindest kann das ein Abenteuer werden, meinen Sie nicht?

Der fummelnde Lu neben Parina hat laut gelacht. Abenteuerlich, sagte er, das ist das richtige Wort. So sollte Politik gemacht werden.

Piotrowsky sagte zu ihm: *Komm jetzt* – ruhig, leise, ging zur Tür. So Unwiderrufliches muß Lu herausgehört haben, daß er gleich aufsprang, seinem Herrn folgte, Parina in ihrer aufrechtkerzengeraden Fakirsitzhaltung allein neben mir sitzen ließ.

Parinas Hände, im Schoß gefaltet, waren kalt. Ich berührte sie auch nur, weil ich mir weiter ganz intensiv vorstellte, Sulla Mencke säße neben mir, obwohl diese braunen, geriffelten Lederhände überhaupt nicht mit den hellen, glatten, sanften, warmen, nervösen Händen der Punklady zu vergleichen sind. Hartnäckig, und nicht nur, weil ich so stoned war – zum Gin hatte ich eifrig von Susens Shit geraucht –, blieb ich, der letzte Gast, hoffte weiter, Sulla Mencke käme doch noch, ließ mich von Talle in seine Bude neben dem Party-Keller führen, einen fensterlosen Raum, hergemacht wie ein Beduinenzelt, aus dem heraus man – ohne daß man das eine ganze Wand ausfüllende Foto ahnte – in eine Palmenoase blickte bis zum Horizont, an dem die Zinnen von El Alamain auftauchten, saß auf einem Kamelsattel unter dem Ölbild, das Talle überlebensgroß in Khaki-Uniform und Tropenhelm darstellte, trank Gin mit Tonic und ging erst, als Talle zum drittenmal das Lied des Afrika-Korps auflegte.

Um Mittag am anderen Tag – ich lag noch im Bett – hat mir Manne Kröger den ersten von heute neunundfünfzig Eilbriefen Sulla Menckes aufs Gesicht geworfen.

Die Zeit meiner Abreise, die ich bis gestern noch in weitem Feld wähnte, ist wie ein Rabe, von tückischer Hand aufgescheucht, mir ins Gesicht geflattert ... begann der erste Sulla Mencke-Brief, den Anfang eines Briefes Bettina von Arnims an Pückler-Muskau zitierend. Drei Seiten handgeschrieben. *Ausgeprägt psychotisch* nennt Arnim diese Schrift. Von unserem Gespräch im Bergischen Land am Tage vorher ausgehend, analysiert sie in diesem ersten Brief ihre Sehnsucht nach Idylle, interpretiert ihren Song *Morgenstimmung* dazu, will *schnellstens, mein lieber Atten d'Orb, schnellstens, bitte,* wissen, ob mich der Song *mitgenommen oder auch nur – wenn's ein bißchen wäre* – angerührt habe.

Mindestens wöchentlich ist seitdem ein Eilbrief an mich von Sulla Mencke, adressiert an die Konzertagentur, eingegangen. Ich habe immer nur auf Ansichtskarten – adressiert an ihre Plattenfirma – den Eingang bestätigt, zwei, drei kleine Sätze geschrieben zum Inhalt ihrer drei- bis vierseitigen Äußerungen, die alle im Stil der Briefromane gehalten sind. *Erhielt Ihr Schreiben vom 7.8. aus Amsterdam*, schrieb ich zum Beispiel auf eine Karte, die vorne den Prinzipalmarkt in Münster zeigte, *völlig d'accord mit Ihrer Einschätzung der Angriffe gegen H. Niederträchtig. Gesindel allesamt. Aber was soll das, sei's drum, quant à votre passion pour ce petit tambour Clifton. Immer Ihr Pierre Atten d'Orb.* Oder, *Sie irren, liebe Freundin, mon nez ist keltischen Ursprungs. Nichts da vom rheinischen Typus. Und Ihr schwäbischer Brustansatz – das sollten Sie nie wiederholen.* Aus San Francisco datiert der Brief, in dem sie Kalifornien *als mir – uns? – mögliche Idylle* beschreibt, fragt, ob ich einen Entschluß billigen könnte, der sie – Sulla Mencke – *fortan in der Lingua franca, also anglo-amerikanisch, meinen Ausdruck finden läßt – nachdem unsere europäischen Mutter-(Vater?-)Sprachen zu Dialekten, zu Provinzsprachen, wenn Sie so wollen, wurden. Irreversibel*, schreibt sie, *ist der Prozeß der Reduktion aufs Lokale alles Europäischen, lieber Atten d'Orb, das begreift man in diesem Land. So wenig kennen die jungen Amerikaner unsere Hochsprachen, wie wir die afrikanischen oder asiatischen Sprachen. Und kennt nicht schon jedes Kind in Tokio und Berlin die Anzahl der von Billy the Kid Getöteten, die Anzahl der Dollarberge von Onkel Dagobert genauer als die Anzahl der Schwerter des Samurai und die Myamoto Musachi und als die Anzahl der Streiche von Max und Moritz? Verharren wir nicht – weiterhin das Autochthone unserer Eigenart beteuernd – in der Idyllisierung des Bestehenden, die Sie, lieber Freund, damals bei unserem Spaziergang durchs Bergische Land – erinnern Sie sich? – den Schlegel-Brüdern vorgeworfen haben? Antworten Sie, helfen Sie mir!*

Tun Sie, was Sie nicht lassen können, doch rechtfertigen Sie nicht derart dämlich Ihren Versuch, eine Weltmarkt-Karriere zu starten. Malgré tout: Glück auf dem Weg, Pierre, antwortete ich auf einer Ansichtskarte von der Würzburger Marienfeste.

In ihrem nächsten Brief, datiert aus New York, bat sie mich dringend, *nein dringendst – ich flehe – um ein Stelldichein am Ort Ihres letzten Kartengrußes, auf der Marienburg also, am 25. July, High Noon, draußen im Hof. Von Hamburg aus, wo ich am 23. July eintreffen werde, komme ich zu Ihnen geflogen, ge-*

fahren, gelaufen. Ich bin wahrhaftig aus Freiburg, wo ich am Abend ein Konzert hatte, nach Würzburg gefahren, an einem regnerischen Tag. Ich trug Trenchcoat und Hut à la Humphrey Bogart, kam um fünf vor zwölf in den Burghof, in dem eine Gruppe Ausflügler aus dem Norden in gelben Friesenpelzen auf die nächste Führung wartete, ging herum, fragte die Leute und später den Führer nach einer Dame, so groß wie ich und vermutlich außergewöhnlichen Aussehens, lief hinter einer Frau in schwarzem Kleppermantel und Südwester auf dem Kopf her, drehte sie am Arm herum – sie lachte mich skandinavisch an.

Um eins kamen andere Reisegruppen. Ich mischte mich unter sie, sah jeder ins Gesicht. Um halb zwei stand ich allein an der Mauer, sah auf die Straße hinunter. Es begann zu regnen. Dann bin ich die ganze Festung rundum abgelaufen, kam zurück in den Hof, als eine Schulklasse sang: *Wir wolln zur schönen Sommerszeit durchs Land der Franken fahren.* Um drei bin ich zurückgerast, war Punkt acht in der Garderobe, versang und verspielte mich auf der Bühne immer wieder, daß die Leute im zweiten Teil buhten und einige den Paulussaal verließen.

Das Verrückteste kommt aber noch: Im nächsten Brief, aus Nashville, schrieb sie: *Wie Sie die Frau, die diesen komischen Hut trug, zu sich hindrehten, noch ganz Humphrey Bogart, dann schon ein wenig bedrückt in die Besuchergruppe traten, jeder ins Gesicht sahen, herumschauten – dieses Suchen! Sie nahmen Ihren Hut in die Hand. Schließlich, wie Sie allein vor der Mauer standen, auf die Stadt hinuntersahen ... Ihr einsamer Rücken! Nein, ich konnte mich Ihnen nicht zeigen. Unser beider Erwartungen waren zu hoch gesteckt. Ich hatte Angst. Zu banal, zu dümmlich hätte es sich gestaltet, unser sogenanntes Wiedersehen – was hätte ich, was hätten Sie gesagt als erstes. Da sind Sie ja – etwa? Hallo? Nein, ich blieb am Fenster der Kemenate. Glauben Sie mir, daß ich weinte?*

Zickiger geht's ja wohl nicht, dachte ich noch. Trotzdem habe ich ihr auf Ansichtskarten weiter geantwortet, vor ein paar Tagen noch ihre weltweit gehörte und wirklich gute LP *Yellow Clouds*, auf der sie erstmals amerikanisch singt, gelobt. Einmal noch erbat sie ein Rendezvous, als sie im Hamburger Onkel Pö gastierte. Ich schrieb: *U-Bahn-Station Osterstraße: Mittwoch den siebten. High Noon. Richtung Wandsbek. Ihr Atten d'Orb.* Ich bin nicht dagewesen, aber sie beschrieb im folgenden Brief, wie sie mich, sitzend in der nur eine halbe Minute anhaltenden Bahn Richtung Hagenbecks Tiergarten auf dem gegenüberliegenden Perron habe stehen sehen, einen Lilienstrauß in der Hand. *Lügnerin, Lügnerin* habe ich ihr auf einer Ansichtskarte von Hagenbecks Tiergarten geantwortet.

Den ersten Brief habe ich damals im Zug Talle vorgelesen. Als der darüber lachte, meckernd, war ich soweit, ihn zu schlagen. Wie gesagt, wir hatten beide einen gewaltigen hangover, und wir wollten auf keinen Fall über Hans-Peter reden. In der geschlossenen Garage hatte er eine Handvoll Veronal geschluckt, mit Whisky nachgegossen und den Motor angestellt. Ein Zettel hat neben ihm gelegen: *Lebt wohl. Begrabt mich in meinem geliebten Fechenbach.*

Kitschiger geht's ja wohl nicht mehr, hat Jochen am Telefon gesagt und dann geweint.

Jochen holte uns am Hauptbahnhof in Frankfurt ab, zusammen mit Gisela. Wir fuhren im Wagen den Main entlang. Es war ein heißer, sonniger Tag. Der Fluß floß träge. Die Obstbäume am Straßenrand hatten die Blüten abgeworfen. Wir mußten immer wieder Trecker überholen, auf denen Bauer und Bäuerin saßen, Strohhüte auf den Köpfen. In einem Dorf hielten wir vor einer Gänseherde, die ein Junge über die Straße trieb. Deutschland, wie es das sonst nur noch drüben gibt, hat einer von uns gesagt.

In dieser Gegend hat er sich wohl gefühlt, sagte Gisela. Wir haben dazu nichts gesagt. Hans-Peter, der nur eine Zwei-Zimmer-Wohnung in einem Münchener Wohnsilo bewohnte, hat seine Landsitze ständig gewechselt. Er erstand ein verfallenes Bauernhaus, reetgedeckt, bei Husum, ließ es renovieren, richtete es ein als Friesenhof und verkaufte es nach einem Sommer, zog in ein Stellwerkhaus an einer stillgelegten Bahnlinie im Harz, spielte nur ein paar Wochen an den Weichen und Signalhebeln und legte sich dann eine Wassermühle in der Eifel zu. Die wurde ihm nach einem Herbst zu feucht und schimmelig. Die

Hütte bei Seis, in der Nähe der alten Wolkensteinburg, hat er lange besessen. Ich bin oft dagewesen, winters wie sommers. Unglaublich schön klang zwischen dem uralten Holz in der Stube die Laute. Der hellrote Wein im Glas auf der Fensterbank! Dahinter der *Schlern* in der Abendsonne! Und nichts summt so vertrauenerweckend wie das Wasser in den Kupferwannen, die in die Eisenherde eingelassen sind und die Feuerhitze zum Holz ringsum abdämmen. Das Wasser wurde nicht nachgefüllt, die Hütte brannte ab. Hans-Peters toskanisches Haus habe ich nicht kennengelernt. Bevor er nach Fechenbach an den Main zog, hat er es wieder verkauft. Von seinem letzten Haus hat er nicht viel erzählt. Vom Schreibtisch aus siehst du den Mond überm Fluß, hat er nur mal gesagt, ein merkwürdiger Mond – ein Speckmond.

Fünf Tage vor seinem Selbstmord habe er noch mit ihm am Telefon geredet, erzählte Jochen. Warum er Hans-Peter angerufen habe, wisse er nicht. So'n komisches Gefühl. Dieses hysterische Lachen auf der Kreiter-Fete. Wir hätten es ja alle gehört. Seinen ersten Spielfilm habe Hans-Peter in Arbeit gehabt. Das meiste sollte in Frankfurt passieren. Danach habe er ihn gefragt. Darauf dieses Lachen, wieder dieses hysterische Lachen. Wird wohl nichts draus, hätte Hans-Peter gegluckst, weil – die Geschichte habe er vergessen. Und ein Film müsse ja eine Geschichte haben, wo das eine verknüpft ist mit dem anderen – jedenfalls irgendwie. So wie ihr alle euch das sogenannte Leben vorstellt, oder so wie in meinen schönen Werbefilmen: verknüpft alles mit allem. Und ich, so Hans-Peter, habe den Faden verloren. Darauf wieder dieses hysterische Lachen, wie auf Kreiters Mühle, ihr habt's ja gehört, damals.

Zumindest von da an waren wir vier und später alle anderen auch davon überzeugt, daß Hans-Peter tatsächlich hysterisch gelacht hat, bei unserm letzten Treff auf Kreiters Mühle. Mehr wollten wir auch nicht wissen, zum Beispiel nicht, daß er pleite gewesen ist und jeden von uns vergeblich angepumpt hat. Was hat das denn damit zu tun, meinte Kreiter. Viel, hätte ich erklären können, auch, daß ihm vielleicht nichts mehr eingefallen ist nach all seinen schönen Werbefilmen. Ich hätte erzählen können, wie Hans-Peter mir erzählt hat: Ich hab zu lange nichts gehabt. Wenn das wiederkommt, und mir fällt nichts mehr ein, dann steig ich aus, und zwar endgültig – nicht wie der Wolfgang.

Wir hatten ihn gerade besucht in seinem Berliner Huck, den Wolfgang, den wir beide noch immer verehrten: Paukenschläger, Kellerkind, Narr in der Reihe Eulenspiegel und Valentin. Der hatte manchem das Frieren beigebracht mit seinem Schrottplatzgelächter in der Ära des Röhndorfer Lederlippenkopfes, in der großkoalierten Zwischeneiszeit, und später auch noch, Wolfgang der Dicke, der nach der großen Kommune gebrüllt hat, nach deren riesiger großer Brust, der Geschlechtsverkehr treiben wollte mit einem Rettungsring und der vom Hitlerjungen Quex krähte, als die Krokodilstränen flossen über den Tod von Peter Fechter an der Mauer und der Springers Freiheitsglöckchen verkaufte, um den Erlös dem Vietcong zu spenden. Als sie an die vollen Tische kamen, die, für die er so laut getrommelt hatte, ließen sie ihn nicht dazu, ließen ihn lachend draußen sitzen. Soviel Undankbarkeit machte ihn stumm, und die von morgens bis abends von Solidarität labern, weideten sich sogar an seinem Schock, führten ihn vor in einer Illustrierten als heruntergekommenen Clochard. Und hat doch mehr Würde als ihr alle zusammen, ihr Bettseicher, wie er da hockt im Gurusitz unter der Sternenkarte vor dem Tischchen, auf dem das Gras liegt, das ihm paar alte Freunde vorbeibringen. Crazy Horse, der große Oglala-Chief, sah in seinen letzten Jahren so aus. Seine Geschichten versteht man nicht mehr, aber sein Lachen erreicht einen noch. Es klingt anders als früher, von weiter her, vom anderen Ufer.

Und dahin wollte er auf keinen Fall, der Esposito Hans-Peter mit Familienname Neuenburg, weil da das Heim stand, vor dem er gefunden worden war. Dabei hat Hans-Peter das Ufer am Oberlauf des Orb gemocht, Gabrieles Bett, freistehend auf dem Felsstück dreißig Meter über dem Wasser, Martins Baumhaus und die Laubhütte von Dick. Sechs Wochen haben wir mit ihnen zusammen gelebt, Steine aus dem Fels geschlagen, Stufen zum Wasser hin angelegt, am Schaufelrad gebastelt, das einmal einen Dynamo treiben soll, Kastanien geerntet und Gewürze gemischt und beides verkauft auf dem Markt in Roquebrun.

Hier laßt uns drei Hütten bauen, mir eine, dir eine und dem Elias eine, wenn es mal soweit ist, hat Hans-Peter gesagt. Warum hat er es nicht getan, als es soweit war?

Am Eingang von Fechenbach wurden wir von einem Streifenwagen angehalten. Ob wir zu dieser Beerdigung wollten? Auf Jochens laute Gegenfrage – und er kann sehr laut und sehr herrisch gegenfragen – *was geht das denn Sie, ausgerechnet Sie, an?* mußten wir aussteigen. Der Wagen wurde durchsucht. Wir standen rauchend am Straßenrand, ließen Jochen toben, der Worte wie *unglaubliche Belästigung, unverschämtes Eindringen in Privatsphäre, Rechtsverletzung, Polizeipräsident, Nachspiel* und dergleichen dem Chef der vier Uniformierten vorbrüllte. Der schien verlegen, nahm sogar seine Kappe ab, wischte – wer kennt diese Geste nicht – mit dem Taschentuch das Schweißband in der Kappe trocken; ein mainfränkischer Typ mit vollem schwarzen Haar, breitem dunklen Gesicht, freundlichen braunen Augen – das Gegenteil also eines typischen *Bullen*; jemand, mit dem man einen Schoppen Wein trinken möchte im *Ochsen* oder *Anker*, wie die Wirtshäuser in dieser Gegend heißen.

Uns macht des kei Spaß net, sagte er, was Jochen noch mehr in Wut brachte. Aber als dieser typisch mainfränkische, verlegen lächelnde, Nichtbullenpolizist wiederholte. Wirklich net, Herr Doktor – schwieg Jochen sofort, hatte den Hinweis verstanden in der spöttischen Erwähnung des Unterschieds zwischen einem befehlausführenden Hauptwachtmeister, der freundlich sein will, und einem, der im dunklen Anzug mit Trauerkrawatte aus einem Daimler-Benz steigt und herumschreien darf, schwieg auch noch, als wir weiterfuhren und Gisela behauptete, sie habe in einem Seitenweg zum Fluß hin hinter Gebüsch eine *Wanne*, also einen dieser graugrünen Mannschaftswagen, gesehen, voll mit *Bullen*.

In dem Song, *Beerdigung eines APO-Veteranen* singe ich von mehr als hundert Bullen, herangereist aus Berlin und Frankfurt, einige schon pensioniert. Sie bilden Spalier, als der Sarg auf den Schultern der Genossen zur heißen Mittagszeit durchs Dorf am Fluß getragen wird, den Berghang hoch, ziehen die Mütze oder salutieren, geben dem street-fighting-man von damals die letzte Ehre und halten die feixenden, drohenden Dörfler auf Abstand.

Das stimmt nicht.

Wir haben keinen Polizisten, zivil oder uniformiert, gesehen, niemanden vom Verfassungsschutz, als wir von Hans-Peters Haus am Fluß durch das Dorf zum Friedhof hin zogen. Auch den Sarg haben wir nicht auf unseren Schultern durchs Dorf getragen. Der stand im Kapellchen auf dem Friedhof, der oberhalb des Dorfes am Berg liegt. Aber Feindseligkeit lag doch in der Luft, wie wir durchs Dorf gingen, in praller Sonne, um zwei – das stimmt. Vor vielen Fenstern waren die Läden zugeklappt. Einmal ein Ruf, und ein Kind wurde ins Haus gezogen, die Tür dahinter verriegelt. Wir schwitzten alle, gingen in bunter Reihe, schwiegen, fast sechzig Frauen und Männer, über das Kopfsteinpflaster, vorbei an den niedrigen Häusern, entlang an einem Bach. In der Tür vorm Gasthaus zum Ochsen stand ein Feister im Jägerkostüm, hielt an kurzer Leine den Schäferhund. Nein, er hat nicht ausgespuckt, wie ich singe. Ich glaube, er hat sogar genickt, jedenfalls seinen Hund hat er beruhigt. Jemand von uns warf einen Stein gegen den Pappkarton, der auf der Balustrade des Balkons am Haus des Apothekers stand. Der Karton fiel herunter. Keine Kamera war darin, und kein Kopf eines Geheimdienstbeamten tauchte wie Kasperle an der Stelle auf, wo der Karton gestanden hatte.

Warum auch?

Lauter brave Leute heute, wie ich singe, waren wir. Daß die oder der oder beide einmal oder zweimal oder dreimal irgendwann vor einiger Zeit Leute von der RAF bei sich schlafen, essen und rasieren ließen, dies und das besorgt oder vielleicht auch eine verschlüsselte Nachricht von hier nach dort gebracht oder einem oder zwei IRA-Offizieren einen oder zwei Whiskies eingeschenkt haben – wen interessiert das denn heute noch? Bald wird der Redaktionsgruppenleiter sowieso stolz mit der Mütze von Holger Meins herumlaufen, und Lu wird seine kleine, klammheimliche Freude zugeben darüber, daß Büttinger damals liquidiert worden war.

Werden Selbstmörder neuerdings auf katholischen Friedhöfen

begraben? Eine weitere, nachkonzilianische Neuerung? Ich – wenn ich noch katholisch wäre, ohnehin Integrist – will das gar nicht wissen. Was immer da jetzt Rechtens sein soll, Kreiter jedenfalls hat das Begräbnis auf dem katholischen Friedhof in Fechenbach arrangiert. In der winzigen Kapelle stand der Sarg inmitten von Blumen und Kränzen. Wir drängen uns im Halbkreis davor, paßten nicht alle unters Dach, einige blieben draußen. Und natürlich hat Kreiter die Rede gehalten: Was wußten wir von ihm, ja, was wußte er von sich selbst, seine Herkunft sogar blieb im dunkeln. Zuletzt trug er die Sicherheitsnadel im Ohr, lachte so merkwürdig oft, war es Heiterkeit? Hans-Peter – soviel wissen wir, seine Freunde – spürte die neue Wetterlage früher als viele. Und er hat oft die Zeche gezahlt, die andere gemacht hatten ... auf diese Tour.

Es wird immer schlimmer mit Kreiter. Eigentlich hätte *er* sich umbringen müssen, flüsterte Robert, der hinter mir schritt, als wir den Sarg zum Grab trugen, an den sechs Henkeln, vorsichtig, langsam, ruckend, weil bißchen bergab und weil wir, die Träger, ungleich groß waren.

Aber es stimmt – Hans-Peter ist nie der rote Rädelsführer gewesen, wie ich es singe. Er hat, wie Kreiter es ausdrückte, ein paarmal Zechen zahlen müssen, die er nicht gemacht hatte.

Zum Beispiel nach der Besetzung des Luftschutzamtes in Tübingen. Er war nach meinem Konzert im Theater nur mitgekommen, um mit mir mal wieder zu klönen und einen draufzumachen, wie er es nannte, hielt sich zurück, hat nicht einen Stuhl zerschlagen, den MAD-Obristen haben andere gefesselt und in die Badewanne gelegt. Aber der hat ihn im Prozeß als den eigentlichen Hintermann und Spiritus rector hingestellt, und das wilde (hysterische?) Lachen Hans-Peters darauf hat die Richter nicht vom Gegenteil überzeugt. Auch für die Beschädigung der Orgel im Lichthof der Münchener Universität, den wir in der Nacht vor der Abstimmung über die Notstandsgesetze besetzt hielten, haben sie ihn verantwortlich gemacht. Dabei hatte ich die Orgel aufgebrochen, um die Internationale erbrausen zu lassen, die Besetzer wieder auf Vordermann zu bringen, die voll von Wein und Shit schon tanzten zum Song der neuen Wetterlage, den Scott

Mackanzie aus allen Lautsprechern jubelte: *If you're going to San Francisco, be sure to wear some flowers in your hair.*

Aber es hat doch nichts genutzt. Lieder verändern die Welt eben nicht – außer vielleicht in Deutschland die Märsche von rechts, hat Hans-Peter vor Gericht gesagt und kurz angesungen: *Bis alles in Scherben fällt* ... und das hat die Richter erst recht in Rage gebracht.

Zu fünfzigtausend Mark, einem Jahr auf Bewährung und den Kosten verurteilten sie ihn wegen Unterstützung einer kriminellen Vereinigung, ihn, der von Anfang an uns vor den zu spät gekommenen Narodniki gewarnt hatte. Aber dieser Verräterzeuge sagte aus, Hans-Peter habe der Frau Tampons und ihm Rasierwasser besorgt und sie beide in den Pfälzer Wald gebracht. Vielleicht wäre Hans-Peter mit weniger davongekommen, hätte er nicht im Schlußwort erklärt: Ich helfe jedem auf der Flucht, selbst Ihnen, Herr Vorsitzender.

Und welche Zeche hätte Hans-Peter zahlen müssen, wenn es uns gelungen wäre, den Bamberger Reiter vom Sockel und in Stücke zu schlagen, um ihn falsch zusammengeklebt, bunt angestrichen in der Paulskirche aufzustellen? Die kurzen Spitzhakken am Gürtel, Seile umgeschlungen, waren wir schon über das Gerüst an der Westseite des Turms beinah aufs Dach gekommen. Sind wir zu bekifft und betrunken gewesen? Konnten wir vor Lachen nicht weiterklimmen? Fanden wir nicht die Einstiegsluke? Oder hat uns Hans-Peter doch noch überreden können, den Reiter weiter an seiner Säule reiten, vom Pferd – Waffenriemen um den Zeigefinger geschlungen – mit diesem Eroberungsblick ins Weite blicken zu lassen? Hat er uns dazu gebracht, *unverrichteter Dinge* wieder abzusteigen, grölend, lachend, voll bis oben hin?

Dabei war die Idee von ihm gekommen. Trotzdem – Hans-Peter ist kein Bilderstürmer gewesen. Sein Haß auf den Bamberger Reiter hatte zu tun mit einem Herkunftstrauma. Er war sich sicher gewesen, eines jener Zuchtergebnisse zu sein, die in den SS-Lebensborn-Anstalten durch Deckung nordischer Bullen mit nordischen Stuten entstanden und nach der Kapitulation vor zivilen Waisenheimen abgelegt worden waren. Obwohl er recherchierte bis an sein Lebensende, hat er nie einen anderen Hinweis darauf gefunden als sein Äußeres: einsneunzig, blond, blauäugig, schmaler Schädel, gerade lange Nase, energisches Kinn. *Heydrich-Typ* hat er manchmal gesagt. Und der Bamberger Reiter im Bilderrahmen schmückte die Wohnzimmer ehemaliger SS-Männer, die Hans-Peter in seiner Zeit als Kameramann für ein TV-Feature hatte abfilmen müssen.

Den *schweren Eichensarg, getragen von sechs kräftigen Männern im besten Alter, guten Freunden des verstorbenen Fechenbacher Neubürgers* – so wörtlich der *Mainbote* – setzten wir auf drei Rundhölzer über die Grube, faßten die drei Seile an den sechs Enden, hoben an, die Rundhölzer wurden zur Seite gezogen, wir ließen, gleichmäßig langsam, den Sarg hinunter. Dabei habe ich etwas geweint, hatte mich aber wieder gefaßt, als ich mein *Adieu Kumpanen* sang über dem offenen Grab. Dabei habe ich einen Jungen bemerkt, der in der Pappel an der Kirchhofsmauer eng an den Stamm geklammert herübersah. Er nickte mir zu, als ich geendet hatte, ließ eine Hand los und imitierte Gitarrengriffe mit den Fingern, klammerte sich – ich meine erschrocken – wieder an, als Rudi Schawanker dann seine Version von *Tambourine man* sang, das Trommelfell kratzte, auf einem Höckerchen sitzend, das er sich mitgebracht hatte, die roten Locken wirbelten ihm um den Kopf, bis er in einem Schluchzen das letzte *in the jingle jangle morning I'll come followin' you* ausklingen ließ.

Was das sollte, daß der Regisseur-Kollege von Hans-Peter – nein, er ballte die Faust dabei nicht – *in deinem Sinne machen wir weiter* rief, nachdem er wie wir alle mit dem Spaten die Erde auf den Sarg hatte poltern lassen, hat niemand begriffen. Er selbst wohl auch nicht. Es wäre ihm so herausgerutscht, hat er gesagt, als wir ihn danach fragten, beim Leichenschmaus unter den Pflaumenbäumen vor Hans-Peters letztem Haus, einer Fährmannskate, die etwas erhöht stand, etwa einhundert Meter vom Flußufer entfernt. Es ist nicht dieses wilde Gelage gewesen, wie ich singe, mit Handständen auf den Tischen und Gesängen aus APO-Tagen wie *Benda wir kommen, Es brennt so schön ein Amerikahaus*, wir skandierten nicht *Alle Macht den Räten, Enteignet Springer*, rannten nicht Ho Ho Ho Chi Minh rufend untergehakt immer wieder ums Haus, haben das Haus auch nicht angezündet, und wir sind nicht in den Main gesprungen, um der Feuersbrunst zu entkommen. Aber eine eigenartige Hektik war doch über uns gekommen, schon als wir uns durchs Friedhofstörchen drängten. Wir sind beinah zum Fährmannshaus gerannt, fielen über die Speisen her, draußen an langen Tischen, Schweinebraten, Kraut, Würste, tranken fränkischen Wein, schnell, viel, und redeten, lachten immer lauter, faßten uns an und umarmten uns, küßten uns mit beschmierten Mündern. Alles ging hastig vor sich, war irgendwie verrückt. Mit Gisela bin ich zum Fluß gelaufen, hinter Büschen haben wir gerammelt, so muß man es nennen, kamen zurück, als die anderen sich gegenseitig mit Pudding fütterten, prusteten und sich bespuckten. Rita und Robert fielen übereinander her. In der Küche sah ich es, als ich Bier aus dem Kühlschrank holte, und Kreiter hatte sich bis auf die Unterhose ausgezogen. Noch ehe die Nachtvögel schrien, war alles vorbei, das Fell des Kumpanen versoffen.

Ich hab noch den Speckmond über dem Fluß gesehen, ehe wir in die Wagen stiegen, losfuhren, schnell diesen Ort verließen.

13

Auf der Beerdigung von Hans-Peter bin ich nicht gewesen. Aber ich habe den Mann gemocht. Er schwatzte weniger drauflos als die meisten aus der Kumpanei. Zurückhaltend war er. Die Sicherheitsnadel, die er auf Kreiters Fete durchs Ohrläppchen gestochen hatte, nach Punk-Manier – das hat überhaupt nicht zu ihm gepaßt. Warum er sich umgebracht hat, konnte oder wollte mir Piet nicht erklären. Ob ich nicht auch dieses merkwürdige Lachen mitgekriegt hätte von Hans-Peter, damals auf Kreiters Fete, wollte er wissen.

Die Tournee war fast zu Ende. Wir mußten nur noch zwei Veranstaltungen durchziehen, und bei der letzten passierte die Sache mit Rony, und die hatte zu tun mit der Wildkleberei.

Die Konzertagentur, die die Touren organisiert, arbeitet zusammen mit örtlichen Veranstaltern, meistens auf Prozentbasis. Die mieten die Säle und machen die örtliche Werbung. Dafür bekommen sie von der Konzertagentur Werbematerial und Veranstaltungsplakate. Weil das Plakatieren an den dafür vorgesehenen Säulen und Wänden teuer kommt, meistens auch nicht ausreicht, wird außerdem wild geklebt. Der örtliche Veranstalter heuert Leute an, die das für ein Handgeld tun. Sie ziehen nachts los und bringen die Plakate überall da an, wo man sie nicht übersieht. Solange nur Bauzäune, Häuserwände, Wartehäuschen an Bushaltestellen und dergleichen plakatiert werden, passiert im Endeffekt nichts. Bei Überklebungen auf den Litfaßsäulen und Stellwänden gibt es aber immer Ärger. Und den kriegten wir am letzten Tag unserer Tournee.

Ich spazierte morgens immer durch die Stadt, in der wir abends Veranstaltungen hatten, ging an den Vorverkaufsstellen vorbei, ließ mir die Zahlen über den Kartenverkauf geben und überprüfte die Plakatierung. Damals im Frühjahr sah man überall riesige Poster, die für einen Tierbericht in einer Illustrierten warben. Sie zeigten zum Beispiel einen Hasen, der traurig im Acker hockte. *Ihr habt meinen Kohl vergiftet* stand darunter. Und unter einem traurigen Dackel an einer Straßenkreuzung: *Ich muß eure Abgase einatmen.* In der Stadt nun, wo wir unser letztes Konzert hatten, klebten unsere Veranstaltungsplakate darüber, und zwar so, daß unter Piets Kopf diese dämlichen Sprüche zu lesen waren. An einigen Stellen hatte man mit rotem Filzstift dazugeschrieben: *Klage eines APO-Opas.*

Ich rief sofort Heilbruch, unseren örtlichen Veranstalter an. Da meldete sich aber niemand. Ingolf von der Konzertagentur, mit dem ich am Telefon sprach, sagte einfach, vergiß es. Die Tour läuft, das ist die Hauptsache. Mach dir keine Sorge.

Ich hatte zwar ein unwohles Gefühl, eine Ahnung, daß da was im Busch war. Trotzdem zog ich weiter durch die City.

Ich kann stundenlang so herumlaufen, mir die Auslagen ansehen, hier und da reingehen, Rolltreppen rauf- und runterfahren, Preise vergleichen, mit den Verkäuferinnen quatschen. In Plattenläden höre ich mir die neuesten Scheiben an, rede mit den Leuten da, die eine Menge verstehen von dem, was gerade läuft, kaufe mir Jeans, ein Hemd oder irgendwas, was ich brauche oder nicht.

Piets Haß auf Ladenzeilen, Kaufhäuser, Boutiquen, Shops, dieses Beieinander in den Fußgängerzonen, diese Konsumkacke-Philosophie von ihm ist schon merkwürdig. Dabei kauft er sich sofort alles, was er gerade haben möchte. Seine Wohnungen sind vollgestopft mit wirklich teuren Dingen, den letzten Hifi-Anlagen, Hunderten von Schallplatten, Videogeräten, Sitz- und Liegemöbeln, Flaschen und Flakons, nutzlosem Zeug und lauter Krimskrams. Wenn man ihn auf diesen Widerspruch anspricht, legt er gleich los: Abgesehen davon, daß er die Sachen brauche, sei er eben auch verführbar, gerade er, das widerspräche aber doch nicht der richtigen Erkenntnis ... und dann kommt sein Vortrag über *Konsum als Herrschaftsinstrument in der kapitalistischen Massenkultur*. Da kann man ihn nicht mehr abknipsen. Nur einmal habe ich erlebt, wie er stumm wurde.

Ich war mit einem Gewerkschafter aus Eisenhüttenstadt, der bei uns über Betriebsorganisation referiert hatte, einen ganzen Nachmittag lang durch die Läden und Kaufhäuser gezogen; richtiger Kumpel, eiserner Bolschewik, knochenhart, aber auch lustig, der viel erzählte, eine Menge wußte, doch von Station zu Station einsilbiger wurde. Abends sagte er überhaupt nichts mehr, trank nur einen Schnaps nach dem anderen. Wir saßen zu mehreren in einer Kneipe, Piet frotzelte, fragte ihn, ob ihm der Glanz der Konsumkathedralen die Sprache verschlagen habe. Der Kollege sagte: Ja, aber er würde es anders ausdrücken. Dieses Angebot, diese Fülle und zu diesen niedrigen Preisen, das hätte er nicht erwartet. Als Piet loslegte, hörte der aus Eisenhüttenstadt kaum hin. Wie Piet dann aber zum Kernstück kam: Identitätsverlust des real-sozialistischen Systems durch Wettbewerb auf der Ebene der Produktionsquantitäten ... Verschleuderung von Legitimationsressourcen im Bereich der Lebensqualität ... sie hätten bei sich doch verdammt noch mal noch saubere Luft, die schönen alten Alleen, Kopfsteinpflaster, Pferdekarren, weite Felder ohne Zäune, Fachwerkhäuser, keine Wolkenkratzer und Werbeschilder, keine Plastiktüten, keine eingeschweißten Serienprodukte ... da sagte der Eisenhüttenstädter knapp und leise: Halt den Mund, du Kasperle. Du hast doch überhaupt keine Ahnung.

Piet verstummte und hat den ganzen Abend überhaupt nichts mehr gesagt.

Wenn er mich mal begleitete, durch die Einkaufszeilen – oft kam das nicht vor –, trennte ich mich bald von ihm. Er schreit die Verkäufer an, klaut wie ein Fixer oder zieht eine Show ab, wie damals zusammen mit Rudi Schawanker. Der hatte sich das Trömmelchen vor den mächtigen Bauch geschnallt, schlug den Marschwirbel, mimte den Blinden, eine Versehrtenbinde am Arm. Piet führte ihn, so zogen sie ins C & A. Sie waren vollgekifft, und ich folgte im Abstand. Die Leute schauten amüsiert, nicht besonders interessiert, hielten den Aufzug für einen Werbegag. Die Rolltreppe hoch fuhren sie in die Damenabteilung, Unterwäsche. Ein durchsichtiges Nachthemd für meinen Lebenspartner, verlangte Piet. Die Verkäuferinnen kicherten, einige Kunden schimpften, die meisten lachten aber, sogar als Rudi Schawanker in einem rosa Negligé, nackt darunter, und Piet mit umgeschnallten Büstenhaltern Jagen spielten, zwischen den Kleiderständern, und dabei kreischten und juchzten. Die Verkäufer aus der Herrenabteilung fingen sie schließlich ein, führten die beiden, die lachten und zappelten, in das Büro der Hausdetektive. Ich zahlte dreihundert Mark, den Preis für das Zeugs, das sie sich umgehängt hatten, legte noch hundert Mark dazu und hatte einige Mühe, die beiden aus dem Kaufhaus zu kriegen. Einer von den Detektiven half mir dabei. Ich bin alter Atten-Fan, sagte er, aber so was, ich weiß nicht. Das paßt doch gar nicht zu ihm.

Die PR-Leute von Piets Plattenfirma waren begeistert, verarbeiteten es in Piets Bio ... *initiierte er Happenings gegen den Konsumterror in einer Zeit, als* ... steht da jetzt.

Auf meinen Spaziergängen durch die City blieb ich immer bei den Straßenmusikanten stehen. In der Regel bringen die ja nichts Aufregendes. Meist reicht ihr Repertoire nur von *Blowin' in the wind* über ein paar irische und amerikanische Folksongs bis zu *Komm mal rüber auf die dunkle Straßenseite, Junge.* Aber manchmal kann man auch Überraschungen erleben. Es muß ja nicht immer gleich der phantastische Geiger Klaus sein, der in Köln auf der Hohen Straße seine Fiedel-Songs spielt und singt.

Piet darf man nicht ansprechen auf diese Konkurrenz. *Lockvögel im Kaufvorentscheidungsraum* nennt er die Straßenmusikanten. Er hätte sich aber ruhig mal den Sänger anhören sollen in der Stadt, wo man unter seinen Kopf und über die dämlichen Tierbilder geschrieben hatte: *Klage eines APO-Opas*.

Dieser Sänger saß auf einem Stuhl, hatte ein Cello zwischen den Beinen. Er spielte es mit einem riesigen Bogen, so groß wie der Bandonionspieler neben ihm, der die Melodie führte, eine Art Choral, zu dem der Sänger zwischen den Strophen disharmonisch kratzte, zog und drückte. Wie wenn man auf einer lauten Baustelle ein Harmonium aus dem Betsaal gegenüber hört, klang das Ganze. Beide waren als Clowns geschminkt. Der Bandonionspieler trug einen schwarzen Poncho, der Sänger und Cellospieler ein schwarzes T-Shirt, die Fratze eines Comic-Monsters aufgedruckt. Im Halbrund standen vielleicht zwei Dutzend Leute, und ihre Köpfe folgten mit fast gleichen Bewegungen den Bewegungen der beiden Musiker, die sich ruckhaft im Robotertakt mal nach links, mal nach rechts drehten. Sie brachten einen Song, der angelegt war als Geschichtsstunde einige hundert Jahre nach dem allerletzten Krieg. Der Sänger spielte den Lehrer, der den Schülern erzählt, wie es vor dem großen *Gau-Bums* zuging. Ein Mann rief: Genau so. So machen die's. Scheiße!

Das Gesicht des Streifenpolizisten, der mir schräg gegenüber stand, blieb unbewegt. Diese Beherrschung kostete ihn aber einiges. Seine rechte Schuhsohle trommelte andauernd das Pflaster.

Damals war Reagan noch nicht dran und dieser General, für den es Wichtigeres gibt als Frieden. Die kamen erst im Herbst, und die meisten ahnten noch nicht, daß unser Land Abschußrampe und Angriffsspitze Richtung Osten werden sollte. Aber die Kriegsangst, die heute viele lähmt, breitete sich damals schon aus. Die Leute, die dem Sänger zuhörten, auch der Streifenpolizist, fühlten sie: Angst vor der Zukunft.

Über die Zukunft hat Piet bestimmt nicht gesprochen mit dem

Mädchen, das bei ihm im Restaurant saß, als ich ins Hotel zurückkam. Die beiden redeten überhaupt nicht. Piet aß ein Stück Fleisch, las dabei in der Zeitung, und das Mädchen saß vor einer Tasse Tee. Es war in der Nacht bei ihm gewesen, und Piet wollte es jetzt loswerden. Das kannte ich zur Genüge, hatte mich oft darüber aufgeregt. Überhaupt seine Geilheit – das ist ein Kapitel für sich. Daß er aber so mit den Frauen und Mädchen verfuhr – schweigend zu essen und zu lesen, bis sie aufstanden und gingen –, fand ich echt schweinisch. Ich habe mich zu den beiden gesetzt, ein Gespräch begonnen, redete das Mädchen an, *Bernade*, an diesen seltenen Namen erinnere ich mich noch. Sie war Schülerin in der Stadt, in der wir am Vorabend gastiert hatten. Sie müsse bald heim, sagte sie, mit dem Zug, oder ob sie heute noch bleiben solle zur Vorstellung? Piet schwieg, las weiter. Ich hätte ihn ohrfeigen können, ich log aber, wir müßten in der Nacht noch weiter bis München. Tja dann, hat Bernade gesagt, tschüß, ich gehe also. Und Piet hat dazu genickt.

Ich weiß, ich bin eine Sau, sagte er, als sie gegangen war. Ich habe dazu nichts gesagt, erzählte ihm aber mit Genuß von der Plakatierung in der Stadt, zitierte den Spruch: *Klage eines APO-Opas* unter seinem Kopf. Das ärgerte ihn gewaltig – besonders mein Spaß darüber. Um die Sache abzurunden, log ich noch, daß der Vorverkauf mehr als mies sei.

Das war natürlich gegen das Gesetz. Der Betreuer darf dem Künstler vor seinem Auftritt auf keinen Fall *Bad News* bringen. Piet war natürlich betroffen, fing bald an, seinen Hals zu betasten. Auch das kannte ich.

Wenn er zu heiser wär, sagte ich, vom Bumsen und Saufen, solle er das gleich sagen, dann bräuchte ich gar nicht erst zur Halle zu fahren und aufzubauen.

Die wirkliche Sau, sagte er, bist du. Daß ich überhaupt noch mit dir ...

Ein Kellner hat mich dann ans Telefon gerufen. Jemand von einem *Werbe- und Betriebsbüro Rosemeyer* war am Apparat. Unglaublich sei diese Überkleberei. Diese Frechheit. Diesmal kämen wir aber nicht ungeschoren weg. Die Illustrierte mit dem Tierbericht knalle ihnen eine fünfstellige Schadenersatzforderung auf den Tisch. Die gäbe er voll an uns durch, und zwar mit einem dicken Aufschlag.

Ich sagte ihm, das sei nicht unser Bier, er solle sich an Heilbruch halten, unsern örtlichen Veranstalter.

So könne ich ihm nicht kommen, seit Tagen nehme da keiner ab, und ich solle nicht so tun, als ob ich keine Ahnung hätte. Er wüßte doch, was da für Deals liefen zwischen Agentur, Künstler und den Piratenklebern, seit Jahren schon. Jetzt wär aber Schluß. Endgültig.

Ich lachte und sagte ihm, er solle sich nicht so aufspielen, und er schrie: Euch werden wir die Fresse polieren, aber wie. Und ich sagte: Sag das noch mal. Ich werde es dem Richter von Kassette abspielen.

Da hat er aufgelegt.

Dann bin ich zur Veranstaltungshalle gefahren, habe aufgebaut. Dabei halfen mir zwei von unseren Leuten. Sie erzählten, niemand wisse, wo Heilbruch sich aufhalte. Wahrscheinlich auf Teneriffa. Rony, ein Tausendsassa aus der Folk-Szene, vertrete ihn. Der ist noch cleverer als Heilbruch, sagten sie. Heilbruch kannte ich. Er war nicht schlimmer als die anderen aus der Branche. Aber das heißt nicht viel.

Als ich Piet abholen wollte, war er nicht im Hotel. Er ist im Tropa Mare, sagte der Portier. Da bin ich hingelaufen. Dieses Tropa Mare liegt nicht weit vom Hotel, wo wir wohnten: eins dieser Luxus-Hallenbäder.

Ich bat eine der Frauen im weißen Drillichanzug, Piet Atten rauszurufen. Das ginge nicht. Ich müßte mich schon selbst bemühen. Es wird Ihnen gefallen, mein Herr, hat sie gesagt. Die Frauen drinnen sahen aus wie in dem Werbestreifen für Baccardi, und der Vorraum, in dem sie Getränke servierten, glich einer Dschungellichtung auf einer karibischen Insel. Pflanzengeschlinge überall und krächzende Papageien in Vogelbauern aus Holz. Man sah durch eine Glaswand ins Bad. Das Becken im Hallenbad sollte das Meer sein. Es verlor sich in der Weite, weil auf der leicht gewölbten Rückwand dahinter die Karibische See erschien bis zum Horizont, wo eine andere Palmeninsel auftauchte und wo auch der blaue Himmel endete, der sich über die leichtgewölbte Decke der ganzen Halle zog. Grobkörnige, gelbe Fliesen um den Rand des Beckens sollten den Sandstrand darstellen, und in sanfter Steigung und auf grünem Kunstrasen standen auf der einen Seite Liegen unter Palmen. Zwischen einigen Palmen waren sogar Hängematten gespannt. Dahinter gab es einen offenen langgestreckten Palmdachbungalow mit einer Getränkebar und einem Solarium. Auf der anderen Seite wucherte ein undurchdringlicher Dschungel, naturgetreu an die Wand gepinselt. Zweihundertfünfzig Leute, schätzte ich, waren da, ein paar im Wasser, die meisten lagen auf den Liegen oder saßen auf Hockern oder an Tischchen in dem Palmendachbungalow, Gläser mit Strohhalmen vor sich. Die meisten Frauen waren oben ohne.

Ich mußte zwölf Mark Eintritt bezahlen, bekam ein Badetuch. Das knüpfte ich mir um die Hüfte, nachdem ich mich ausgezogen hatte, und schritt hinein in dieses *Island in the sun*. Leise Calypso-Musik kam von überall her. Es roch nicht nach Chlor wie in den gewöhnlichen Hallenbädern, sondern süßlich nach Blumen, Oleander oder was weiß ich.

Piet fand ich im Solarium, unter einer der Ganzbräunungssonnen. Er schüttelte mit dem Kopf, faßte sich an den Hals, als ich sagte, daß wir schon über die Zeit wären, er solle sich beeilen. Na komm, sagte ich, die Bude ist ausverkauft. Ich hätte ihn vorher belogen. Das weiß ich, sagte er, ich wollte es aber von dir selbst hören.

Dann sind wir gegangen. Einige Leute winkten ihm zu beim Herausgehen. Tschüß, Piet, sagte ein Bademeister. Er trug dieses ungebügelte weiße Baumwollhemd, diese ungebügelte ausgefranste Baumwollhose, diesen zerfransten Strohhut, diesen Zapata-Schnorres wie in dem Werbestreifen, und Piet sagte: *Buenas tardes, muchacho*.

Mindestens fünfzehn Freikarten müßte ich noch auftreiben. Alles Leute, die mich lieben, sagte Piet. Versuch das, Manne, damit kannst du alles wiedergutmachen.

Es kamen dann zwanzig aus dem Tropa Mare, und ich ließ sie auf die Ränge links, die eigentlich nicht besetzt werden durften aus baupolizeilichen Gründen, wie der Hausmeister behauptete, den ich mit zwanzig Mark bestach. Ich nehme an, vor allem die Plakatierung auf den Tierpostern, möglicherweise auch die Talk-Show, waren der Grund dafür, daß der Saal endlich mal wieder voll war. Für die Tropa Mare-Clique sang dann Piet ein paar aus seiner Klamottenkiste, und beim *Komm mal rüber auf die dunkle Straßenseite, Junge* klatschten sie wahrhaftig mit, wie bei Hecks Hitparade.

Piet ist mit dieser Clique gleich nach dem Konzert losgezogen und hat nicht mitgekriegt, was dann passierte.

Ich hatte in der Pause abrechnen wollen. Das ist bei uns so üblich, im Tourneebetrieb. Rony mußte aber zu einer anderen Veranstaltung, behauptete er. Da wär was schiefgelaufen. Pantomimen, sie wollten nicht auftreten wegen Unzumutbarkeit der Bühnenbedingungen. Gleich nach der Vorstellung machen wir's, bitte, ja? Ich wechsel dann gleich auch das Hartgeld in Scheine.

Normalerweise lasse ich mich auf so was nicht ein. In der Pause wird gelöhnt, sonst gibt's Theater. Aber Rony, langlokkig, mit dem Unschuldsgesicht des Folk-Freak, hatte mir erzählt von seinem Trip durch Irland, meinem Traumland, geredet von dem wirklichen Grün und den bauchnabelhohen Mauern aus geschichteten Steinen, überall, der Guinness-Bar an der Bucht von Gaillimhe, der Schlägerei auf dem Rummel in Corcaigh, Dublin, und dem Sängerpaar auf St. Stephen's Green – der Mann, kein Zahn mehr im Maul, und der Frau fehlt ein Bein, aber beide singen, da kannst du jeden Liedermacher vergessen hierzulande – Piet und paar andere vielleicht ausgenommen.

Also, ich habe Rony ziehen lassen zu den Pantomimen, ich Dämelack.

Nach der Veranstaltung baute ich mit den beiden Helfern ab, lud ein, entlohnte die Jungs und ging dann in die Garderobe, wo Rony mit dem Geld wartete. Die Abrechnung kann ich heute noch auswendig hersagen: 1053 Plätze. Bruttoeinnahme 13455 Mark. Davon ab an örtlichen Kosten 4732 Mark, nämlich für Plakatierung, Saalmiete, Personal und Presseinserate und sieben Komma fünf Prozent Arrangementgebühr. Blieben 7704 Mark. Wir rechneten beide mit Taschenrechnern, und Rony zählte dann mein Geld vor mich und sein Geld vor sich auf den Tisch. Ich nahm von dem Haufen vor mir 1540 Mark, nämlich fünfzehn Prozent für die Konzertagentur, und 385 Mark, nämlich meinen Anteil von fünf Prozent, tat beide Beträge in ein Kuvert und steckte es in meine Jackentasche, Piets Anteil von 6164 Mark legte ich in meinen Aktenkoffer, und Rony packte sein Geld – 5751 Mark – in seinen Koffer. In diesem Augenblick – so hat der Rechtsanwalt uns später erklärt – sei *die Gefahr auf Piet durch Herrn Kröger als seinen Vertreter übergegangen*, was heißt, der örtliche Veranstalter Heilbruch, vertreten durch Rony, haftete für nichts mehr.

Die ganze Raffinesse von diesem Rony, der mich von Anfang an eingeseift hatte, zum Beispiel mit seinen Vertellkes aus Irland, ist mir erst viel später klargeworden. Deshalb habe ich bestimmte Einzelheiten bei der Polizei auch nicht angegeben: Daß Rony zum Beispiel, als ich aufstand und gehen wollte, eine Flasche echt irischen Whisky aus der Tasche zog mit den Worten, komm, wir trinken einen darauf, und auf die Insel; daß er das Transistorgerät, das er bei sich hatte, überlaut anstellte; daß er anfing, ziemlich aufgeregt zu reden über das Werbe- und Vertriebsbüro Rosemeyer, das wären die übelsten Mafiagangster.

Ich habe den Kriminalbeamten nur beschrieben, wie plötzlich die Tür aufflog, fünf Typen – schwarze Schlitzmasken über die Köpfe gezogen – auf uns zustürzten, vier uns durch Griffe in die Backen den Mund öffneten, Stoff reinstopften, Klebestreifen darüberklebten und uns mit Wäscheleinen an die Stühle fesselten, der fünfte die beiden Aktenkoffer mit dem Geld vom Tisch nahm, und wie sie verschwanden. Und beschrieben habe ich, wie sie aussahen: Zwei trugen schwarze Lederjacken, einer einen blauen Pullover, die beiden anderen Jeansjacken über T-Shirts. Einer roch nach Aramis 900, ein Wasser, das ich selbst benutze, und einer trug Cowboystiefel. Der die Aktenkoffer wegtrug, der Pullovermann, war viel kleiner als die anderen.

Während wir strampelten und ich noch ein bißchen schreien konnte, ehe ich geknebelt war, sprachen sie kein Wort. Die

1540 Mark im Kuvert in meiner Jackentasche nahmen sie nicht mit.

Das Ganze hat nicht mal drei Minuten gedauert, und ich weiß noch, wie ich dachte: Guck mal an. Das funktioniert wirklich so wie im Tatort-Krimi. Der Hausmeister hat uns nach einer halben Stunde befreit. Ich könnte schwören, daß auch der von Anfang an Bescheid wußte, der führte sich auf wie ein Tatort-Schauspieler: Um Gottes willen ... nein, das darf doch nicht ... und schreiend: Haltet den Dieb ... auf diese Tour. Dann hat er uns losgeschnitten mit einem Taschenmesser. Rony hat dem Kriminalbeamten, der übrigens ziemlich schnell mit zwei Uniformierten erschienen war, erzählt, daß hinter dem Coup seines Erachtens das Werbe- und Vertriebsbüro Rosemeyer stecke, und ich habe berichtet von dem Telefonanruf und daß man angedroht hatte, uns die Fresse zu polieren.

Später hat sich herausgestellt, daß mich das Werbe- und Vertriebsbüro Rosemeyer gar nicht angerufen hatte. Die Überklebung fänden sie übrigens überhaupt nicht schlimm, sagten sie. Das muß man sich vorstellen!

Natürlich haben wir das Geld nie wiedergesehen. *Die polizeilichen Ermittlungen blieben ohne Ergebnis*, erhielt die Agentur ein Jahr später Nachricht.

Ich bin in der Nacht noch mit Rony in eine Folk-Kneipe gezogen, habe mich vollaufen lassen. Rony schwadronierte herum, erzählte allen, was passiert war, jammerte, Heilbruch würde ihn totschlagen und so weiter. Das hätte ich lieber besorgen sollen, aber mein Verdacht gegen ihn kam erst später auf, nachdem ich Piet alles erzählt hatte und ich mit ihm immer wieder die Einzelheiten von Anfang an bis zu Ronys Verhalten vor dem Überfall durchkaute.

Unsere Tournee war zu Ende. Wir fuhren über die Autobahn nach Köln. Piet tobte. Diesen Rony, den ließe er fertigmachen. Und ich, ich sei der behämmertste, beknackteste, unfähigste Roadie, der ... Endlich mal wieder die Bude voll, und wir verdienen ordentlich was, und du ... Überhaupt, wir beide sind schon viel zu lange zusammen. Er könne nicht mal ausschließen, daß ich nicht ...

Wenn man sich …

… schwarze Masken über den Kopf zieht und auf unsanfte Art die Einkünfte einer Musikband vereinnahmt, so ist das bei einer Beute von 13455,– Mark sicherlich eine beachtliche Rendite.

Aber niedrigere Renditen garantieren manchmal mehr Geld. Vor allem, wenn die Polizei es einem nicht gleich wieder abnehmen kann…

Ob er etwa meine, ich hätte mit Rony einen dreckigen Deal ... habe ich gefragt.

Darauf hat er geschwiegen. Damit stand meine Entscheidung fest: Ende.

14

Würde mir Manne Kröger den dreckigen Deal mit Heilbruch und Rony verzeihen? Wahrscheinlich – ja. Ich dürfte nur nicht zu zerknirscht tun; ruhig, mich einpassen in sein Bild vom zynischen, korrupten, mediengeilen Liedermacher und Show-Poeten. Wie sollte ausgerechnet der dem von Profit und Leistungszwängen gesteuerten System entkommen können? So allein auf sich gestellt? Und angewiesen auf das Medienfeld? Der verhält sich ganz einfach gesetzmäßig. Säuisch, verderbt – o. k. Aber ihr habt doch eure Erfahrungen mit kritischen Weggenossen. Immer wieder driften sie ab. Doch sie fallenlassen hieße ihren Nutzwert an kleinbürgerlichen Moralvorstellungen messen. Ich könnte das mit Lenin-Zitaten belegen.

Ich könnte ihm auch erzählen, wie mich Heilbruch und Rony gelinkt haben. Von den mir zustehenden 6164 DM habe ich ganze 200 bekommen. Der Rest wären Unkosten: Anteil der fünf geheuerten Profis, Material, Bestechung des Hausmeisters und so weiter. Sie hatten mich im Griff. Wenn ich plaudern würde, wären mir alle Hallen auf Lebenszeit versperrt. Und du, Manne, hast doch dein Geld bekommen. Verloren habe ich.

Heute frage ich mich, warum ich das überhaupt getan habe. Warum habe ich Manne nicht einfach erklärt: Hör zu, Junge, ich habe ein paar Gigs, bei denen brauch ich dich nicht. Es geht um Wahlhilfe für Piotrowsky, und der will nicht, daß du dabei bist. Vor den politischen Auseinandersetzungen mit ihm hätte ich mich gewiß nicht gescheut. Nein – ich wollte ihn damals loswerden für immer. Wir waren schon zu lange zusammen gewesen. Ich wollte neue Leute um mich sehen. Ich Idiot!

Der Wahlkampfhilfedeal mit Piotrowsky ist mündlich abgemacht worden. Schriftlich nichts, hat Ludwig gesagt, Sie müssen uns schon vertrauen, Piet. Zweitausend pro Auftritt, was die finanzielle Seite angeht. Wenn Sie das andere noch dazurechnen, die Publicity – ein paar TV-Sendungen sind sicher drin –, kommen Sie bestens dabei weg. Ganz abgesehen davon, daß Eugen nicht vergißt, wenn man ihm hilft. Falls ich die Sache nicht allein durchstehen wolle – immerhin dreißig Auftritte –, dann solle ich mir den Job teilen mit Ricki Reuter. Sie kennen ihn doch gut, den geläuterten Barrikadenbrüller. Der kommt gut an bei einer gewissen Jugend, die uns gegenüber offen ist, wenn's auch nicht mein Geschmack ist. Reden Sie mit ihm. Er würde allerdings nicht mehr bekommen als Sie, und zu denselben Konditionen.

Ricki Reuter. Da zu landen, wo der schon angekommen ist: mein Alptraum. Aber ich habe mit ihm gesprochen nach seinem Konzert in der Hamburger Fabrik.

Dreimal hintereinander war die Halle ausverkauft, und er hätte sie sicher ein viertes und fünftes Mal vollgekriegt. Da darf ich mir überhaupt nichts vormachen. Ich hatte eine Freikarte und kam gerade noch hinein, eine halbe Stunde vor Beginn, drängte mich nach oben auf die umlaufende Empore, konnte einen Platz ergattern an der Brüstung. Im Publikum war kaum einer älter als zwanzig, die meisten waren zwischen zwölf und sechzehn Jahren, und es gab fast gleich viel Mädchen wie Jungs, fast gleich viel Leder, Jeans und Cashmere. Eigenartig ruhig benahmen sie sich. Wenige tranken Bier oder Wein, und im Rauch über den Köpfen roch man kaum Hanf. Raunen – so muß man das nennen, was in der Luft lag. Man konnte das intensive Erwarten beinahe fühlen. Eine Art Torbogen aus bunten, schummrig blinkenden Leuchtstoffröhren umrahmte die Bühne. Ganz oben leuchtete in Handschriftzeichen: *Ricki Reuter*.

Als die fünf Musiker auf die Bühne kamen, leise anspielten, wurde es vollkommen still im Publikum. Aber als dann die Scheinwerfer aufleuchteten, Reuter hervortrat, ans Mikrofon schritt, platzte es los.

Natürlich macht mich so was neidisch, und es hilft überhaupt nichts, sich einzureden: Das ist Kinderlärm, lächerliche Juchzerei, Kultgeschrei, Wunderkerzengeflimmer, rhythmisches Parteitags-Klatschen! Verführung auf der niedrigsten Ebene! Wer da oben steht und loslegt, ist Verführer, so oder so, und wie es da unten losgeht, das zeigt an, ob der da oben seine Künste kann, und wenn es auch die mieseste aller Künste ist.

Was der mit den Kindern – er nennt sie *kids* – macht! Ruft in den Jubel: Seid ihr gut drauf? *Oh yeah, yeah, yeah*, schreit es ihm entgegen, und mit einer knappen Handbewegung erzeugt er sofort das atemlose Schweigen, lauscht mit zurückgelegtem Kopf dem sirrenden Sound vom Keyboard, ruckt den Kopf nach links: Der Baß orgelt. Rucken nach rechts bringt das Saxophon ins Spiel. Wenn er springt, geht das Schlagzeug los. Dann nimmt er sich das Mikrofon aus dem Ständer, schlängelt die Schnur, geht an die Rampe, haucht: *Wenn er kommt* … und das geht wieder unter im Jubel. Jeder kennt den Song. *Wenn er kommt*, singt Ricki Reuter, *wenn er kommt durch den Zeittunnel, über sieben Brücken und nimmt deine Hand, führt dich an die verschlossene Tür, öffnet sie mit seinem Atem* …

Neben mir der Junge hat sich in meinen Arm verkrallt. Alle atmen im gleichen Takt … *Wenn er kommt, und zeigt dir das Land, das Land, das Land der FREIHEIT, oh dieses Land, von dem du geträumt hast, Babe … dieses Land vor euch, die grünen Hügel und der schimmernde Fluß* …

Knappe, silberbeschlagene Lederjacke trägt er, hautenge rote Hose aus Leder, mächtige Schwanzattrappe eingebaut, über die er mit seiner Rechten manchmal streicht. Ricki Reuter mit seinem Kavaliersschwänzchen, das ich kenne vom gemeinsamen Saunabad! Hat es zu verbergen gesucht unterm Badetuch, mir mal erzählt nach einem Suff, wie er darunter leidet. Phimose bis zum 25. Lebensjahr. Seine puritanischen Eltern haben die Vorhaut nicht lösen lassen, so daß er nicht wachsen konnte und dieser Knabenpimmel blieb, auch noch nach der späten Operation.

Der Torbogen flimmert, zuckt, bunter Kunstnebel hüllt ihn ein, seine Locken werden in Goldlicht getaucht. *Ri-cki-Ri-cki-Ri-cki*, schreit es in der zur Vorführhalle umfunktionierten Fabrik, in der vor einer Generation noch die Eisenarbeiter höchstens so verrückt schrien, wenn ihnen ein T-Stück ins Kreuz fiel.

Das Schärfste ist, wenn er im Motorrad-Knattern aus dem Playback, im zurückgenommenen Heavy-Rock-Sound der

Band mit angehobenem Kopf die Blicke schweifen läßt, das Girl findet, das ihm zunickt vom Schulhof ... *Du hast mich gleich gesehen, hast genickt, der ist es, der, oh man, diese Maschine, die bringt es – so jung, so scharf, oh ihr kids, wie sie hinter mir vibriert, die Arme, oh die Hände, da wo sie Spaß machen, und diese Allee, die immer schneller wird im Whihihind.*

Das muß man sich vorstellen: Ricki Reuter, zwei Jahre älter als ich! Und niemand von den Kindern denkt auch nur einen Augenblick lang, daß da ein älterer Herr auf Mitschnackertour ist. Nein, sie atmen schwer mit ihm, wie er nach dem Aufprall zur Maschine kriecht, die um den Baum gewickelt ist, und zu dem Girl, das mit den toten, offenen, hellblauen Augen in den hellblauen Himmel blickt. Sie wissen nicht, und woher auch, was Ricki Reuter, promoviert über Erich Weinert und den proletarischen Roman, einmal mit seinem Essay *Die Wiederherstellung der von Adorno zerstörten Handlungsfähigkeit* angerichtet hat unter einer jungen, kunsttreibenden Intelligenz in diesem Land. Daß von da an, wenn auch nur eine Zeitlang, deren Produkte darauf abgeklopft werden mußten, ob sie als direkter Eingriff in den Klassenkampf in Frage kämen. Sie kannten nicht seine für Transparente, Wände, Bretterzäune, Mauern, Plakate, Flugblätter, Wandzeichnungen, Schultafeln und als Sing- und Sprechchöre hergerichteten Sprüche und Verse, wie *Scheiß auf deutsches Vaterland, rekrutiert den Widerstand* oder *Kunsthändler und Belletristen sind Konterrevolutionisten*, diese Vers-Sammlung eingebunden im Stahlplattenumschlag als handliche, mit scharfen Kanten ausgestattete Kampfausgabe, *für die Phase des revolutionären Widerstandes, also für hier und jetzt* – sie wußten nichts von seinen Songs und Sprechgesängen, mit denen er Demonstrationen anheizte, hatten nie sein Lied gehört vom roten Punkt, bei dessen Absingen Straßenbahnschienen aus dem Pflaster gerissen wurden und das Gegenstand einer Parlamentsdebatte gewesen war. *Ricki Reuter, der Barrikadenbrüller*, wie er von der Presse genannt wurde. Sie würden sich totlachen, seine Kids, heute. Wie er da steht, springt, in die Hocke geht, tänzelt und seinen Arsch wippen läßt, seinen vorgetäuschten Schwanz vorstreckt, dünn, drahtig, durchtrainiert vom täglichen Hanteln, Stemmen, Rudern, Schwimmen, Laufen, die grauen Härchen von der Brust rasiert – ist er einer von ihnen, meinen sie.

Muß man das *erschütternd* nennen, wie Ricki Reuter, der sich öffentlich und vor tausend Kennern mit dem Frankfurter Philosophen auf der gleichen sprachlichen Ebene auseinandersetzen konnte, sein Vokabular auf den Code der Szene gebracht hat? Wie er dahinlabert, voll abfährt auf die New Generation, unheimlich toll bis tierisch geil das Feeling findet in dieser irren Factory, voll drauf steht, daß Girls nasse Höschen kriegen, die Boys einen Ständer, wenn er aufdreht? Im laufenden Jugendjargon erklärt, daß man die Kids halt da abholen müsse, wo sie nun mal stehen, mit *null Bock auf Kopfwichserei*? Daß sie aus dem Bauch kommen müsse, die SACHE, was wir eben damals nicht getickt und deshalb über unsere und deren Bedürfnisse und Gefühle hinweggeheult hätten, und daß er eben halt auch dadurch ein unverkrampftes, nicht mehr dieses anale Verhältnis zur Knete habe? Piet, the times they are a-changing, da läuft was ganz Entscheidendes heute, und mit einer Power, unheimlich toll!

Wir sind nach dem Konzert zum *La Canna* essen gegangen, hatten den Wagen in der Garage *Stadthausbrücke* geparkt und gingen durch den Bäckerbreitergang. Dahin hatten uns die Bullen getrieben damals, weg von den brennenden Benzinfässern am Springer-Hochhaus, und sie waren von beiden Seiten herangekommen, und wir saßen gefangen im Bäckerbreitergang, und sie hatten uns da zusammengeschlagen. Wie lange war das her? Ehe wir in den Rademachergang einbogen, blieb Reuter stehen, drehte sich noch mal um. *Wenn des Abends vorbei einer der Unseren kömmt*, sagte er leise, *wo der Bruder ihm sank, denket er manches wohl an der warnenden Stelle, schweigt und gehet gerüsteter.*

Dafür hätte ich ihn nun wieder umarmen können. Ich habe ihn übrigens gar nicht erst gefragt, ob er mithelfen wollte, den Piotrowsky in den Bundestag zu bringen. Der hatte sich schon etwas einfallen lassen müssen, um gewählt zu werden, denn nach der Landtagswahl war seine Partei nicht ins Parlament zurückgekehrt, und deshalb hatte man ihn in den vorläufigen Ruhestand versetzt. Auf ein Direktmandat konnte er natürlich nicht hoffen in dem Wahlkreis, den sie ihm ausgesucht hatten. Aber über die Liste hat es dann ja gerade noch geklappt. Ich meine, sein Auftritt bei der Schnupftabaksmühle hat ihm den letzten Schub gegeben. Seine normalen Wahlveranstaltungen jedenfalls waren ziemlich lahm.

Die Leute kamen aber wie zu normalen Konzerten. Gut – es gab Beifall für mich, aber das Fieber fehlte. Es lief so ab, daß irgendein Parteimann vom Ort einleitende Worte sprach, dann habe ich eine halbe Stunde gesungen, und anschließend hielt Piotrowsky eine von den drei Reden mit Variationen, die Lu ausgearbeitet hatte, und anschließend war ich noch einmal dran mit drei oder vier Liedern. Ich habe mir keine der Reden angehört, saß in der Garderobe und spielte mit den Wahlhelfern oder Leuten, die gerade da waren, Skat oder Doppelkopf. Seine Reden müssen aber wohl leidlich angekommen sein, vor allem die Sätze im Idiom der Gegend, die ihm der Doktor Bömmer eingebleut hatte. Jedenfalls meinte das Lu, der überhaupt zufrieden war mit der Wahlkampagne und immer zuversichtlicher wurde. Piotrowsky, der an einigen Tagen sechs- bis siebenmal hintereinander auf Plätzen, in Altersheimen, Freizeitstätten, Vereinslokalen, Kantinen, Turnhallen auftreten mußte, schlaffte dagegen zusehends ab. Wie mich das anwiderte, diese phantasielose Menschenfängerei, sagte er eines Nachts im Hotel, wo wir in einem Nebenzimmer saßen und Bier und Schnaps schluckten.

Das war nach dieser Veranstaltung in Sprockhövel, in der ein großer Bärtiger im bestickten Kittel immer so laut in seine Sprüche hineingelacht und ihm später vor der Garderobe aufgelauert hatte, selbstbewußt, frech, die Arme über der Brust verschränkt. Aber als Piotrowsky dann vor ihm stand, leise *Uwe* rief, *Uwe, DU?* – hat der gar nichts zu sagen gewußt, die Arme heruntergenommen, den Kopf geschüttelt, sich herumgedreht und ist weggelaufen, Piotrowsky hinter ihm her, bis zur Tür.

Auf Leute wie ihn, hat Piotrowsky im Nebenzimmer des Hotels gegreint, auf Leute wie den Uwe ist es mir eigentlich immer angekommen, bei allem …

Ein Lied sollte ich schreiben, die Ballade von der ehrlichen Trauer des Polit-Profis P.

In der ersten Strophe sieht er ihn in der Türe stehn, Bierflasche in der Hand, während seiner Rede vor der Mittelstandsvereinigung, lacht laut und grölend dazwischen, Uwe, den Freund der frühen Jahre, der diesen Traumblick in den Augen hatte wie James Dean, kann nicht weiterreden, der Polit-Profi P., rennt dem Uwe nach und findet ihn nicht mehr draußen im Regen. Rückblende ab Strophe zwei, wo die Jungs am Bahndamm im Ginster liegen, von der zweiundvierzigsten Straße träumen, von New Orleans und San Francisco, und Uwe spielt auf dem Kamm das Saxophon von Charlie Parker, stößt die Hand von P., die über seinen Rücken streichelt, weg. In Strophe drei erkennt P. seine Fähigkeiten – wie er vor dem Tribunal der Lehrer den nächtlichen Einbruch ins Konferenzzimmer zwecks Korrektur der Mathe-Arbeiten als Notwehr der Klasse erklären kann, gegen die Bösartigkeit und Willkür von Staube, dem schwulen Studienrat. Nur Uwe, der nicht mal Anführer war, flog von der Schule. Das kann P. nicht verhindern und heult deswegen vor der Klasse, die ihn zum Sprecher wählt.

In Strophe vier ist er schon in den Staaten, Prescott, Arkansas, wo er den *way of life* lernen soll, aber von einer disziplinierten Warte aus, in der Familie des Pastors, sieben Kinder, weiß und blond, und einer von ihnen ist Uwe, heißt John, und blickt wie James Dean. Der hält es nicht aus in der Herde von Reverend Douglas, dem Daddy, steigt aus, und wer ihn sucht und auch findet in Little Rock unter Drop-outs und Dealern, ist P., der erzählt, daß Mumy Elizabeth zweimal versucht hat, für immer zu schlafen, bringt John nach Hause, wo er erfährt, daß Mumy Elizabeth, die einfach nicht lügen kann, wieder mal schwanger ist und noch genauso entsetzlich fröhlich wie immer. Und haut wieder ab und diesmal für immer, nicht ohne den deutschen *bastard son of a bitch* zu beschimpfen. Doch Reverend Douglas schreibt einen langen Empfehlungsbrief an seine deutschen Freunde, der P. zum Stipendiaten macht, in Strophe fünf, die Stellung verschafft im Jugendverband der Partei, die er sich wählt, weil sie klein ist und fein und immer dabei und kluge Leute schnell steigen läßt, vor allem wenn sie wie P. transmittieren, Stimmung und Informationen von unten nach oben, zum

Beispiel, daß Uwe, der diesmal Hans-Dieter heißt und im Vorstand ist, DDR-Touren unternimmt. Dafür kommt P. noch vor Examen und Promotion festbezahlt in den Parteiapparat, nimmt Uwe, Hans-Dieter, mit als seinen Sekretär, um ihn zu läutern, muß ihn entlassen, weil der interne Papiere nach unten gibt, trotzigen Blicks wie James Dean, will selbst die Partei verlassen, der P., läßt sich dann doch überreden und kommt eins höher dafür.

In Strophe sechs hat er zum letztenmal nur einen einzigen Uwe, Heinrich den Pflastermaler, der ihn von unten her anblickt, mit diesen Augen von James Dean, als P. den Wahlkampf leitet für den Big Boss. Heinrich erklärt ihm die Lage der bildenden Künstler im Lande, reist mit ihm und malt wie ein Wilder, und P. arbeitet an Gesetzesvorlagen über die Verbesserung der beschissenen Lage der bildenden Künstler. Heinrich, der wilde Maler, stellt aus, noch und noch, P. arrangiert das, bis er sich wiedererkennt in dem häßlichen Kinderverführer, Schwanzheraushänger als Öl auf Leinen, zwei Meter groß im Quadrat, mit dem Titel: Polit-Profi P. – worüber die ganze Bundesrepublik lacht.

Je höher man steigt, desto tiefer man fällt, das ist bekannt, heißt es in der letzten Strophe. Wer aber oben bleibt, muß der gar nicht bezahlen? P. zahlt mit Trauer für den Verlust der wirklichen Nähe der wirklichen Uwes. Mit Hilfe des Psychiaters ersetzt er die wirklichen Uwes durch den abstrakten und kollektiven Uwe: das Volk – und darunter vor allem die sich empörende Jugend. Die sieht er als großes Gesicht wie auf der Leinwand das von James Dean. Das motiviert ihn, bewahrt ihn trotz aller Undankbarkeit, die er immer wieder erfährt, vor Zynismus. Dafür bleibt die Trauer, die ehrliche Trauer des Polit-Profis P.

So – und die ganze Geschichte als Blues erzählt.

Wie Piotrowskys Dialog mit der sich empörenden Jugend in der Schnupftabaksmühle aussehen soll, legt mir sein Assistent, der Lu, dar, in Anwesenheit von Susen. Kommt eines Abends einfach an. Wir denken, er will mit uns reden, unsere Mehrfachbeziehungen diskutieren. Susen hat das vermutet, weil Lu so was gerne tut, ja, sich an so was direkt aufgeilt. Aber er geht überhaupt nicht darauf ein, daß Susen von ihm weg und zu mir gezogen ist, nicht mit einem Wort; spricht mit ihr, als sei sie weiter seine Lebensgefährtin. Susen macht das nichts aus, redet und lacht mit ihm, doch ich sitze verkrampft im Sessel, saufe einen Korn nach dem anderen, benehme mich wie ein beim Naschen ertapptes Kind, nur weil unsereiner laut Innenstrukturconnaisseur Arnim außer im Bereich des Fiktiven – des Dichtens und Musizierens und Sichproduzierens auf der Bühne – nicht in der Lage ist, den begehrten Gegenstand offen und in zielstrebiger Auseinandersetzung mit dem Besitzer sich zu erobern.

Zur Sache also, sagt Lu.

Mit den Besetzern der Schnupftabaksmühle habe man Kontakt aufgenommen. Sie würden gerne mit einem Politiker wie Piotrowsky diskutieren, um ihre Positionen zu verdeutlichen, in einer offenen Veranstaltung, zu der Leute von draußen, vor allem das Fernsehen, kämen. Und diese Veranstaltung soll ich singend umrahmen, um das Ganze aufzulockern. Dann zu Susen hin, mir signalisierend, wie vertraut sie schließlich miteinander sind: Das Problem ist mal wieder der Protagonist selbst, Piotrowsky.

Sie kenne ihn ja. Die Sprache der Besetzerszene habe er mit ihm trainiert, die ganze Angelegenheit ein paarmal durchsimuliert. Videogespeichert. Was herauskam: ein Szenenprofi, der jedes Kürzel der Lingua marginalis draufhat; redet wie einer der Gurus, selbst mit den einschlägigen Abtönungspartikeln. Wenn das im Fernsehen kommt, ist er vom Fenster. Sie hätten deshalb die Taktik geändert. Lauschen müsse er lernen, das richtige Zuhören, und dann stockend nachfragen, langsam sprechen, die Worte suchen, immer wieder beeindruckt sein, sich sichtbar schwertun im Verstehen der Termini, in denen die Typen ihre Einschätzungen und Forderungen vortragen. Das ist das Schwerste – du kennst ihn ja, Susen. Dieses Forsche, diese Durchblickerpose, diese flinken Sprüche, immer die Antwort sofort parat. Genau das, was diese Jugendlichen so verachten! Wenn er da nicht umlernt, dann hauen die anderen ihn so in die Pfanne, daß er als verbrutzeltes Steak wieder herauskommt. Und dann ade MdB.

Und knapp zu mir hin sagt Lu:

Sie, Piet, müssen da mitziehen, auf Draht sein. Wenn der Eugen in sein gewohntes Schnäbbeln verfällt, greifen Sie in die Saiten, legen los. Bringen Sie ruhig Ihre scharfen Sachen. Aber stoppen Sie ab, wenn die Lage wieder danach ist. Sie machen das schon. Außerdem bin ich in Ihrer Nähe.

Susen hat dazu gelacht. Ihr schafft das schon, hat sie gesagt, es hat doch schon schwerere Situationen gegeben, Lu, denk an Schnitzels Auftritt damals vor den demonstrierenden Behinderten.

Sie haben beide gelacht und weiter Erinnerungen ausgetauscht. Ich bekam Wut in den Bauch, und als Lu gegangen war und Susen ins Bett wollte, bin ich in die Eckkneipe gegangen und habe weitergetrunken. Als ich spät in der Nacht zurückkam, habe ich Susen angebrüllt. Susen ist ganz kalt geblieben. Ich sei doch nur deshalb so wütend, weil sie, Susen, mitbekommen habe, wie ich mich von denen einsetzen lasse, mich in deren Manipulationszusammenhang widerspruchslos einfüge, ich, der konsequente Barde, der unbestechliche Song-Maker, Feind der falschen Töne, unabhängig, autonom, nur verpflichtet meiner durch all die Jahre hindurch hart geprüften ÜBERZEUGUNG, in allen Stürmen des Opportunismus den Kurs haltend, singend gegen den Wind das Lied von der Grausamkeit der See und der Schönheit der Küste, selbst wenn die See längst das tote Meer ist – wie es Rosenberg, der Liedermacherpapst einmal geschrieben habe. Und dann entpuppt er sich vor der Geliebten als gewöhnlicher TUI. Sie, Susen, meine das übrigens nicht. Beides stimme ja nicht. Ich sei weder käuflicher Gaukler noch sturer Überzeugungstäter. Sie wisse … und so weiter.

Vierzehn Tage später ist Susen wieder weggezogen. Ich habe ihr die Stelle in Kreiters Institut für Planung und Kommunikation besorgt.

Die Schnupftabaksmühle habe ich mir einige Tage vor unserem Auftritt angesehen, bin um den Schieferkasten herumgeschlichen, klopfte an, und mir wurde aufgetan.

Ich gelte bei diesen Leuten als *etabliert*. So flaxten sie auch gleich los, Bruni vor allem, die Rothaarige: Mal wieder auf die dunkle Straßenseite, Junge? APO-Opa? Oder bloß auf Verjüngungstour? Ob ich eine neue, frische Klientel suche oder bloß interessantes Material für ein Liedlein – fein nach guter alter Art? Von Rot auf Gelb geschaltet? Diesmal im Dienst der Partei von Schweinchen Schlau? und so weiter.

So was perlt an mir nicht einfach ab.

Ich bin doch von eurem Stamm. Seht es mal so: Aus dem Reservat bin ich aufgebrochen in die Städte. Und was tue ich denn anderes, als den weißen Brüdern und Feinden singend zu künden vom Los und vom Willen, vom Kampf und vom Lieben der roten Brüder, von ihrer, von unserer Welt. Gut – das Leben unter den Whities färbt ab. Ein bißchen weiß wird man schon. Aber was wiegt das gegen den Gewinn? Eure getrommelten Nachrichten habe ich übersetzt, die Bedeutung eurer Rauchzeichen am Horizont erklärt, und euch will ich berichten von den offenen Wunden und versteckten Ängsten der anderen. Botschafter bin ich und Kundschafter zugleich oder – um es im Code eurer Ahnen auszudrücken und im Originalton Rudi Schawankers, *Teil einer Vermittlungsinstanz, über die der Dialog führbar wird zwischen den verschiedenen progressiven Kräften unterschiedlicher Erfahrungshorizonte, voneinander getrennter Milieus, mit der Möglichkeit der Gewinnung einer kollektiven Perspektive und tendenziell dadurch Vergrößerung des allgemeinen Widerstandspotentials.*

Akzeptiert doch das! Empfangt mich als Gast in eurer Sippe, raucht, wie es Brauch sein sollte, die Friedenspfeife mit mir. Ich bin nicht der Feind.

Ihr seht das nicht so?

Dann will ich euch mal in Erinnerung rufen: Haben wir nicht als erste in diesem Land den Gedanken zur Tat gebracht? Die Vorstellungen einer kritischen Theorie handlich und praktikabel gemacht? Den Kolonisierten in unserem Land den Weg der Befreiung gezeigt – im Muff von tausend Jahren, Rektorate besetzt – so mußte der Anfang sein – erste Häuser? Die Straße zurückerobert, den Charaktermasken ins Gesicht gerotzt? Dem Nazi-Kanzler eins hinter die Ohren geschlagen? Den Richtern die Robe vom Leibe gerissen? Und ein paar Steine zum Tanzen gebracht? Die Kluft aufgerissen zwischen Herrschenden und Beherrschten, daß der Unterschied zwischen Gewalt gegen Sachen und gegen Personen deutlicher wurde und einige meinten, zur Knarre greifen zu müssen? Sind wir nicht Eure Stammväter?

Nein?

Aber sicher sind wir. Ohne uns seid Ihr nicht denkbar, auch wenn Ihr uns heute *Kopfwichser* nennt, euch amüsiert über die gekonnten theoretischen Ableitungen und übergreifende Zusammenhänge so komisch findet wie so was wie *dialektischen und historischen Materialismus*. Ja, vieles, was damals gedacht und umgesetzt wurde in Handlungen, folgte nicht einem konkreten Bedürfnis, war symbolisch und stellvertretend. Vor Aufregung zitternd und erprobt, weil das unerhört neu ist, über den eigenen Schatten zu springen. Ihr seid da sicherer, selbstbewußter, geht einfacher um mit euch. Aber das könnt ihr doch bloß, weil wir die Bresche geschlagen haben. Jetzt seid ihr dran, und das ist gut so. Ihr habt Phantasie und Mut und steht auf eigenen Beinen. Nun nehmt mich, wie ich bin. Ich will doch gar nichts von euch. Hier, meine Hände sind waffenlos. Laßt mich in eurer Runde sitzen. Ich sing euch ein paar Lieder. Nein?

Ich kann auch anders, ihr begrifflosen Kacker. Ihr Do-it-yourself-Erprober, ihr Ab-ins-Ghetto-Vorleber für kommende Zeiten ohne Arbeit und Stütze. Ihr nützlichen Idioten, die man den No-Future-Tango tanzen läßt zum Klirren Allianz-versicherter Scheiben in einer Choreographie, in der die Plastik-Bullen den Knüppelchor spielen müssen. Ihr ... Ach was. Ich bin eifersüchtig auf euch. Auf eure Street-Fighting-Power und eure Lässigkeit und weil ich alt geworden bin.

Nichts davon habe ich gesagt. Aber sie haben gemerkt, wie ich die Schlafsäcke auf den Matratzen, die Schutzhelme auf Boden und Borden, die Sprüche an den Wänden, das alte A im Kreis auf der Türe mit den Augen verschlungen und den Dunst, gemischt aus kaltem Tabak und Shit und dem stehengebliebenen Atem aus viel zu langen Nächten, eingesogen habe, so daß wir noch lange, und ein paar sogar bis zum Morgengrauen, geredet und gestritten haben, ehe wir in die Schlafsäcke krochen. Paul Potthoff, der bis zuletzt wach blieb, schlief als einziger in einem Bett. Er kennt alle meine Lieder und hat ein paar davon gesungen, auf seinem Bandonion dazu gespielt.

Ein Schatz, unser Onkel Päule, hat Bruni die Rothaarige gesagt, und jetzt nimmt er mir auch nicht mehr den Hammer aus der Hand, wenn ich einen Nagel in die Wand schlagen will. Der hat hier sein Zuhause gefunden.

15

Wir haben uns nicht die Hand gegeben, als wir uns nach der Tournee trennten. Ich mach's nicht mehr, habe ich zu Piet Atten gesagt, such dir einen anderen.

Ich bin am Bahnhof ausgestiegen und mit dem Zug nach Hause gefahren.

Eine Woche später wurde Rosa geboren, im Anna-Hospital, ohne Komplikationen, sie boten mir die Stelle in der Fahrzeugwartung der Müller-Balzenbeck an, obwohl sie am selben Tag 120 Leute aus der Faßabteilung entließen, und dann bekamen wir die Wohnung hier, im sechsten Stock von Nr. 9 im Wohnblock Süd – ohne Abstandssumme und Mietvorauszahlung, Schlag auf Schlag, als ob alles nur auf meine Trennung von Piet Atten gewartet hätte.

Ich habe Piet erst wiedergesehen, als er mit Piotrowsky in der Schnupftabaksmühle auftrat. Was da passiert ist, brachte den Stimmungsumschwung in der Stadt.

Bis dahin hatten viele mit den Besetzern der Schnupftabaksmühle sympathisiert. Der *Generalanzeiger* hatte zwar *die verantwortlichen Stellen* aufgefordert, endlich mit der Räumung zu beginnen, die Besetzer als *Chaoten, ferngesteuerte Elemente* beschimpft, die letztlich das Geschäft Moskaus betrieben, was man schon daran sehe, wie die fünfte Kolonne ihnen Schützenhilfe leiste und so weiter. Als man aber merkte, daß so was nicht ankam, hielten die sich zurück. Nur der Redakteur Talhoff, ein Giftzwerg, versuchte immer wieder in seinen Kolumnen die allgemeine Stimmung umzudrehen. *Die verantwortlichen Stellen* hatten schon früh – nämlich vor der Landtagswahl – die allgemeine Stimmung richtig eingeschätzt und sich bereit erklärt, *eine angemessene Lösung anzusteuern, die einerseits dem in breiten Teilen der Bevölkerung bestehenden Wunsch auf Erhalt des altbergisch-märkischen Schiefergebäudes, genannt Schnupftabaksmühle, andererseits dem dringenden Wohnraumbedarf sowie den Eigentumsverhältnissen Rechnung trägt.* Die Notiz des Stadtdirektors an das Bauamt, wonach *die Abrißgenehmigung sofort zu erteilen und nach Erteilung auf einen möglichst schnellen Vollzug hinzuwirken ist – möglichst vorher schon Herausnahme der Versorgungsleitungen wegen Gefahr von Hausbesetzungen –*, die Elke Trever gefunden und in unserer Stadtzeitung veröffentlicht hatte, wurde als *rein vorläufige, längst überholte Anregung* abgetan.

Reine Hinhalte-Taktik ist das. Man will Ruhe haben während und zwischen den Wahlen. Nach der Bundestagswahl werden sie zuschlagen, sagte Elke Trever. Sie wisse genau, daß die STASAG nicht auf den Abbruch der Schnupftabaksmühle verzichte. Die warten bloß den fünften Oktober, den Wahltag, ab. Wir müssen bis dahin eine breite Front geschaffen haben, die ganz massiv auftritt, aber friedlich. Wenn nicht, kippt die Stimmung bei den Leuten hier in der Stadt um. So diskutierte sie mit dem Besetzerrat, vor allem mit Bruni, die das anders einschätzte.

Im Laufe des Sommers hatten sich noch mehr junge Leute den Besetzern in der Schnupftabaksmühle angeschlossen, wohnten dort. Einige zogen wieder ab, andere kamen dazu, und zum Ende des Sommers wohnten zwischen fünfunddreißig und vierzig Leute ständig in dem Haus, unter ihnen Paul Potthoff. Der hatte auf dem Dachboden einen Schlag gebaut und seine Tauben mitgebracht, und das bedeutete für ihn: Hier bin ich, hier bleibe ich, und das ist mein Zuhause. Sie nannten ihn alle Onkel Päule, und er hatte unter ihnen hier und da sogar das Sagen, nicht nur wenn es um Handwerkliches ging. Ich habe mitgekriegt, wie er einen Krach ausgebügelt hat. Es ging darum, ob das Geld, das die Malerkolonne mit Tapezierarbeiten in der Stadt verdiente, in die Gemeinschaftskasse gelegt werden sollte oder ob sie, die Maler, einen Teil vorab für sich behalten dürften. Nachdem sie sich angeschrien hatten, zu keiner Lösung gekommen waren, fragten sie Paul Potthoff, und der sagte: Zehn Prozent sollen sie behalten.

Das wurde akzeptiert, ohne Widerrede.

Manchmal kamen Nachbarn in die Schnupftabaksmühle, ängstlich, aber neugierig, brachten Obst und Kuchen, begutachteten die Renovierungsarbeiten. Die meisten Räume waren frisch gestrichen, an einige Wände Bäume und bunte Landschaften gemalt. Wie'n Märchenpalast, sagte Heini Spormann, der oft in die Schnupftabaksmühle ging und den sie alle mochten. Auch außen war einiges gemacht worden: Regenrinnen repariert, das morsche Holz bearbeitet, Schieferplatten neu eingesetzt. Die Fensterläden und Türrahmen hatten sie sogar angestrichen. Unten die Einfahrt, wo früher die Lastwagen ab- und aufgeladen wurden, war zum Theatersaal geworden. Sie nannten es *Kommunikationszentrum*. Ich und ein paar andere von uns hatten nach Feierabend dabei mitgeholfen, das Gerümpel hinauszuschaffen und abzufahren. Wir hatten die Wände gekalkt, die kleine Bühne durch eine große ersetzt und die umlaufende Empore in halber Höhe der Halle gezimmert.

Sie veranstalteten in dem Saal bunte Abende. Lieder wurden gesungen – einmal kam Bultmann, sang und erzählte von Hausbesetzungen in anderen Städten. Jupi führte seine Clownstückchen vor, man reichte *Energiebällchen*, Gebäck, das sie aus biologisch gedüngtem Zeugs backten. Die ganze Gruppe, Gesichter bemalt und in bunten Kleidern, spielte Szenen, mit denen sie die Besucher informieren wollten über das, was sie vorhatten, jetzt und in Zukunft. Meist waren es nur junge Leute, die zu den Veranstaltungen kamen. Die Bürger der Stadt hielten sich zurück. Man wartete ab. Die Verwaltung unternahm nichts. Manchmal standen zwei Streifenpolizisten auf dem gegenüberliegenden Bürgersteig. Das war alles. Später, während der heißen Phase des Wahlkampfes, wurden die Posten verstärkt.

Die heiße Phase des Wahlkampfes begann im September. Wir klebten wieder Plakate, organisierten Versammlungen, Diskussionen am Zeitungsstand, auf der Straße und so weiter. Man war ja noch trainiert von den Landtagswahlen im Frühjahr. Sie hatte uns weniger Stimmen gebracht, als erwartet. Wir wollten aufholen, hatten nicht viel Hoffnung. Der Sog der Anti-Strauß-Bewegung würde an uns vorbeigehen, ahnten wir. Ist doch immer so, sagte Willy Weyrauch, wir bringen die Sache in Schwung, gehen voll rein, und die anderen sahnen dann ab.

Trotzdem, wir rackerten mal wieder rund um die Uhr. Ich machte mit. Dolo war nicht zu überreden. Sie trennte sich keinen Augenblick von der Kleinen, wollte sie auch nicht für eine Stunde Conny oder ihren Verwandten auf Ronsdorfs Anwesen in Obhut geben.

Auf Piets Wahleinsatz für Piotrowsky kam immer wieder die Rede. Du bist doch nun jahrelang an ihm drangewesen, wie kann denn so was passieren, fragte Willy Weyrauch – ausgerechnet der, mit seinen Träumen vom Duft der großen weiten Welt. Die anderen meinten dasselbe, drückten es aber nicht so aus.

Jammerschade so was, sagte Conny, die eine Wahlveranstaltung Piotrowskys im Nachbarort besucht hatte. Niemand würde sich die Laberei von diesem Pitskonowitch anhören, sagte sie, die kommen alle wegen Piet Atten, und der singt so schön wie eh und je. Und wenn du mich fragst, die Lieder stehen absolut im Widerspruch zu dem, was dieser Piotrowitzky den Leuten vormacht.

Wir saßen in unserem Parteibüro nachts, müde, abgekämpft, tranken Kaffee, berieten unsere nächsten Veranstaltungen, sprachen über die anderen Parteien. Der Atten hilft den Blauen, die endlich aus dem Landtag heraus sind, wieder nach oben, sagte Elke Trever, beschissen ist so was. Ob es denn keine Möglichkeit gäbe, Piet wieder herumzukriegen. Das würde uns nützen. Damals waren die Buden voll bei uns, wenn er sang, und das hat uns sicher auch was gebracht, sagte jemand, Manne, was meinst du?

Ich sagte, nein, hat keinen Zweck.

Sie kamen während der Informationswoche – Piotrowskys Mannschaft und *ihr musikalischer Gast*, wie Piet Atten angekündigt wurde.

In dieser Informationswoche, die die Besetzer in der Schnupftabaksmühle veranstalteten, sollte mit Parteienvertretern, vor allem den Wahlkandidaten, und mit Bürgern der Stadt über Sinn und Zweck der Besetzung diskutiert werden. Man hatte Einladungsbriefe in die Briefkästen gesteckt, auch alle Parteien angeschrieben. Außer uns und den Grünen hatte aber nur das Piotrowsky-Lager reagiert. Die anderen Parteien weigerten sich, *mit Rechtsbrechern – so verständlich ihre Motive sein mögen – in den rechtswidrig besetzten Räumen zusammenzutreffen.* So kamen auch zu unserer Veranstaltung im Kommunikationszentrum der Schnupftabaksmühle außer ein paar Jusos und den Grünen keine Leute von den anderen Parteien, und natürlich fehlten auch Presse, Funk und Fernsehen. Die waren aber da an dem Abend, als Piotrowsky und Piet Atten in der Schnupftabaksmühle auftraten.

Als ich ankam, lief die Veranstaltung schon. Es war proppenvoll, und ich wäre nicht mehr reingekommen, hätte ich den Ort nicht genau gekannt. Ich kletterte an der Hinterseite auf den Geschirrschuppen, erreichte von da ein Fenster, das ich eindrücken konnte, kam durch die Wohnräume, von da auf die Empore, die wir umlaufend auf halber Höhe des Kommunikationszentrums gezimmert hatten.

Es war schon ganz schön was los. Die Bühne – mitten im Saal – glich einem Boxring. Auf den Stühlen drumherum hatten nur wenige Platz. Die meisten standen dahinter bis an die Wände: gemischtes Publikum, fast soviel Alte wie Junge; im Gewühl zwei Fernsehkameras, auf die Bühne gerichtet; zwischen den Leuten und über ihren Köpfen Tabaksqualm; allein auf der Bühne – Piet; er hatte gerade seinen Song vom *Haus mit Goldschnitt in der Mittelklassenkolonie* beendet, klimperte ein paar Takte nach, den Refrain auf die Melodie von *Kein Schöner Land in dieser Zeit* …

Das Publikum unten klatschte mäßig, aber oben bei uns auf der Empore, wo die Besetzer standen und eine Menge anderer junger Leute, tobte man in gespielter Begeisterung. Du bist der Größte! riefen sie, geil, geil, geil und ähnliches und warfen Konfetti und Klopapier an Rollen auf die Bühne und ins Publikum. Die Leute unten reckten die Hälse. Auch Piet schaute herauf, winkte mit beiden Händen, lachte verkrampft. Das kenne ich an ihm.

Ich weiß nicht, ob er mich gesehen hat. Er war übersät mit

buntem Konfetti, und als er von der Bühne kletterte, um auf einem freien Stuhl gleich an der Bühne Platz zu nehmen, traf ihn eine Klosettpapierrolle im Genick. Er stolperte etwas, fing sich aber. Alles lachte, auch viele unten im Publikum, als jemand rief: Guckt mal, wie leicht der umfällt.

Ich ahnte, wie tief er getroffen war, kenn ja die Geste, wie er mit der Hand seinen Hals vorne reibt. Piotrowskys Assistent, Ludwig, den ich von Kreiters Mühle her kannte, saß neben ihm, redete auf ihn ein. Als Piotrowsky dann die Bühne betrat, begannen die Fernsehkameras zu surren, die Fotoapparate zu blitzen. Bruni rief: Wolle mer ne rinlasse? Der Chor der Besetzer auf der Empore antwortete: Jaaaa!!! Bruni rief *Tusch*, und die anderen schmetterten wie eine Faschingskapelle Täta-Tätä-Tätä. Alles lachte, und Piotrowsky lachte am lautesten. Toller Empfang, rief er, das ist ja ein toller Empfang.

Mit diesen Bewegungen – gespreizte Hände drücken immer wieder zwei Luftballons herunter – stellte er Ruhe her. Danke, daß ihr mich eingeladen habt, so selbstverständlich ist das ja nicht, schon gar nicht für unsereinen, einfach hierherzukommen, in ein besetztes Haus. Ob meine Wahlchancen dadurch erhöht werden … so fing er an. Sie, die Profipolitiker, hätten schwere Fehler begangen, einfach an bestimmten Bedürfnissen vorbei Politik gemacht, vor allem an der Jugend vorbei; nicht den Dialog gesucht. Nun stünde er da, und er müsse bekennen: ratlos. Einer, der ein Dach überm Kopf habe, und zudem eine komfortable Fünfzimmerwohnung, sattes Einkommen; könne denn so einer überhaupt …

Geschenkt, rief neben mir Mike dazwischen, diese Einleitung im Bekenner-Sound, geschenkt. Du bist 'ne ehrliche Haut, Vater, jetzt komm aber mal rüber. Das Publikum murrte. Laßt ihn doch reden, riefen sie von unten herauf.

Piotrowsky brachte es aus dem Konzept. Er breitete die Arme aus. Also, sagte er, wissen Sie …

Können Sie garantieren, daß uns das Haus bleibt, fragte Malte, haben Sie mal mit den Typen von der STASAG gesprochen, mit den Abräumern in der Stadtverwaltung? Wissen Sie überhaupt, was da wirklich abläuft?

Jawohl, er habe sich erkundigt, sagte Piotrowsky, und er habe erfahren, auch die machten sich dort Gedanken ... dieses Problem ist ja nicht an den Ort gebunden ... die Disparitäten ... hier leerstehender Raum, dort Wohnungssuchende ... hier wirkliche Not, dort die riesigen anonymen Grundstücksfirmen ...und so weiter.

Er redete und redete, und ich beobachtete, wie sein Assistent Ludwig nervös auf dem Stuhl herumrutschte.

Talhoff – er saß in der zweiten Stuhlreihe – sprang auf, rief dazwischen: Klipp und klar, Herr Piotrowsky, halten Sie die Besetzung des Hauses durch die Leute hier für rechtmäßig – für vertretbar – ja oder nein?

Einige klatschten.

Selbstverständlich ist das nicht rechtmäßig, sagte Piotrowsky – und in das anschwellende Buhen rief er: Nicht rechtmäßig im landläufigen Sinne. Aber darum geht es doch jetzt nicht. Wir müssen lernen, den jungen Leuten zuzuhören. Was wollen die denn ...

Eine Frage, rief jemand dazwischen. Eine Frage!

Es war Tom Strathmann. Piotrowskys Assistent Ludwig sprang auf, rief: Diskussion ist anschließend. Bitte lassen Sie den Herrn Staatssekretär erst einmal ausreden.

Damit war niemand einverstanden, und der geschickte Piotrowsky ging auch gleich darauf ein, sagte: Warum nicht, bitte, fragen Sie – und Tom Strathmann fragte, ob er – Piotrowsky – den Unterschied akzeptiere, zwischen legal und legitim? Also formal rechtmäßig und trotzdem Unrecht? Beispiel: Nürnberger Rassengesetze der Nazis – legal, doch Unrecht. Ob er eine Eigentumsordnung Recht nennen könne, die sogenannten Sanierungsfirmen wie der STASAG erlaube, für Spottgelder Altbauten aufzukaufen, um sie zu zerstören und Luxuswohnungen zu bauen, die keiner bezahlen könne? Oder Unrecht mit dem Recht auf Widerstand?

Klatschen, vor allem auf der Empore.

Talhoffs: *Hört, Hört, Systemveränderung! Da ist es heraus* – wurde verlacht. Piotrowsky schien zu überlegen.

Na, was denn nun, rief jemand, Herr Generalsekretär?

Piotrowsky schwieg noch ein paar Sekunden, lachte dann, sagte: Also, wißt ihr ... eigentlich habe ich keinen Bock darauf, hier spitzfindige Rechtsfragen auszuklamüsern, find ich beknackt, ehrlich beknackt, und ich bin gekommen, um zu lernen, und ich find es echt Spitze, daß man so offen ... auf diese Tour und immer lauter, weil das Buh-Rufen von der Empore immer lauter wurde, in Lachen und Brüllen überging.

Piet kam wieder auf die Bühne, griff in die Saiten. Man hörte aber nichts von ihm, so laut wurde der Lärm. Hau ab, schrie jemand, wir wollen den Eugen hören.

Rhythmisches Klatschen, in das auch die meisten unter uns einfielen.

Der Chor auf der Empore skandierte: Eu-gen-Eu-gen-Eugen. Man warf wieder Konfetti und Klopapier. Piet war schon wieder von der Bühne, als die Farbeier flogen. Einige zerplatzten auf der Bühne, aber zwei gingen voll auf Piotrowsky.

Ich glaube den Besetzern, die schwören, daß es keiner von ihnen gewesen ist. Während ihrer *Vollversammlung* am nächsten Tag ist es fast zu einer Schlägerei gekommen, weil einige die Farbeierschmeißerei für richtig hielten, und Bruni es bedauerte, daß nicht sie es getan hätten, wie sie vorgeschlagen habe. Aber sie sei ja mal wieder überstimmt worden. Ulla, Heidi und Juppi behaupteten, sie hätten zwei Männer beobachtet, die seien immer zusammen geblieben; einer hätte eine Plastiktüte in der Hand gehalten, auf der Empore hätten sie sich herumgedrückt, und dann seien sie hinten am Aufgang zu den oberen Lagerräumen verschwunden.

Im oberen Lagerraum gibt es zwei Luken oberhalb der Empore, fast unterm Dach, und dahin hatte natürlich niemand geschaut, als die Farbeier auf der Bühne und auf Piotrowsky zerplatzten, und das Kommunikationszentrum zum *Hexenkessel wurde*, wie der *Generalanzeiger* schrieb. Paul Potthoff hat die Farbeier jedenfalls nicht geschmissen, wie Elke Trever gleich fürchtete. Ich habe ihn während der ganzen Zeit im Auge behalten. Er stand mir direkt gegenüber auf der anderen Seite der Empore. Ich hatte später kurz Herbert Ronsdorf, den Chef, in Verdacht, weil der ganz gegen seine Art von *diesen Chaoten* sprach, die alles kaputtmachten. Aber Ronsdorf hatte unten gesessen, neben den Spormanns.

Anderntags brachte dpa das Foto: Piotrowsky auf der Bühne, Arme ausgebreitet, bekleckert im Gesicht und auf dem Jackett. Im Vordergrund zwischen gereckten Köpfen erkennbar zwei gereckte Fäuste. Unterschrift:

Eugen Piotrowsky im Wahlkampf. Versuch eines Dialogs mit Hausbesetzern.

In der Tagesschau dann das Ganze in Ton und Farbe: Piotrowsky redet. Man versteht nichts im Pfeifen und Lachen und Buhen. Schwenk über die Köpfe auf die Empore: Man sieht die Besetzer, die Konfetti und Klopapier werfen, in Großaufnahme die rothaarige Bruni auf zwei Fingern pfeifend, und dann wieder Piotrowsky, der sagt: Wir wollen euch zuhören. Und in die letzte Silbe hinein klatscht ihm ein Farbei an den Hals, rotgelb verschmiert das Hemd. Spritzer im Gesicht, auf der Brille. Er breitet die Arme aus, schüttelt den Kopf. Haar und Stirn sind grün – so steht er da im Gelächter und Pfeifkonzert. Schnitt – und sauber gewaschen sagt er in die Kamera: Ich habe es jedenfalls versucht, vielleicht ist es zwecklos, aber wir dürfen nicht lockerlassen. Wenn es uns gelingt, die Chaoten und ferngesteuerten Elemente unter ihnen ... und so weiter. Im anschließenden Kommentar wird er gelobt: Einer, der es gewagt hat, andere reden nur ... hat an Statur gewonnen ...

Was wollte er mehr, der Piotrowsky. Aber Piet Atten wurde nirgendwo erwähnt.

Wie schon gesagt, von da ab ist es aus gewesen mit der Sympathie. Flugblätter, auf denen die Besetzer ihre Friedfertigkeit beteuerten, Provokateure verantwortlich machten für die Farbeierschmeißerei, zerrissen die Leute, schrien die Verteiler an. Bruni wurde zusammengeschlagen.

Das Schlimmste an der Sache, schrieb der *Generalanzeiger, eine ganze Stadt wurde in Verruf gebracht.*

Als eigentliche Drahtzieher wurden wir hingestellt:

Wer wundert sich noch? Das mußte doch so kommen. Kaum sitzen sie im Stadtparlament – schon geht der Krawall los. Wer hat denn die internen Beratungen im Bauausschuß nach draußen getragen? Nur für den internen Gebrauch bestimmte Dokumente entwendet und an die Öffentlichkeit gegeben und damit Verwirrung gestiftet? Kurz darauf brachen die Chaoten in die Schnupftabaksmühle ein. Ist das keine Anzettelung? Mindestens?

Elke Trever machte sich Sorgen wegen Paul Potthoff. Sie hat mit mir darüber geredet. Wenn es jetzt losgeht – die Räumung, damit müssen wir rechnen, und Onkel Päule ist mittendrin … wenn ich den doch bloß da rauskriegen könnte, sagte sie, du kennst ihn ja, Manne, er war immer ein Querkopf, scherte immer aus, wenn ihm mal was nicht paßte, und ihm paßte ja das meiste nicht. Ob ich mich noch erinnere, wie er allein mit einem Pappschild vorm Haupttor des Eisenwerks gehockt hat: Achtung! Sie verlassen den demokratischen Sektor. Wie sie ihn dann doch wiedereinstellen mußten, nach langen Verhandlungen, die Spormanns führten! Seine Telegramme an den Bundespräsidenten, Honecker, die UNO und den Papst? Oder sein Projekt *Atombunker in der Erlenhöhle?* Sie, Elke, habe geglaubt, gerade diese Querköppigkeit würde ihm geholfen haben, mit der Entlassung aus dem Werk vor vier Jahren fertig zu werden. Zu Anfang habe er auch noch Pläne gehabt. Die Klempnerwerkstatt aufmachen, wie er immer wollte, und für den Verein arbeiten. In den Vorstand wollte er – aber die haben ihn nicht gewählt. Und was hat Onkel Päule für TUS 98 getan in seinem Leben! Im ersten Jahr nach der Entlassung aus dem Werk hat er jeden Tag nach Schichtschluß bei Paula Wildförster gesessen, die Kneipe am Haupttor, und die Leute verlacht oder beschimpft: Proleten wollt ihr sein! Sattgewordene, fiese kleine Spießer seid ihr, die bloß mit Puschen vor dem Fernseher sitzen wollen, Pülleken Bier in der Hand und die Mutti in Reichweite. Dann fing Päule an, die Zeitungen mit Leserbriefen zu bombardieren gegen Müller-Balzenbeck, dem er Erpressung, Raub und Mord an Zwangsarbeitern im letzten Krieg vorwarf. Dann gründete er die *Gruppe Graue Panther*, machte mit den Alten Bambule im Seniorenwohnheim. Dann trat er mit dem Trecksack in Kneipen auf, sang Lieder, die alten Arbeiterlieder und Selbstgemachtes und Lieder von Piet Atten. Also, ich hoffe bloß … Wenn Onkel

Päule bei der Räumung oder hinterher was anstellt, dann geht das nämlich voll gegen uns ...

Das hat sie mir alles an einem hellen Sommerabend erzählt. Wir fuhren in Elkes Wagen. Sie wollte mich nach Hause bringen, sah mich, auch als sie zu reden aufgehört hatte, immer wieder von der Seite her an. Ich säh ja geil aus, sagte sie, wie einer vom Besetzerrat.

Ich hatte an dem Nachmittag zusammen mit Spätzel und Gerhard Niehus ein abgesacktes Abwasserrohr an der Schnupftabaksmühle ausgegraben und ein neues eingesetzt – eine säuische Arbeit. Bis wir die Schadstelle gefunden hatten! Und dann knietief in der Jauche stehen, mit den Händen das Rohrstück rausfummeln, die Scheiße mit Eimern ausschöpfen! Wie die Iltisse haben wir gestunken. Eine Stunde lang war ich unter der Dusche geblieben, hatte mir dann von Spätzel Zeug angezogen, eine türkische Pluderhose und ein weites, indisches Hemd. Elke Trever hatte mich abgeholt.

An Strathmanns Ecke bog sie ab. Ich dachte, sie will bei Erwin Zibulla vorbei, wir trinken in der Kneipe noch einen, und ich hatte nichts dagegen. Aber sie fuhr weiter zum Bahndamm, ins Heckensträßchen, und von dort auf den unteren Bahndammweg, hielt hinter der verfallenen Steinbaracke, schaltete Motor und Licht aus.

Ich hatte nichts dazu gesagt. Sie drehte sich zu mir hin, sah mich an, legte ihre Hand auf meinen Schoß. Ich war sofort scharf. Sie zog an der türkischen Pluderhose, die nur mit einem Gummiband gehalten wurde, und als der Intercity aus Richtung Köln vorbeifegte, saß sie schon auf mir. Ich drückte den Sitz in die Liegestellung. Sie machte es schnell und heftig, und ich brauchte mich kaum zu bewegen, aber beim zweitenmal war ich der Aktivere. Hinterher lagen wir eng nebeneinander und küßten uns. Als der Nahverkehrszug anzuckelte, saßen wir aber schon wieder aufrecht. Sie ließ den Motor an, lachte und sagte: Das war wirklich nötig. Sonst wär mir mein Kopf geplatzt.

Wir sind dann noch in die Kneipe von Erwin Zibulla gefahren, wo sie über meinen Aufzug lachten. Elke und ich haben da aber nicht zusammen gesessen, und ich bin vor Mitternacht zu Fuß nach Hause gegangen, allein.

Wir haben später nie mehr darüber geredet, und bis jetzt hat sich auch nichts wiederholt zwischen uns. Paar Tage darauf, als wir alle zusammen saßen, hat sich Elke neben Dolo gesetzt, sie umarmt und geküßt. Die beiden haben gelacht und geflüstert – was, weiß ich nicht. Dolo hat mir nichts gesagt, und wenn sie was wußte oder ahnte, so hat sie es mich jedenfalls nicht merken lassen. Wir waren im übrigen ja auch damit beschäftigt, als Familie zu leben, und das ließ sich ganz gut an.

16

Mitgegangen, Mitgefangen, Mitgehangen – solche altdeutschen Blödelsprüche ließ Assistent Ludwig ab, als ich tobte nach dem Auftritt in der Schnupftabaksmühle, ihm ins Gesicht schrie, daß die Farbeierschmeißerei abgekartetes Spiel gewesen sei, von ihm und Piotrowsky initiiert. Auf die Sache selbst ist Ludwig nicht eingegangen, was immer er dazu erklären würde, ich würde ihm ja doch nicht glauben, ich hielte ihn vermutlich für einen machiavellistischen Hinterfotz – also Piet, Ihre Unschuld müssen Sie sich schon anders besorgen. Ich kann Ihnen da nicht helfen. Fragen Sie den Eugen, dem vertrauen Sie doch, oder?

Piotrowsky war betroffen. Daß ich ihm so etwas überhaupt zutraue. Und als ich mich nicht beruhigen wollte: Piet, Sie sind nicht unbeleckt, wissen, was gespielt wird. Aber sagen Sie, haben wir denn das nötig? Und es wäre doch auch viel zu gefährlich, Leute anzuheuern, mich mit Farbeiern zu bewerfen. Solche Typen quatschen doch. Nein – so was geht zu leicht nach hinten los. So arbeiten wir nicht. Glauben Sie mir, die Besetzer haben mit Farbeiern geworfen.

Ob ich ihm geglaubt habe? Ich weiß es nicht. Natürlich hätte ich aussteigen können. Eine Geldfrage war es nicht. Mein Honorar, die zweitausend Mark pro Auftritt, wurden nach der Veranstaltung auf die Hand gezahlt, und auf die paar noch ausstehenden Gigs hätte ich verzichten können. Vielleicht habe ich mir überlegt: Wenn du jetzt nicht weiter mitmachst, wenn du aussteigst, möglicherweise eine öffentliche Erklärung abzugeben hast, in der du dich distanzierst vom Piotrowsky-Lager, dann gilt das als Verrat. Die rächen sich, und dann hat dir die ganze Anschmeißerei an Piotrowsky weniger als nichts eingebracht.

Auch Manne Kröger muß solche Motive akzeptieren. Der weiß, was passiert, wenn man vorzeitig abbricht.

Ich habe dich gesehen, Manne, wie du da oben gestanden und gegrinst hast, als sie mich mit Konfetti und Klopapier beworfen und mich auf diese alberne Art hochgebrüllt haben. Ihr habt mich gelinkt. Wer hat sie denn gegen mich aufgehetzt, daß sie mich verhöhnten, wie ich da unten auf dem Podium stand und sang? Die haben mich doch gemocht, Bruni, Paul Potthoff und die anderen, damals in der Nacht, als ich sie in der Schnupftabaksmühle besucht habe. Das wirst du mir erklären müssen! Und auch die Sache mit Paul Potthoff. Der ist doch einer von euch! Steigt der – vorsichtig formuliert – *ohne euer Wissen* auf das Dach der Schnupftabaksmühle und zieht da seine Show ab?

Ich jedenfalls habe vorher nichts davon gewußt. Als der Anruf kam, im *Westfälischen Hof*, bin ich überrascht gewesen – anders als Ludwig: Na also, wer sagt's denn! Nichts wie hin – hat der genuschelt.

Ich war am Morgen aus Bergholzhausen gekommen, wo ich bei Cousine Grete genächtigt hatte, und von wo aus ich nach Brodenscheid gefahren war, um da in alten Kirchenbüchern nach dem Jagdaufseher Fernand Attendorp zu suchen.

Unsereiner glaubt's ja nicht, oder will es nicht wahrhaben, daß es so was noch gibt wie Cousine Grete, geborene Attendorp, und Ehemann Werner und ihre fünf Kinder; eine Teilmenge der schweigenden Mehrheit. Und daß man, ehrlich perplex vor soviel Zufriedenheit, ins Grübeln gerät über die Kategorien von Glück und Verzweiflung, wie unser Berthold, der Schautafelmaler, auf Kreiters Mühle. Dabei bin ich überhaupt nicht anfällig für so was: Alte, große Küche mit Töpfen und Pfannen an Haken über dem Herd. Rund um den runden Tisch im Eck: Werner der Vater und Grete die Mutter, Katja das Kleinste im Stühlchen, und Monika füttert sie, Gertrud daneben, mit ihrer Zahnspange, Klaus und Johannes die Söhne, dem Vater aus dem Gesicht geschnitten. Der Vater – ich schwöre es – schneidet das Brot vor der Brust, Schnitte für Schnitte, unterm Kruzifix, hinter dem das Myrtensträußchen von Gertruds erster heiliger Kommunion steckt. Sich vorzustellen, daß die Guerilleros von der RAF mit in dieser Runde an diesem runden Tisch gesessen haben! Auf meinen Tip hin. Natürlich hab ich deswegen immer noch ein schlechtes Gewissen.

Ein Wetter war das, am Weißen Sonntag, erzählt die Cousine Grete, man hat den Herrgott lächeln gesehen. Wir konnten draußen sitzen, Peter, du hättest dabeisein sollen. Hast du die Einladung nicht bekommen? Gertrud kennt alle deine Lieder auswendig. Ist ja so stolz auf ihren Onkel. Obwohl – na, Peter –, du weißt ja, wir sind da manchmal anderer Meinung als du, nicht, Werner?

Warum sage ich darauf: Weißer Sonntag! Da schüttelt's mich aber, wie an Eisheiligen. Und die weißen Kleider der Kinder in El Salvador sind rot vom Blut.

Schnäbbelt da mein schlechtes Gewissen, weil ich ihnen die RAF-Leute ins Haus geschickt hatte? Oder ist es nur mein allgemeiner Hang zur Provokation, hinter dem Seelenhelfer Arnim eine tiefsitzende Harmonie-Sehnsucht vermutet, die ich zu kaschieren versuche durch kokettes Flirten mit dem Disharmonischen?

Nichts habe ich provoziert. Grete und Werner schüttelten nicht mal die Köpfe, und die Kinder, auf deren geheime Zustimmung ich vertraut hatte, blickten nach wie vor stumm auf dem ganzen Tisch herum. Selbst das Zahnklammer-Blecken verschwand nicht vollständig aus Gertruds Platzbuttergesicht. Beim Dankgebet habe ich dann die Hände vor der Brust übereinandergelegt, den Kopf aber nicht gesenkt – ganz liberaler Atheist, der das Humane im Glauben respektiert.

Machen wir einen Gang in den Berg, hat Werner zu mir gesagt, und wenn wir zurück sind, gibt's Kaffee und Kuchen.

Abschiedskuß. Lodenjoppe über. Ich bekam Kleppermantel und Regenkapuze.

Stumm stieg er vor mir her, der große Mann, kein Gramm

zuviel, den Rücken leicht gebeugt, den grünen Filzhut ins Gesicht gedrückt. Eigentlich müßte er Förster sein oder wenigstens Landvermesser; ist aber auf dem Bauamt beschäftigt in Brodenscheid, hat sich den Tag freigenommen.

Der Regen fegte mir ins Gesicht.

Das Attendorpsche Haus, in dem mein Vater aufwuchs, lehnt direkt am Berg. Die rückwärtige Wand im Keller ist nacktes Felsgestein.

Heute ist es nicht mehr das grau-graue Vaterhaus aus Granit, wie ich singe. Sie haben umgebaut, vorgebaut, angebaut, alles mit hellgrauen Eternit-Platten beschlagen. So häßlich ist die Hütte heute wie die meisten kunststoffverschönerten Häuser unten im Dorf. Aber früher habe ich wirklich vor Angst geschwitzt, nachts in diesem Granit-Gehäuse, das einem die Luft abschnürte, wenn die Nachtvögel im Berg schrien, die Mäuse pfiffen und im Stall die beiden Krummhornschafe blökten, der Mond die Wolken jagte und der böse Wolf am Fenster kratzte, die Großmutter nebenan schnarchte, zu der ich kroch, sie weckte, damit sie mir vornuschelte: *Es chibt doch keinen böschen Wolfff, du Duschel, bei unsch im Schauerland.* Und keine Räuber, die ich zwischen Büschen im Berg am Tag gesehen hatte, Beile geschultert, Federn am Hut, zahnlückig und ärger lachend als der schwarze Mann, der in unserer Wohnung in der Stadt aufgetaucht war in GI-Uniform. Wann würden sie kommen, um Oma und mich zu erschlagen?

Räuberhaus soll ich damals geschluchzt haben, erzählt meine Mutter – *Läuberlausch*, zitiert sie natürlich genüßlich den Fünfjährigen, der bis zu seinem siebten Lebensjahr noch nuschelte und lispelte und stotterte – Folge von fürchterlichen Bombennächten – nie wieder hätte ich zurückgewollt zur Oma ins *Läuberlausch*. Peterle, du warst ein Angsthase. Und bist es eigentlich auch heute noch.

Läuberlausch habe ich gesagt, als mich die RAF-Leute nach einem Ort fragten, wo man sicher abtauchen könnte. Und meine Knie haben dazu gezittert, weiß ich noch, in der leeren Wohnung, in der eine ausgehängte Tür auf Malerböcken der Tisch war, auf dem die Baretta lag, mit der der Chef auf mich gezielt hatte, beim Einlaß auf das Klopfzeichen meines Begleiters hin, der mich nach dem Konzert aus der Garderobe geholt und im Porsche gefahren, nach drei Stationen U-Bahn mich am Arm durch Nebenstraßen geführt, auch im Aufzug des Hochhauses meine Hand nicht losgelassen und mich im obersten Stock an die Frau abgegeben hatte und an den mit der Baretta auf mich zielenden Chef.

Auch der Kaffeebecher zwischen meinen Händen hat gezittert, wie ich das Räuberhaus am Berg beschrieb, mit seinen Fluchtmöglichkeiten aus dem Keller in den Berg und über den Berg ins Weite, Grete und Werner als mir ergebene Blutsverwandte und Fans darstellte, ihnen Sympathie für die *Antiimperialistische Front in den Zentren des Imperialismus* andichtete und die Kinder verschwieg.

Später – nachdem sie nur eine Nacht im grau-grauen Vaterhaus aus Granit zugebracht hatten – hat mir die Frau gesagt: Einem anderen als dir hätten wir das nicht durchgehen lassen.

Werner und ich haben beim Steigen am Berg nicht geredet. Er stieg vor mir her, schnell, ich kam außer Atem. Erst in der Fichtenschonung, die uns harzig, naß und stachelig umfing, blieb er stehen, drehte sich zu mir, wollte was sagen, stapfte dann weiter und wieder abwärts; aber auf der Lichtung, von der aus man ins Tal sehen und hinter dem Regenschleier die Häuser ahnen konnte, hielt er an, wartete auf mich, sagte: Sie haben mich zweimal verhört. Es ging um den roten Gummihandschuh für die rechte Hand mit der Aufschrift *Medium*, Größe siebeneinhalb bis acht. Den linken hatte die Frau dabei, als man sie schnappte. Ich habe erklärt: Wir waren ahnungslos. Die sind nachts gekommen, und nach drei Stunden wieder verschwunden. Warum und wohin, das wissen wir nicht. Und warum ausgerechnet bei euch? Hat der Liedermacher damit zu tun? wollten sie wissen. Nein, habe ich gesagt, weiß ich jedenfalls nicht. Sie wollten mich rausschmeißen aus dem Bauamt, noch voriges Jahr. Der Bischof hat sich aber für mich eingesetzt. Ich bin Tertiarier im Franziskanerorden. Jetzt scheint alles vorbei zu sein, Gras darüber gewachsen, nach fast zehn Jahren. Aber die Angst in all den Jahren – Peter, was du uns da eingebrockt hast!

Was sollte ich dazu sagen? Ich log, nicht die geringste Ahnung von allem hätte ich gehabt, möglicherweise einmal irgendwo vom Vaterhaus am Berg im wilden Sauerland hätte ich erzählt, vom *Läuberlausch*, was einer gehört haben müßte, der mit der Guerilla in Verbindung gestanden habe und so weiter. Oder vielleicht hätten sie einfach auch nur aus dem Lied vom grau-grauen Vaterhaus aus Granit, der Fluchtburg in bösen Zeiten, Schlußfolgerungen gezogen? Möglich wäre es doch? Oder?

Werner hat mir nicht geglaubt, ist weiter vor mir hergegangen, den Rücken gebeugt. Als wir endlich nebeneinander hergingen, kurz vor dem Haus, hat er gesagt: Ich denke oft an die Frau. Wie sie dagesessen hat. Die herabgezogenen Mundwinkel. Die hat es wirklich ernst gemeint, wie sonst niemand. Mein Gott ...

Und ob sie es ernst gemeint hat, guter Gottesmann Werner. Das hat ja gerade einen Komödianten wie mich so erschreckt.

Der sauerländische Rodon-Kuchen stand auf dem Tisch, natürlich selbstgemacht, sagt Grete, nach Omas Rezept. Und sie sagte nicht, weißt du noch, wie wir in der Ecke hockten, am selben Stück Rodon-Kuchen knabberten, ich deine Handfläche leckte? Da war ich dreizehn und Grete sieben, in dem Sommer, als wir die beiden Krummhornschafe hüteten im Berg, und ich ihr den Schlüpfer auszog und sie, die Arme unterm Kopf verschränkt, in den Himmel sah, die Wolken zählte, lächelte, als ich ihr daran spielte und versuchte, den Finger reinzustecken. Den schlug sie mir weg. Aber sie ließ es geschehen im Sommer darauf, da war ich vierzehn und Grete acht, als es regnete und wir unterm Dach auf dem Boden lagen, Regenrauschen um uns und den Geruch von Kamillenblüten, die auf alten Zeitungen trockneten. Ich nehme heute hin und wieder Kamillen-Schauma für die Haarwäsche. Unter der Dusche – im Rauschen und warmen Kamillegeruch – kann man wohl Hand an sich legen, liebe Grete. Sie hat das Attendorp-Haar: leichter Rotstich im Gelockten, Mischung aus Schwarz und Blond, aus der glatten Schwärze des Camisarden Atten d'Orb und der Strohkrause einer westfälischen Stallmagd. Ihre Bernsteinaugen haben noch den Katzenschimmer, obwohl sie kleiner geworden sind im aufgeschwemmten Gesicht. Sie ißt zuviel und trinkt zu gern Kaffee mit süßer Sahne. Ein ganzes Pfund von dieser süßen Sahne stand auf dem Tisch und wurde verputzt. Gertrud leckte die Schüssel leer, und Werner, der nicht mal ein halbes Stückchen Rodon-Kuchen runterkriegte, sah gequält zu. Ich kenne nicht die Regeln für Laien des dritten Ordens der Franziskaner. Naschhaftigkeit wird ihnen aber wohl verboten sein, wie jede Form von Unkeuschheit. Nicht mal Knaus-Ogino dürfen die anwenden, vermute ich. Wächst da wieder ein Kind unterm Herzen, wie es im Katholiken-Jargon der Attendorps heißt, oder ist die dreiunddreißigjährige Grete jetzt immer so dick?

Uns geht es gut, hat sie gesagt und wirklich gestrahlt dazu, und die Kinder haben glücklich gelächelt, und die Katze auf der Bank hat geschnurrt, und Werner hat mich angeschaut – stolz, so muß man das nennen. Ich werde sie eines Tages mit Arnim, dem Seelen-Guru, besuchen, und der wird mir verraten, ob es bei diesem Glück im Räuberhaus mit rechten Dingen zugeht.

Das Bett habe sie mir in der Kammer gemacht, ich wisse ja Bescheid, falls ich spät heimkäme, stünde noch etwas auf dem Tisch, hat Grete mir nachgerufen, als ich nach Brodenscheid losfuhr.

Brodenscheid liegt nicht weiter als zwanzig Kilometer von Bergholzhausen entfernt. Über eine schlecht ausgebaute, kurvenreiche Straße kommt man dahin.

Die Pfarrei in Brodenscheid besitzt Kirchenbücher ab 1785, und darin mußte sich irgendwo eine Personenstandseintragung über Fernand Atten, beziehungsweise Atten d'Orb, beziehungsweise Attendorp finden lassen. In dem *Beitrag zur Siedlungsgeschichte des Sauerlandes: Das achthundertjährige Kirchspiel Asberg und seine Umgebung* hatte ich nämlich gelesen, daß gegen 1825 in Brodenscheid ein Jagdaufseher Atten d'Orp oder Atten vom Dorp mit dem französischen Vornamen *Fernand*, angestellt bei dem Grafen von Brodenscheid, häufig durch *Wirtshaushändel und allerlei groben Unfug* aufgefallen war. Man hatte ihn dort nur *den Franzmann* genannt. Ich bin überzeugt, daß es sich bei diesem Fernand, dem Franzmann, um das missing link zwischen den hugenottischen Attens aus Paderborn und den katholischen Attendorps aus Bergholzhausen handelt.

Ich hatte an die Pfarrei geschrieben, ein Pastor Nußwandt hatte geantwortet, er freue sich auf meinen Besuch, eine Überraschung würde mich erwarten. Ich hatte zurückgefragt: *Heißt er Atten d'Orb, der Fernand?* Er hatte auf eine Ansichtskarte von Brodenscheid getippt: *Nichts wird verraten, Näheres an Ort und Stelle.*

Er öffnete selbst und fiel mir um den Hals. Sag bloß, du erkennst mich nicht!

Warte mal ...

Denk nach. Waldeck. Die frühen sechziger. Na?

Bist du's!

Aber sicher – Zacho!

Der Zacho!

Wie lange ist das her! und so weiter bis ins Eichenmöbelzimmer voller Bücher; Klampfe, Banjo, Balalaika an der Wand neben einem tibetanischen Teppich.

Auf dem arabischen Messingtisch der summende Samowar. Der Tee wird in Gläser gegeben nach russischer Art, Zuckerstücke bricht man ab dazu, taucht sie ein und lutscht sie runter. Wie im Säulenhaus, was? sagt Zacho, daß du da bist, Piet.

Ich erinnere mich nicht an Zacho. Er hat damals die Technik gemacht, sagt er, beim berühmten Konzert auf der Wiese, unterhalb des Säulenhauses, als die Nerother das Kabel durchhackten, gerade als ich mein *Komm mal rüber auf die dunkle Straßenseite, Junge* ... sang. Dieses Waldeck-Konzert ist genauso wichtig für mich gewesen wie das im Marburger Schloßhof, das Kreiter ein Jahr zuvor veranstaltet hatte. WDR und ZDF waren da, und danach bin ich vom Geheimtip zum *King of the Deutsch-Song* hochgejubelt worden. Zweitausend Leute lagerten auf der leicht abfallenden Wiese – wirklich atemlos. Das spürte ich über ihnen auf der kleinen, überdachten Bühne, wo ich stand und sang, ein Bein auf einen Hocker gestellt. *Ich war außer mir.* Ich meine das wirklich. Ich schwebte mit meiner Stimme über den Leuten, und die saugten mich einfach in sich ein. So was passiert ganz selten. Aber der Mond schien über dem Gelände in einer lauen Maiennacht, und als ich auf die Bühne kletterte, schlug eine Nachtigall in den Büschen. Die ließ ich zu Ende singen. Alle hörten zu, wurden still, und in mir hatte sich den Tag über so viel an Lust aufgespeichert, in der Berührung mit den Leuten, die damals alle wie in Trance herumgingen, daß ich nur aufpassen mußte, nicht wegzukippen und zu laut zu schreien. Als dann beim Höhepunkt im letzten Lied *Komm mal rüber auf die dunkle Straßenseite, Junge* ... der Strom wegknackte, die zweitausend seufzten vor dem großen Schrei – da fühlte ich mich wirklich als der *King*.

Pastor Nußwandt, mit Fahrtennamen Zacho, redet und redet und redet beim Tee. Ich will an die Kirchenbücher, hör mal, sage ich ...

Später, sagt er, Junge, später, wir haben Zeit ...

Erst mal müssen wir uns über die Fotoalben hermachen. Hier – auf der großen Wiese – unterhalb des Säulenhauses! Ich glaube, der Reinhard singt da gerade. Siehst du, da hat sie noch die krumme Nase, unsere Katja, und kaum Busen. Hier zwischen den beiden Krohmann-Brüdern. Alles neu heute. Sogar Stücke zwischen den Schultern haben sie ihr rausoperiert. Aber ihre Stimme ist gut. Na ja – für das, was sie singt. Und hier der alte Wuschel. Darüber könnte ich dir Sachen erzählen. Halbe Millionen aus der Parteikasse. Passiert aber nichts, weil er die Frau seines Chefs beschläft. Dabei ist er schwuler als schwul. Gestohlen hat er immer schon. Auf unserer Südfrankreich-Fahrt ... und so weiter.

Zacho ist in diesem Veteranenverein der Waldecker, kennt da jeden und alles und ist tief verwurzelt in dem bündischen Erdreich, gedüngt mit dem Sud aus Männerkumpanei und freiem Phantasieren, Verschwörungssucht, Intrigenclinch und Sangeslust. Als er zur Großfahrt durch Spanien fünfundfünfzig ansetzt, das entsprechende Fotoalbum aufklatscht, sage ich: Später! Erst mal an die Kirchenbücher, jetzt.

Die stehen im Pastorats-Panzerschrank nebenan.

Das Problem sei ihm klargeworden aus meinem Brief, erzählt Zacho, er habe also Leute an die Recherche gesetzt, die hätten die Taufbücher, Copulationsbücher, Beerdigungsbücher rauf und runter durchgecheckt – zunächst keinen Fernand Atten, Atten d'Orb oder Attendorp gefunden. Nichts wie Friedrich August, August Friedrich, Josef Heinrich, Heinrich-Josef. Attendorp auf Attendorp, Kötter allesamt in und um Brodenscheid, nahtlose Linie aus Ehestand-, Tauf- und Beerdigungsregister zusammengestellt in Auszügen hat er mir. Bis zur Taufe deines Vaters, Piet, dem letzten Josef-Heinrich Attendorp zu Bergholzhausen. Es hat Zacho aber nicht ruhen lassen. Er hat noch mal alles durchblättern lassen – und dann – komm mit, ich zeige es dir.

Weißgelber Schweinsledereinband das Taufregister von 1830 bis 1854 mit dem eingestanzten Spruch: *Wisset ihr nicht, daß alle, die wir in Jesum Christum getauft sind, die sind in seinem Tode getauft.* Bräunliche, ausgebleichte Tinte auf den Pergamentblättern. Unter laufender Nummer 85 des Jahres 1831 Eintragung: *April, '27 (Geburt), Mai, 2, (Taufe) von Anna Magdalena des Kötters Friedrich August Attendorp aus Waldscheid-Brodenscheid und der Elisabeth Magdalena geb. Rhene eheliche Tochter.*

Das dritte Kind deines Ururgroßvaters, Piet, aber sieh hier: Drei Gevattern sind eingetragen, und der zweite, da siehst du: *Ferdinand Attendorp.* Womöglich der Bruder oder Vetter des Friedrich August. Wir haben nach ihm in allen Registern gesucht, aber weiter nichts gefunden. Ein Zugänger und Abwanderer also.

Vom Stuhl hat mich das nicht gerissen. Ich suche *Fernand*, keinen *Ferdinand*. Sicher, das Atten steht getrennt vom *dorp*. Aber so haben die Gänsekielschreiber damals geschrieben. Und das p könnte ebensogut ein b sein. Das heißt aber nichts bei der ausgeblichenen Tinte.

Meine Unzufriedenheit ist Zacho aufgefallen. Er kenne ja nicht meine Motive, ob ich konvertieren wolle, deshalb nach hugenottischen Vorfahren suche, oder in Frankreich mich ansässig zu machen gedenke – wie dem auch sei, Piet, ich stelle dir ein Scheinchen aus, danach ist ein Fernand Atten d'Orb, Jagdaufseher des Grafen von Brodenscheid, dein direkter Vorfahre. Da brauchst du überhaupt keine Bedenken zu haben. Die Eintragung im Register wird dahin korrigiert. Das passiert oft. Sieh mal hier, das *unehel.* unter laufender Nummer 102, 1832, weggekratzt. Siehst du, und hier …

Einen Augenblick lang habe ich gezögert. Charlotte eine solche Urkunde vorlegen! Das ist der Beweis. Die gerade Linie über den Camisarden *Fernand*, zum Küfer *Roland* aus Landau, zum Möbeltischler Guilhelm aus Paderborn, zum Jäger *Fernand Atten d'Orb* aus Brodenscheid und schließlich zum Josef Attendorp aus Bergholzhausen, meinem Vater. Wir gehören zusammen, Chérie – auf nach Roquebrun an den Orb, zur Wiege unseres Stammes.

Nein – nicht auf diese Weise. Ich werde weiter Nachforschungen anstellen, vielleicht auf Schloß Brodenscheid beim Grafen vorsprechen. Der muß mich in ihren alten Haupt- und Personalbüchern blättern lassen. Da könnte man über Fernand, den Jagdaufseher und händelsuchenden Franzmann, was finden.

Zachos Großfahrt durch Spanien, 55, habe ich mir nicht mehr erzählen lassen, mir nicht seine von ihm komponierten Balalaika-Stücke und die Begleitstimmen zu zahlreichen meiner Lieder angehört, bin einfach losgefahren, zurück nach Bergholzhausen, habe unterwegs in einer Wirtschaft haltgemacht, mit zwei Bauern und einem Postschaffner Doppelkopf gespielt, den Postmann, der schwarzhaarig und dunkeläugig war, *Fernand* genannt, und weit nach Mitternacht bin ich ziemlich betrunken im Räuberhaus angekommen. Am nächsten Morgen und am weißgedeckten Frühstückstisch habe ich Grete und Werner und den Kindern von meiner vergeblichen Suche nach Fernand Atten d'Orb erzählt.

Diese weißgedeckte Frühstückstafel! Wie selten komme ich in solchen Genuß. Meinen Wohngemeinschaftsbrüdern und -schwestern habe ich es nicht beibringen können, was das für mich bedeutet. Dabei singe ich es deutlich genug in meinem Lied *vom weißen Tisch am frühen Morgen*. Seelenfachmann Arnim ist dem auf der Spur, will sogar dazu etwas veröffentlichen, was er das *Unbefleckte-Empfängnis-Syndrom katholischer Knaben* nennt. In der Literatur sehr häufig, zum Beispiel auch beim Böll, hat Arnim es aufgespürt, dieses Verhalten, die sündige Nacht morgens am unbefleckten weißen Laken, metaphorisch sozusagen, noch einmal zu zelebrieren im Brötchenaufbrechen, Honigbeschmieren, Milchflaschendeflorieren, damit das Unreine der Nacht in der rituellen Überhöhung zum Reinen sich wandele.

Ach, Arnim, alter Spinner. Du wirst dir damit nicht mal das Eckchen einer Nische im Saal der großen Deuter erschreiben – und möchtest doch so gern dorthin.

Also, ich habe das sauerländische Frühstück mit allem Drum und Dran am weißgedeckten, runden Tisch im Räuberhaus zelebriert – ohne vorausgegangene sündige Nacht. Ich hätte es allerdings gerne dazu kommen lassen in der Nacht. Als ich nämlich, das Wurstbrot kauend, zur Kammer schlich, wo mein Bett gemacht war, wie einst zu Zeiten, als der böse Wolf noch am Fenster kratzte, sah ich die Türe zum Schlafzimmer der Eltern offenstehen.

Ich habe sie angestoßen, erblickte den nackten, großen weißen Hintern von Cousine Grete, halb aus dem Bett mir entgegenragend. Ich bin hingeschlichen, habe leicht darüber gestreichelt. Grete hat sich nicht gerührt, bin in die Kammer gegangen, hab mich aufs Bett gelegt, hab auf Grete gewartet. Sie ist aber nicht gekommen.

Beim Abschied nach dem Frühstück hatte sie auch keinen Kuß für mich, den bekam Werner, den ich nach Brodenscheid brachte zu seinem Bauamt. Er begann noch einmal über die RAF-Leute zu sprechen. Wir haben der Frau eine stille Messe lesen lassen, hat er gesagt, der gute Tertiarier vom Franziskanerorden. Es hat mich gerührt, und ich habe ihn beim Abschied umarmt.

Nicht mal zwei Stunden brauchte ich bis Bochum und in den *Westfälischen Hof*, den Standort von Piotrowsky und seiner Wahlkampfmannschaft. Am Nachmittag sollte Piotrowsky in Hattingen auf der Ladenzeile mit den Leuten diskutieren, anschließend nach Ennepetal, wo am Abend eine Großveranstaltung angesetzt war und ich zu singen hatte. Mittags kam der Anruf, daß Paul Potthoff auf dem Dach der Schnupftabaksmühle stünde, sich herunterstürzen wolle, wenn nicht Piotrowsky kommen, ihm vor Zeugen versichern würde, daß das Haus erhalten bleibe und er, Paul Potthoff, und die anderen Instandbesetzer dort wohnen dürften.

Bleiben Sie hier, Piet, hat Ludwig zu mir gesagt, Sie haben ja ohnedies schon Bauchschmerzen wegen dieser Schnupftabaksmühlensache.

Das würde euch so passen, habe ich kühl geantwortet.

17

Nach dem *Farbeieranschlag* auf Piotrowsky und den Reaktionen darauf in der Stadt hat es großes Palaver gegeben in der Kneipe bei Erwin Zibulla. Die Stehreihen vor dem Tresen fächerten sich einige Male auf zum Kreis und staffelten sich auch einige Male wieder zurück. Jeder gab seinen Senf dazu.

Da habt ihr es. Das kommt dabei raus, wenn man sich mit den Struppis einläßt. So kann man sich seine eigene Politik kaputtmachen, sagten die einen – wo es darauf ankommt, jetzt alle Kräfte zu sammeln gegen die Entlassungen im Werk, mischt ihr bei diesen Anarchos mit. Was haben wir denn mit diesem Gesindel am Hut. Das steht voll gegen uns. Ihr habt's doch gehört, was die von Gewerkschaften halten, von Arbeitern ...

Vor allem die mittleren Jahrgänge redeten so und natürlich der alte Orgemann, der vom Lumpenproletariat und von seinen bürgerlichen Anstiftern laberte. Immer wär das die Mischung gewesen, aus der *Explosivgeschosse gegen die organisierte Arbeiterschaft geschmiedet* würden.

Die Jungen redeten anders und die meisten von den Alten, wie sich in letzter Zeit öfter gezeigt hat: Enkel und Großvater ziehen am selben Ende vom Strick gegen die Truppe der Vierzig- bis Sechzigjährigen. Ganz klar wurde das in der Auseinandersetzung zwischen Ernst Spormann und seinem Vater Heini, die eingehen wird in die Geschichte der großen Rededuelle bei Erwin Zibulla.

Daß zwei Spormänner öffentlich aneinandergerieten, war unerhört, und es bildete sich schnell der Kreis vom Tresen bis zum großen Saal, und die meisten an den Tischen im Schankraum standen auf. Es hatte damit angefangen, daß Elke Trever laut lachte über Willy Weyrauchs Bemerkung: Die haben uns benutzt und ganz schön von Anfang an gelinkt. Und der Piotrowsky hat Bescheid gewußt.

Ernst Spormann hatte daraufhin Elke angefahren: Ja, lach du man, lach du man. Aber es ist die Wahrheit. Ins Messer sind wir denen gelaufen, genauso, wie sie es wollten und wie ich es geahnt habe. Lest doch die Zeitungen. Jetzt geht es voll gegen uns, gerade vor der Wahl. Von Anfang an wär er dagegen gewesen, sich so eng mit den Struppis einzulassen, für die ihr Zeugs drucken, ihnen den Schuppen renovieren helfen, Herrgott noch mal, und das nach den Erfahrungen in Klein Schweden. Aber du, Elke ...

Da hatte ihn Heini Spormann unterbrochen und gerufen: Hör doch auf – du Bürokrat.

Ernst, der am Tresen gelehnt hatte, kam auf seinen Vater zu. Der hatte sich auf einen Tisch gesetzt. Um beide herum der Kreis: alle schweigend und gierig auf das, was kommen sollte.

Das hätte er schon immer mal loswerden wollen, sagte Heini Spormann, und nun, wo alle zuhören, sag ich's. Zu eng sind wir geworden, zu eng und zu phantasielos. Warum sind die anderen denn immer 'ne Länge voraus? Weil die nämlich den Riecher haben und wir nicht mehr. Und warum? Weil die nämlich da sind, wo sich was bewegt, und wir erst dann ankommen, wenn es ganz sicher scheint, daß nichts mehr schiefgehen kann. Ihr, gerade ihr, ward doch nicht immer so, Ernst. Erinner dich, wie ihr früher, du und Viehmann und Tünnemann und Zünder und Sugga ... ihr habt doch ... und Heini Spormann, auf dem Tisch sitzend, erzählte mal wieder von dunnemals, und der Kreis begann sich schon wieder in Stehreihen zu staffeln, die Leute an den Tischen wollten sich schon wieder setzen, als Ernst seinen Vater brüllend unterbrach. Sofort bildete sich wieder der Kreis.

Du, du, du hast dich doch den Struppis förmlich an den Hals geschmissen, du und der unberechenbare Paul Potthoff – zwei Greise auf der Suche nach der schönen, alten Jugendzeit ...

Vielleicht nicht einmal eine Sekunde lang war alles abgeknipst, als ob der Film plötzlich anhält. Aber dann! Wenn nicht andere dazwischengegangen wären, hätte der Vater den Sohn verprügelt. Schließlich stand Heini Spormann auf einem Stuhl, daß man ihn auch hinten im großen Saal sehen und hören konnte, und er lief auf Höchstform auf, die wenigen weißen Haare verstruppt um den Kopf, Brille in der Hand, das Hemd vorne offen, daß man die Narbe überm Herz sah. Jahrelang ginge das nun schon so, dieses verbohrte, sture Drauflosmarschieren, und auf der Stelle meistens, nicht nach rechts und nicht nach links geguckt, ihr alten Knacker, tausend Jahre älter als ich und sogar Potthoffs Paul. Wenn nicht Elke und unser Karl-Heinz und die anderen Jungen damals ... dann säßen wir doch immer noch draußen und nicht im Stadtrat. Ja, Elke, die wisse, wie man die Leute packt, so macht man das, mit Phantasie und Teilnahme. Genau das, was euch fehlt. Dir und den anderen Greisen zwischen vierzig und sechzig. Seht euch doch an. Verbitterte Gesichter. Ihr traut euch ja nicht mehr zu lachen, magenkrank bisse. Was hat uns denn früher stark gemacht? Jawohl, daß wir den Wind in der Nase hatten, die Witterung kannten, so wie die Jungen heute. Wir waren immer da, wo sich was bewegte, haben versucht, unsere Ideen da hineinzutragen, vorneweg und nicht hinterhergehetzt, und kamen nicht erst dann an, wenn die anderen schon wieder weiter waren ... Diese Instandbesetzer, ich sag euch das, sind auf dem richtigen Weg. Die kämpfen genau an der Front, wo auch wir sein müssen. Der Gegner weiß das. Da geht's ihm ans Eingemachte – ans Eigentum nämlich. Der Giftzwerg Talhoff sagt es tagtäglich, und der weiß genau, was der Klasse nützt, die ihn bezahlt. Natürlich heißt das nicht, daß wir unsere Hauptstoßrichtung ändern müssen. Aber ...

Als er endlich am Ende war, hat ihn Elke umarmt und geküßt, und viele klatschten dazu. Erwin Zibulla tippelte wie wild hinter seinem Tresen. Der Heini, daß der noch mal ... Aber genauso ist's richtig. Orgemann hat gelacht, geschrien: Bravo. Das ist die Wende zum Euro-Kommunismus. Aber ich bin gespannt, was Ost-Berlin dazu sagt.

Wir verfaßten ein Flugblatt, in dem gefordert wurde: Keine Kriminalisierung der Instandbesetzer. Klarstellung der Aktivitäten der STASAG in einer öffentlichen Ratssitzung. Einsetzung eines Untersuchungsausschusses zur Aufdeckung der Filzokratie zwischen Ratsmitgliedern, Stadtdirektor und Bau- und Abbruchfirmen wie Schaumburg & Liefmann. Verbot der Veräußerung von städtischem Besitz ... und dieses Flugblatt verteilten wir in der Stadt. Es bewirkte nichts, und auch die entsprechende Anfrage von Elke Trever und Karl-Heinz Spormann wurde im Rat niedergestimmt. Dann bekamen wir die Information, daß bald – noch vor der Wahl – die Schnupftabaksmühle geräumt werden sollte.

Paar Tage später war es soweit. Eine Hundertschaft rückte in aller Herrgottsfrühe an. Ich habe die Räumung nicht miterlebt, war an dem Tag in einem Eifelkaff, wo ein Sattelschlepper der Firma auf der Strecke lag. Ich mußte ihn wieder in Gang bringen.

Aber an ein paar Tagen nach Feierabend und in einigen Nächten vorher bin ich dabeigewesen. Wir hatten einen Bereitschaftsdienst organisiert mit Leuten, die sich abwechselnd und rund um die Uhr in dem besetzten Haus aufhalten sollten, und in den paar Tagen und Nächten vor der Räumung waren zusammen mit der Stammbesetzung immer so zwischen achtzig und hundert Männer und Frauen da. Wir brachten Verpflegung mit und Decken, Schlafsäcke und Luftmatratzen. Heini Spormann ist Tag und Nacht in dem Haus geblieben, und einmal ist sogar mein Alter gekommen, grummelte was von *Nachtlager in Granada*, ehe er sich dazuhockte. Nachts wurde das Kommunikationszentrum zum Schlafsaal. Auf dem Boden lagen die Matratzen dicht an dicht, und das Schnarchen und Schnaufen dröhnte durch die Mühle, während immer ein paar hinter den verbarrikadierten Türen und Fenstern Wache hielten. Würde sie anrücken, die *Staatsmacht* nach Heini Spormann, die *Bullen-Power* nach Bruni, und zur Räumung auffordern, so sollte niemand das Haus verlassen – so hatten wir beschlossen. Die Polizei sollte die Barrikaden durchbrechen, und wir wollten uns einzeln heraustragen lassen, ohne Gegenwehr. Dazu hatte sich schließlich auch Bruni verpflichtet. Man mußte also aufpassen, daß in solchem Fall niemand durchdrehte – das hatten wir übernommen –, und *Provokateure isolieren*, wie Heini Spormann es ausdrückte und damit dasselbe meinte wie Bruni, die von *Verräter unschädlich machen* sprach. Paul Potthoff, das weiß ich, hat sich das zu Herzen genommen. Er stand voll dahinter, blieb immer wach, sorgte für Getränke und gute Stimmung, ging herum, erzählte Dönekens, redete auf die Leute ein, nicht die Nerven zu verlieren, das ginge schon alles ruhig ab – und manchmal spielte er auf seinem Trecksack, sang dazu. Ich glaube, er hatte das ganze Repertoire von Piet Atten drauf, und er sang die Lieder nicht mal schlecht.

Wenn Neue kamen, führte er sie herum, erzählte die Geschichte der Schnupftabaksmühle, sagte immer wieder: Also Ruhe bewahren. In jedem Fall. Keine Krawalle, was auch kommt. Wird schon nicht so schlimm. Und wenn es soweit kommen sollte: Wir lachen und singen und lassen uns von den Bullen nach draußen tragen.

Gelacht und gesungen wurde nicht, als die Ramme am frühen Morgen die Türen und Fenster aufbrach. Aber es wurde auch nicht geknüppelt – der alte Schlüter leitete den Einsatz. Die Leute wurden nacheinander herausgeschleppt und getragen. Einige schrien dabei, beschimpften die Polizisten, und Heini Spormann, untergehakt von zwei Uniformierten, hat laut gerufen: Wie oft, Schlüter, wie oft habt ihr mich abgeschleppt? Hast du mitgezählt?

Achtmal zählte Erwin Zibulla später. 33, 40, 56, 62, 68, 72, 78 und jetzt.

Man ließ alle noch am selben Abend frei. Unter Polizeischutz schlugen Leute von Schaumburg & Liefmann die letzten heilen Fensterscheiben ein, zerdepperten die Einrichtung, warfen das Ganze auf einen Haufen draußen, zündeten ihn an, rissen die Versorgungsleitungen heraus.

Drei Tage später, kurz vor der Mittagspause, kam Euken Lekkebusch über den Werksplatz in die Reparaturgarage gerannt. Euken ist Stotterer, und als er anfing: P-P-P-P-äule-Po-Po-Po, drehten wir uns weg, damit er unser Grinsen nicht sah. Hans Meckel hat noch gesagt: Genau wie in dem Witz von der Feuerwehr. Dann aber sagte Euken Leckebusch ganz ruhig und ohne zu stottern: Paul Potthoff hockt auf'm Dach von der Mühle. Will sich runterschmeißen.

Gerhard Niehus und ich rannten gleich los zum Parkplatz, sprangen in meinen Wagen, fuhren in die Kölner Straße. Vor der Mauer, auf der wir als Kinder oft balanciert sind, drängten sich die Leute, einige Polizisten darunter. Wir schoben uns dazwischen.

Weil die Schnupftabaksmühle bestimmt sechzig Meter weit von der Straße weg und fast sechs Meter unter dem Straßenniveau liegt, ist, von der Mauerseite her gesehen, das zweite Stockwerk gerade in Augenhöhe. Dadurch wirkt der viereinhalbstökkige, schwarze Schieferkasten weniger mächtig und nicht so hoch. Tatsächlich sind es aber von der Sockel-Unterkante bis zur Traufe schon zehn Meter. Das Satteldach darüber kommt dazu, und das ist ziemlich steil. Paul Potthoff lehnte knapp unterm First, hinter dem mittleren Kamin. Man sah nur Kopf und Hals von ihm. Unten, auf dem gepflasterten Hof vor dem Haus, standen zwei Einsatzwagen, einige Uniformierte, und ein paar Zivilisten blickten hoch. Er hockt da oben schon seit zwei Stunden, erzählten uns die Leute, ruft immer wieder: Gebt uns die Mühle zurück. Sonst springe ich runter.

Zwei Polizisten hätten versucht, ihn herunterzuholen. Aber als sie in der Dachluke standen, einer rechts, der andere links, hätte sich Paul Potthoff bäuchlings aufs Dach gelegt, sich an einem der Pfannenhaken festgeklammert, geschrien: Einen Schritt weiter – und ich lasse mich fallen.

Paul, du verkühlst dich, rief jemand, ein Rentner am Krückstock. Alle lachten. Mach Schluß, Paul, rief ein anderer.

Paul Potthoff sagte nichts. Er trug keinen Mantel, Ende September hatte es einen Wetterumschlag gegeben. Die milden Tage waren vorbei, und ein kalter Nordwest wehte, trieb die Wolken. Es regnete manchmal.

Wo sind denn seine Tauben, fragte jemand neben mir. Niemand antwortete, und der Mann rief hoch: Paul – und deine Tauben?

Eine Windböe verschluckte die Stimme. Der Mann formte mit den Händen einen Trichter vor dem Mund, wiederholte lauter: Paul, wo – sind – dei – ne – Tau – ben?

Paul Potthoff, an den Schornstein gelehnt, warf die Arme ein paarmal hoch, ließ die Hände flattern. Die Leute lachten wieder.

Wir müssen doch da was unternehmen, sagte Gerhard Niehus zu mir, verdammt noch mal.

Ich hol Heini Spormann, sagte ich, und als ich gehen wollte, sagte gerade unten auf dem Hof einer der Zivilen durch das Megaphon zum Dach hoch: Seien Sie vernünftig, Herr Potthoff, kommen Sie herunter.

Ihr kennt meine Bedingungen, schrie Paul Potthoff zurück.

Herr Potthoff, fing der Megaphonist wieder an, seien Sie doch ...

Ich lief zum Wagen zurück und fuhr zu Spormanns. Heini saß noch im Bademantel am Tisch, las die Zeitung, zog sich sofort an, als er hörte, was los war. Als wir ankamen, standen die Leute von der Mauer bis zur Straßenmitte. Zwei Polizisten regelten den Verkehr auf der Straße. Wir drängten uns vor bis an die Mauer. Unten auf dem gepflasterten Platz stand jetzt ein Feuerwehrleiterwagen, und ein Dutzend Feuerwehrleute hatten ein Sprungtuch entfaltet, hielten es aber in Hüfthöhe. Schlüter, der Hauptkommissar, stand daneben, hatte ein Megaphon vor dem Mund.

Also, komm runter, Paul, sagte er, mach keinen Blödsinn. Ich verspreche dir – es wird verhandelt. Der Stadtdirektor ist bereit dazu.

Die Leiter auf dem Feuerwehrwagen ging in die Senkrechte, schob sich am Haus hoch. Paul Potthoff kam hinter dem Kamin vor, hielt sich mit einer Hand an der Oberkante fest, stand da – aufrecht. Das bringt nichts, rief er, überhaupt nichts. Und wenn die Leiter hier hochfährt, springe ich. Neben euer Sprungtuch. Oder nach hinten runter.

Heini Spormann rief auf den Platz: Na, Schlüter, was denn nun? Hasse wieder nich gewollt, wie?

Halt dich da raus, Heini, schrie Paul Potthoff.

Schlüter drehte sich um, rief, Heini, du? Komm runter.

Du gehst mit, sagte Heini Spormann zu mir. Zwei Polizisten begleiteten uns.

Schöne Sauerei, sagte Schlüter, er will, daß der Staatssekretär kommt, dieser Piotrowsky. Mit keinem andern will er reden. Sag du ihm, Heini, daß der Mann überhaupt keine Kompetenz hat. Der ist ja nicht mal mehr Staatssekretär.

Polizeioberrat Schlüter hatte als junger Polizist in den vierziger Jahren Kontakte zu der Widerstandsgruppe gehabt, die Heini Spormann leitete. Er hätte längst pensioniert werden müssen, schaffte es aber immer wieder dabeizubleiben. Weil er weiß, welche Leute welche Leichen im Keller haben – sagt man.

Heini Spormann nahm Schlüter das Megaphon aus der Hand, setzte es an: Nun hör mal zu, Paul. Du weißt, ich meine dasselbe wie du. Aber wenn das so einfach wär, glaub mir, ich käme gleich rauf zu dir. So geht das aber nicht. Was der Schlüter sagt, stimmt. Der Stadtdirektor will verhandeln. Und wir sind dabei ...

Laber du nur, rief Paul. Hier, nur hier wird verhandelt. Und nicht mit dem Dicken. Der Staatssekretär soll kommen. Nur der kann da was machen.

Der hat doch überhaupt nichts mehr zu sagen in dieser Sache, rief Heini hoch. Der ist heute im Ruhestand. Politpensionär. Deshalb will er doch in den Bundestag, Paul!

Der – und kein anderer, schrie Paul Potthoff zurück. Paul, der will doch bloß Stimmen einheimsen, der Piotrowsky, das weißt du doch auch ... also ...

Der kommt – oder ich springe, schrie Paul Potthoff, kletterte zum First, setzte sich darauf. Ein Regenschauer kam nieder.

Heini Spormann gab Schlüter das Megaphon zurück. Du kennst Paul ja auch, sagte er, das hat keinen Zweck. Also holt diesen Piotrowsky.

Der war knapp eine Stunde später da, zusammen mit seinem Assistenten, einem Fernsehteam – und Piet Atten.

Abgekartetes Spiel war das, sagen die meisten heute, damit der Staatssekretär im Ruhestand noch einen Großauftritt kriegt vor der Wahl. Und den Paul haben sie dazu benutzt, und das war ja auch ganz leicht, so kaputt wie der war, damals. Und der hat doch immer schon seine Macken gehabt. Ihn aufstöckeln, daß er auf die Kacke haut, das war doch ein leichtes nach der Räumung. An den hat sich einer rangemacht. Erfahrungen dieser Art gibt's doch genug. Und sie zählen die Reihe der *agents provocateurs* auf, von August Niepmann über Coco Schneider bis zum schäbigen Eduard Schibeck.

Und dann ist plötzlich der Piotrowsky da mit großem Trara. Und das soll alles Zufall gewesen sein? Hör mir doch auf!

Ob das so gewesen ist – wer will das wissen? Ich neige aber zu der Version von Gerhard Niehus. Der erzählt mit flammendem Feuermal, aber frei weg bei Erwin Zibulla jedem, der es hören will oder auch nicht: Paul hat sich nicht einspannen lassen. Der nicht. Man muß das im ganzen sehen, wie der aufgegangen ist in der Schnupftabaksmühlensache, wie der an seiner Familie gehangen hat – so nannte er Bruni und die anderen. Hier und mit diesen Leuten will ich leben, bis ich sterbe. Das ist Leben. So soll es sein. Man kann so was verrückt nennen, aber ich begreife das. Wenn man nämlich mit fünfundfünfzig Jahren auf die Straße gesetzt wird, seine Arbeit verliert, mit der man vierzig Jahre lang nicht nur sein Geld verdient hat, dann passiert mehr, als daß man auf frühe Rente gesetzt wird. Die Kumpel sind am Anfang noch so wie früher zu einem. Dann merkt man, wie sie einen beim Gespräch übergehen, heimlich lachen, wenn man was sagt zur Arbeit und zum Arbeitskampf. Ist das nicht so gewesen? Als seine Frau starb und die Kinder wegzogen, war er ganz allein, und dann fing er erst richtig an mit seinen Spinnereien. Keiner von euch hat ihn doch für voll genommen. Erst die Besetzer haben das wieder getan. Und als das alles wieder kaputtging, da ist er eben durchgedreht. Ist er ja früher auch schon oft, wenn da was schief lief – ohne daß einer dahintergestanden und ihn gelenkt hat. Ne, ne, ne, da war auch diesmal nichts abgesprochen. Das ist seine eigene Sache gewesen.

18

Paul Potthoff auf dem Dach der Schnupftabaksmühle! Wer erinnert sich noch daran, heute, anderthalb Jahre danach? Und es ist doch Tagesschauthema gewesen. Eine dieser Heimat-Idyllen stellen sie jetzt da hin, so, wie sie sich die zynischen Architekten neuerdings ausdenken: massiv und vierstöckig, keine Wohnung größer als sechzig Quadratmeter, aber von außen Fachwerkmuster aufgepinselt, dörfliches Satteldach mit imitierten Schindeln aus Kikalit und in den Treppenhausfenstern Butzenscheiben aus

Verbundglas. Ein paar sind schon fertig. Grauenhaft. Und wie schön war diese Schnupftabaksmühle! So was darf einfach nicht abgerissen werden, hat Piotrowsky durchs Megaphon geschmettert, und die Zuschauer, Hunderte, haben geklatscht und bravo gerufen. Man hätte annehmen können, wir seien auf ein Stadtteilfest gekommen. Die Straße war für den Verkehr gesperrt worden. Würstchenverkäufer und einen Wagen mit heißen Getränken gab es. Zwei Straßensänger, Quetschkommode und Banjo, musizierten den Leuten was vor, Kinder balancierten über die Mauer mit Luftballons in der Hand, und immer wieder rief man Paul Potthoff was Lustiges zu.

Wir waren – ein sirenender Peterwagen voran, das Fernsehteam im VW-Bus hinter uns – auf den gepflasterten Hof vor der Schnupftabaksmühle gefahren, ausgestiegen, und ich glaube, wir haben uns verbeugt, als die Zuschauer hinter der Mauer, in der Einfahrt und in den Fenstern der Häuser gegenüber unsere Ankunft beklatschten. Überhaupt war das Ganze eine Art Grotesk-Show: Wie Paul Potthoff in eine Decke gehüllt, die man ihm zugeworfen hatte, auf dem Schornstein saß, sich eine Pfeife anzündete, das Volk jedesmal *oaoaoah* rief, wenn das Streichholz ausging, und dann klatschte, als es klappte; wie ein Dutzend Feuerwehrmänner einige Male auf das Kommando: *an* das Sprungtuch bis zum Kinn hochriß und strammte, auf *ab* es wieder herunterließ, immer unter dem Beifall der Zuschauer; wie ein Oberinspektor – wirklich händeringend – herumlief, erklärte, daß der zuständige Polizeipsychologe nicht kommen könne wegen anderweitiger Beanspruchung, vom Dach der Dortmunder Aktienbräu wolle sich nämlich eine 25jährige Frau stürzen, und das Dach sei fünfzehn Meter höher als das Dach der Schnupftabaksmühle. Der Dortmunder Fall habe daher Vorrang, obwohl die Sache hier politisch brisant sei, worauf man sich aber zuständigen Orts nicht einlassen wolle. Oder wie der Kameramann hochrief: Paul, können Sie diese Mütze abnehmen? Und Paul Potthoff das auch tat.

Manne Kröger stand etwas abseits, zusammen mit einem älteren Mann, hat mit dem Kopf geschüttelt, wie er mich sah.

Ach, Manne. Gehen wir mal davon aus, daß ihr den Paul Potthoff nicht aufs Dach geschickt und ihr auch nicht mit Farbeiern geschmissen habt. In diesem Fall bist du natürlich felsenfest davon überzeugt, daß alles von Anfang an vom Piotrowsky-Lager generalstabsmäßig durchgeplant war, Agenten in den Besetzerrat eingeschleust worden sind, die die Farbeier geschmissen haben, und einer, vielleicht sogar ich – den Paul Potthoff, womöglich mit Geld, angestiftet hat. Aber das ist eine Fehleinschätzung, mein Lieber – typisch für euch. Dein Drahtziehertick hat dir schon immer den Blick für feineres Fädenspinnen getrübt. Ihr wollt euch nicht vorstellen, wie vieles, kurz angetippt, selbständig läuft und dennoch und vielleicht gerade deshalb klappt. Das ist ja die Stärke des offenen Systems mit internen Zufallsschaltungen und kompensierender Rückkoppelung. Das läuft eben geschmierter als der Klappermechanismus eures realsozialistischen Plansystems. Wer immer daran gedreht haben mag – ich nicht. Natürlich hat es mir genutzt und noch mehr dem Piotrowsky. Der Nutznießer muß aber nicht der Arrangeur gewesen sein, wie eure ständige Frage *Wem nützt das?* suggeriert.

Es ist ein ziemlich kalter Tag gewesen, trüb und windig, und manchmal kam ein Schauer nieder. Im Fernsehen sah das anders aus – heller. Es wirkte warm wie an einem Sommerabend. Dabei war es am frühen Nachmittag im Oktober, zwei Tage vor der Bundestagswahl. *Heute* und *Tagesschau* brachten ihre Beiträge schon am selben Abend – Freitag, die beste Sendezeit, die es gibt. Zwei Kameras haben gefilmt. Die Bilder, aus verschiedenen Perspektiven, waren so geschnitten und zueinander komponiert, daß das Ganze im Fernsehen einen rasanten Rhythmus bekam. Paul Potthoff, sitzend auf dem Schornstein, beide Arme ausbreitend, als wolle er springen – Schnitt – die Feuerwehrmänner reißen auf das Kommando *an* das Sprungtuch unters Kinn – Schnitt – Piotrowsky, rufend durchs Megaphon: Potthoff, ich gebe Ihnen mein Wort, mit allen Mitteln werde ich mich dafür einsetzen, daß dieses Gebäude erhalten bleibt – Schnitt – die klatschenden und bravo rufenden Leute – Schnitt – Piotrowsky durchs Megaphon: Bitte, kommen Sie herunter, Paul, ich bitte Sie inständig – Schnitt – man sieht ein Kind über die Mauer balancieren, im Hintergrund, und darüber Paul Potthoff, der den Kopf schüttelt. Nicht springen, rufen die Leute dazu im Off.

Wir wollen weiter in diesem Haus wohnen, ruft Paul Potthoff vom Dach, können Sie das garantieren?

In Wirklichkeit ist das alles viel langsamer abgelaufen, und man hat zum Beispiel auch nichts von den Streitereien zwischen Piotrowsky, Ludwig und den Beamten gesehen und gehört – zum Beispiel wie der alte, weißhaarige Polizeichef zu Piotrowsky sagte: Ich halte Sie für einen ganz abgefeimten Kerl, der alles tut, damit er gewählt wird, auch so kann man Demokratie kaputtmachen, und Ludwigs Entgegnung: Darauf werden wir noch zurückkommen, wenn das hier vorbei ist, verlassen Sie sich darauf.

Man hat auch nicht gesehen, wie ich Piotrowsky das Megaphon, als er es gerade vom Mund abgesetzt hatte und an der Hand baumeln ließ, abnahm. Auf dem Bildschirm hat man aber gesehen, und zwar in Großaufnahme, wie ich durchs aufs Dach gerichtete Megaphon sage: Paul, hier spricht Piet Atten, der Liedermacher. Du kennst mich und meine Lieder. Wir haben sie zusammen gesungen. Erinner dich: *Komm mal rüber auf die dunkle Straßenseite, Junge* ... Paul! Du kannst ihm vertrauen, dem Piotrowsky. Glaub mir. Der tut alles, damit ihr wieder einziehen könnt, du und Bruni und die anderen – und dann machen wir ein Fest und singen wieder deine und meine Lieder zusammen. Ja? Also, komm runter – Schnitt – Paul Potthoff winkt mir zu, die Leute klatschen, und im Off hört man die erste Strophe von *Komm mal rüber auf die dunkle Straßenseite, Junge* ... die alte Aufnahme von meiner ersten Langspielplatte. Dann kommt wieder Piotrowsky am Megaphon ins Bild: Herr Potthoff, seien Sie vernünftig, kommen Sie jetzt herunter. Sie müssen mir diesen Gefallen tun. Ich bin doch eigens hierhergesaust, habe eine Wahlkundgebung unterbrochen ... und so weiter ... blablablabla ... – Schnitt – und man sieht, wie Paul Potthoff vom Schornstein klettert, zur Dachluke kriecht, die Schnupftabaksmühle in der Totalen, wieder das balancierende Kind auf der Mauer und die Feurwehrmänner, die das Sprungtuch zusammenfalten, die atemlos wartenden Zuschauer. Und dann kommt Paul Potthoff aus dem Haus, Piotrowsky läuft auf ihn zu, schließt ihn in die Arme, zum Jubel der Leute im Off.

Im anschließenden Interview wischt sich Piotrowsky den Schweiß von der Stirn, sagt: Einen Augenblick lang habe ich gedacht ... aber nun ist ja alles vorbei. Ich bin glücklich. Aber nun müssen Sie mich entschuldigen. Es geht weiter. Man erwartet mich noch auf einigen Wahlveranstaltungen.

Das war's.

Und was habe ich davon gehabt? Eine Menge Publicity – okay. Es läuft seitdem nicht schlecht. Die Buden sind meistens voll. Ich bin jetzt öfter im Fernsehen. Die Platten verkaufen sich gut. Die Kumpane grinsen. Du bist am Ernten, wie jeder von uns, hat Kreiter gesagt, warum auch nicht. Jochen spricht vom *Absahnen*, und Seelenheini Arnim freut sich über die Reduktion meines ständigen Approach-Avoidance-Konflikts, der zwischenzeitlich so stark gewesen sein soll, weil ich vor halbleeren Häusern hätte um Beifall buhlen müssen. Was soll's. Immer noch habe ich nicht festgemacht, ziehe herum durch die Lande. Eine ständige Sendung im Fernsehen: *Liedermacher, präsentiert von Piet Atten* oder so ähnlich, das hätte wenigstens drin sein müssen, nachdem Piotrowsky in sein Reich gekommen war – mit meiner bescheidenen Hilfe. Nicht mal einen Preis haben sie mir gegeben.

Nicht mehr heraus müssen auf die Bühne, davon träume ich. Ich möchte einer sein im Hintergrund, der singen läßt, so singe ich, einer, der zum Beispiel produziert im eigenen kleinen, feinen Studio, wohin die Musiker gerne kommen, weil man da in Ruhe alles reifen lassen kann, den neuen Sound fürs neue Lied. Warum tu ich's nicht? Ein Schnippchen sollte ich schlagen dem Doktor Arnim von Künsebeck, der glaubt, Abstinenz von Brüllen und Schreien und Jaulen vor lebenden Menschen und deren Applaus würde mich nach spätestens einem Jahr ans andere Ufer getrieben haben – oder in eine geschlossene Anstalt. Da lande ich aber vermutlich auch, wenn ich so weitermache wie jetzt: die Leute bedienen, alte Lieder singen und die neuen so singen wie die alten.

Bloß nichts ändern. Du hast genug herumexperimentiert, sagt

Carlo, jetzt bist du wieder da, wo die Leute wissen: Das ist er, nur er. Ob ich mir vorstellen könne, was passiere, wenn die gute alte Gauloise mit einemmal länger würde, nikotinarm und mit Virginia-Tabak zur Hälfte gestopft? Vom Markt, mein Junge, vom Markt – aber so was von schnell und endgültig.

Was aus diesem Carlo geworden ist! Nur noch der kurzfristige Umsatz interessiert ihn. Daß mich diese Bedienerei lustlos macht und die Leute das irgendwann merken werden und dann der Umsatz wieder sinkt, begreift er nicht, oder es ist ihm egal. Manne hat recht, der meint, ich müsse wieder Anschluß bekommen, da, wo sich wirklich was bewegt. Bei den Häuserkämpfern zum Beispiel. Die mögen mich im Grunde, das hab ich in der Schnupftabaksmühle gemerkt. Das würde mich stimulieren. Da würde was Neues entstehen, wie dieser Song über Paul Potthoff und seinen Kampf um die Schnupftabaksmühle. Oder bei der Friedensbewegung. Zu ihrer Großveranstaltung – 20000 in der Westfalenhalle – haben sie mich nicht eingeladen. Hätte mich Manne betreut, wäre das nicht passiert. Auch deshalb muß ich Manne Kröger wiedergewinnen.

Am Tag nach dem Showdown an der Schnupftabaksmühle ist unsere letzte Wahlveranstaltung mit Piotrowsky gewesen, und hinterher haben wir uns verabschiedet. Nicht gerade herzlich. Nun tun Sie auch was für die Schnupftabaksmühle und die Leute, die darin wohnen wollen, wenn Sie in Ihr Reich kommen, habe ich zu Piotrowsky gesagt, das war ja wohl so was wie ein Wahlversprechen.

Aber sicher, hat er geantwortet.

Vielleicht hat er es wirklich vorgehabt. Es hat sich dann aber erübrigt. Eine Woche nach der Bundestagswahl, die Piotrowsky in den Bundestag gebracht hat, ist die Schnupftabaksmühle abgebrannt. Als ich die Nachricht hörte, habe ich mich hingesetzt und die Ballade von Paul Potthoff und seinem Kampf um die Schnupftabaksmühle geschrieben. Manne, du kannst mir ja viel vorwerfen. Meine Rolle in dem Stück war wohl nicht nach deinem Geschmack – und nach meinem auch nicht. Aber wer würde sich denn heute an Paul Potthoff und seinen Kampf um die Schnupftabaksmühle erinnern außerhalb eurer Stadt, wenn nicht ich davon sänge? Und wenn ich heute davon singe, atmen die Leute im gleichen Takt ein und aus, erinnern sich: So ist es gewesen, oder so könnte, müßte, muß es gewesen sein. Was willst du mehr.

Ein Hammerlied, wie du gleich erkannt hast, gemacht nach Art einer Passacaglia – langsamer Dreiertakt, aber zum Reggae hin, mit der ostinaten Baß-Figur E-Gis-H-A-B-Fis-C-H und G, die ich auch in den Strophen wenig auflöse, dafür aber um so mehr mit der Stimme darüber improvisiere. Damit zwinge ich die Leute. Schon nach der Einleitung, in der ich talking-blues-like die Zeitkoordinaten jenes Frühjahrs bringe, montiert aus Werbepostern und Tagesmeldungen, vom Marlbororeiter, der seinen Sattel selber tragen muß, bis zum Zusammenbruch des joggenden Jimmy Carter, sind sie voll da, die Leute, wollen wirklich wissen, warum Paul Potthoff sich anzünden will auf dem Dach der Schnupftabaksmühle, sind mit mir empört, daß ein Haus, schöner als jeder Honigglaspalast in City Nord, abgerissen werden soll, dieses Schieferhaus, das wie ein Blauwal schimmert, wenn es regnet, diese Schnupftabaksmühle, in der es riecht nach hundertfünfzig Jahren Arbeit, Lieben, Leben. Sie lachen lauthals über den Verdacht, daß den Betonfreaks von der Stadtsanierung STASAG ihre Schwänze immer weicher werden, weshalb sie Schieferhäuser nieder-, dafür Betonklotzblocks hochreißen wollen – E-Gis-H-A-B-Fis-C-H und G.

Auf so einer Zustimmungswoge kann man weit ausholen und erzählen: Wie eine Handvoll Typen die Schnupftabaksmühle in Besitz nimmt, repariert, mit weißer Farbe an den blauwalblauen Schiefer malt: *Das ist unser Haus* – die rote Bruni, die die Villa ihrer Eltern angezündet hat, weil sie darin so fror; Juppi, der Clown, bei dessen Späßen Vatis frieren und nach Adolf Hitler rufen; und Mike, der endlich wissen will, mit wem er schlafen möchte, mit Frauen oder Männern oder beiden; und Malte Bakunin im schwarzen Jangodress, der glaubt, daß man den Himmel auf die Erde holen kann – sofort und nicht erst übermorgen; Pady, der Mäuse tanzen läßt zu seiner Mundharmonika; die beiden Mädchen Ulla und Heidi, die sich lieben, doch dafür noch zu jung sind, wie das Amt für Jugend dekretiert; und Olaf Müller-Balzenbeck, der weiße Träume aus der Spritze träumt, ohnmächtig von der Macht des Vaters, dem die ganze Stadt gehört – E-Gis-H-A-B-Fis-C-H und G.

Ihr sagt okay, singe ich bei zurückgenommener Gitarre, solche Leute kennt man. Die besetzen Häuser, und das ist richtig so. Aber Paul Potthoff, was hat der damit zu tun? Warum zieht der zu diesen Typen in das Haus und wird sogar der Vater der Besetzerratsfamilie? Der ist doch kein Zahnarzt, der sich duselig verdient hat und auf einmal, wenn er auf die Fünfzig zugeht, meint, er hätt die ganze Zeit vorbeigelebt am sogenannten Leben, verläßt seine Familie und wird Heilpraktiker irgendwo im Sauerland, bei Bergholzhausen meinetwegen. Nein, so einer ist er nicht, Paul Potthoff. Alter Eisenwerker ist der, Potthoffs Paul, und hat gelebt wie alle Eisenwerker aus der Müller-Balzenbeck AG: Frühschicht und Spätschicht, Ehefrau und Opel Kadett, Tauben und Fußball, singen im Chor und quatschen mit den Kollegen abends bei *Tante Clara* am Tresen. Warum also stellt der sein Bett auf im besetzten Haus, bringt seine Tauben mit und setzt instand, malt Bäume an die Wände in den Räumen, verhandelt mit den Abbruchtypen von der STASAG und agitiert seine Kollegen, holt sie in das Haus, organisiert den Widerstand gegen das Räumkommando? Ist der verrückt? Fängt hier was Neues an? Erobert sich das Proletariat die Phantasie zurück? Und die Phantasten landen wieder auf der Erde? Das überlegt euch mal – E-Gis-H-A-B-Fis-C-H und G.

Bei voll aufgedrehtem Volumenregler laß ich die Bässe dröhnen zum Sturm der Rammen und Bagger auf die verbarrikadierte Schnupftabaksmühle. Pady hat sie als erster anrücken sehen im Morgengrauen, als er draußen den Mäusen ein Tanzlied blies, schlägt Alarm. Und wie die Hundertschaft plastikvermummter Bullen in das Haus stürmt, sitzen sie alle untergehakt auf dem Boden und singen, viele Bürger der Stadt dabei, Arbeiter aus der Fabrik, lassen sich lachend und schimpfend und singend raustragen, Paul Potthoff, der Rädelsführer, kommt in den Knast für ein paar Tage. Und als er wieder herauskommt, ist alles zerschlagen in der Schnupftabaksmühle, die Wände, auf denen Bäume blühten, sind mit Scheiße beschmiert, Bagger buddeln den Boden auf für den Betonklotzblock – aber noch steht die Schnupftabaksmühle – E-Gis-H-A-B-Fis-C-H und G.

Und so inszeniere ich Paul Potthoffs Showdown auf dem Dach der Schnupftabaksmühle: Er klettert mit einem Kanister Benzin hinauf, verkündet: Ich werde mich hier oben verbrennen, wenn nicht der Abbruch gestoppt wird, wir nicht wieder einziehen dürfen. Die halbe Stadt laß ich anmarschieren, aber nicht Piotrowsky. Den Stadtdirektor laß ich über Megaphon bellen: *Wir lassen uns nicht erpressen*. Und als Paul Potthoff sich mit Benzin übergießt, laß ich ihn – ehe er Feuer an sich legen kann, vom Fangschuß eines MEK-Spezialisten ins Bein getroffen – vom Dach ins aufgespannte Sprungtuch fallen. Der Stadtdirektor und seine STASAG-Bande, umringt von zwei Dutzend Bullen, können nur knapp der Steinigung entkommen E-Gis-H-A-B-Fis-C-H und G, und während ich diese Baßfigur allmählich in Bluesakkorden auflöse, erzähle ich, daß die Schnupftabaksmühle ab-, der Betonklotzblock hochgerissen wurde, die Konten der Betonfreaks dafür dicker, ihre Schwänze aber dünner geworden sind, weshalb sie im Endeffekt nichts gewonnen haben, denn sie zahlen das Geld den Ärzten, die sie von ihrer Impotenz heilen sollen. Und dann erzähle ich noch zu den letzten Akkorden – und das ist eine Reverenz, die ich gegen den guten Geschmack dem historischen Optimismus erweise, Manne, das mußt du anerkennen! –, daß Paul Potthoff und viele seiner Kollegen zusammen mit Bruni und Mike und den anderen jetzt ein ähnliches Haus in derselben Stadt, mit Schiefer gedeckt, instandbesitzen und daß niemand sie daran zu hindern wagt.

Mit solchen Liedern wieder on the road ziehen, Manne, das muß dich doch reizen.

Ich kann die anderen wirklich nicht mehr ertragen. Und sie sind alle gleich, diese Roadies, einer wie der andere. Nicht die Spur von Loyalität. Red zum Beispiel – er genießt meine Ängste auf der Bühne, nutzt meine Schutzlosigkeit aus, steht in der Kulisse und grinst, wenn etwas schiefläuft. Vorgestern, ich hatte mein Schweißtuch vergessen, reicht er mir ein Handtuch mit einer aufgestickten Mickymaus. Das Publikum johlte. Ich bin sicher, daß er den Blackout heute produziert hat, in Zusammenarbeit mit diesem Jeff am Mischpult, gerade bei der Ballade von Paul Potthoff. Überhaupt, mit drei Roadies herumzuziehen und dieser Tonanlage von zehntausend Watt, sechs Boxen und einem Mischpult mit zwölf Kanälen. Nur weil man nicht unter dem Standard der Konkurrenz bleiben will. Früher fuhren wir mit der alten Dyna-Cord-Anlage, zwei Boxen, tausend Watt, und das reichte für alle Säle. Und Manne hat alles allein gemacht, der war Coach, Fahrer, Träger, Aufbauer, Packer, Beleuchter, Techniker, Bodyguard – und alles in einer Person.

Manne, du mußt wieder mit mir ziehen!

Agitieren werde ich ihn, am besten im Wirtshaus *Bei Tante Klara*, das ich besungen habe. Das Maul werde ich ihm wässerig machen, die schönsten Geschichten erzählen, die wir gemeinsam erlebten auf unseren Touren durch all die Jahre, berichten, daß ich bei Berthold *Zum Alten Eisen* gewesen bin vor ein paar Tagen, das Lied von den Stahlarbeitern gesungen habe. Die Leute fragten, wo ist denn dein Kumpel, der Manne? Und beim *Joß Fritz* in der Pfalz erzählen sie, wie du mit Lore den Tango getanzt hast zum Bandonionspiel von Alfons zur Stunde des Fauns, und bei *Alma* im Hunsrück hört man noch immer das Rauschen des Brunnens zwischen den Orgelgesängen am Sonntagmorgen. Und wenn du immer noch zögerst, bringe ich dich dazu, mit mir zu singen: Gibt es eine Halle, einen Saal zwischen Flensburg, wo die Nutten dänisch lachen, und dem Bodensee mit seinen tausend Segeln, zwischen dem bigotten Köln und Passau, diesem schwarzen Straußennest – wo ich mir nicht die Seele aus dem Bauch geschrien habe? Und kennen wir nicht jeden Meter jeder Autobahn in diesem blankgeputzten Land? He, Roadie, sag es ihnen. Also, pack deine Sachen und komm mit.

Die Romane von Franz Josef Degenhardt:

Zündschnüre

»Dieser erste Roman Franz Josef Degenhardts ist amüsant, sympathisch und spannend, also überaus lesenswert.« *Die Zeit*

»Degenhardt hat die Atmosphäre und das Lokalkolorit seiner Schmuddelkinder-Chansons unverfälscht übernommen.« *Stern*

Brandstellen

Franz Josef Degenhardt erzählt von den Leuten im Ruhrpott. Von dem, was die Leute so reden über Gott und die Welt, über Fußball, Wetter, Geld und Liebe. Er erzählt, wie das Leben so ist, was man daraus macht und was man daraus machen könnte.

Die Schmuddelkinder-Atmosphäre der siebziger Jahre.

Die Mißhandlung

Ein Fall, der Schlagzeilen macht:
Geisteskrankes Kind fällt Passanten an. Eltern lassen ihr Kind im Stall verkommen. Der kleine Stefan Radtke kann nur krächzen wie ein Vogel.

Ein exemplarischer Fall für einen engagierten Erzähler. Ein Ausschnitt der späten 70er Jahre unserer Republik.